Lauren St John

Fire Storm

Lauren St John

FIRE STORM

Roman

Aus dem Englischen von
Christoph Renfer

Verlag Freies Geistesleben

Die Originalausgabe mit dem Titel *Fire Storm*
erschien 2014 im Verlag Orion Children's Books,
5 Upper St Martin's Lane, London WC2H 9EA.

1. Auflage 2015

ⓔ auch als eBook erhältlich

Verlag Freies Geistesleben
Landhausstraße 82, 70190 Stuttgart
Internet: www.geistesleben.com

ISBN 978-3-7725-2693-0

Umschlagfoto: Dimitar Hristov
Einbandgestaltung: Thomas Neuerer
Druck: cpi books, Leck
Printed in Germany

Für Catherine Clarke,
die immer wieder das Unmögliche möglich macht.
Von ganzem Herzen und mit tausendfachem Dank.

1

In einem Eckstall des Reitzentrums White Oaks machte Casey Blue eine ebenso ungewöhnliche wie unliebsame Erfahrung: Sie war im Begriff, von einem tonnenschweren Pferd erdrückt zu werden. Aus unerfindlichen Gründen hatte es Lady Roxanne nicht in den Kram gepasst, gesattelt zu werden. Und nun machte sie ihrem Unmut Luft, indem sie versuchte, Casey gegen die Wand zu quetschen.

«Was war das denn?», stieß Casey keuchend hervor, nachdem sie sich aus ihrer misslichen Lage befreit hatte. Sie massierte ihre Rippen. «Gerade ladylike war das jedenfalls nicht!»

In den nächsten Wochen sollte sie erfahren, dass sie nur eine von vielen war, die sich regelmäßig so (oder auch weniger höflich) über Roxy äußerten. Doch davon wusste sie heute noch nichts. Sie glaubte vielmehr, dass sie unabsichtlich eine empfindliche Stelle an Roxys Flanke berührt haben musste oder dass Roxy sich in ihrem neuen Umfeld einfach unwohl fühlte.

Roxy, eine Stute mit 167 cm Stockmaß, war am Vortag in White Oaks angekommen, als Casey in London den Geburtstag ihres Vaters feierte. Für Casey war es besonders wichtig gewesen, gerade diesen Geburtstag mit ihrem Vater zu verbringen, war er doch erst vor Kurzem aus dem Gefängnis entlassen worden, wo er für eine Tat einsaß, die er nicht begangen hatte.

Sie hatte ihre Trainerin Mrs Smith gebeten, sie während ihrer Abwesenheit im Reitzentrum zu vertreten, doch irgendetwas war schiefgelaufen, und als der Pferdetransporter mit Roxy vorfuhr, waren weder Mrs Smith noch Casey vor Ort gewesen, um Storms vorübergehenden Ersatz willkommen zu heißen. Kein Wunder also, dass Roxy nicht gerade bester Laune war.

Casey versuchte, das Pferd mit sanften Lauten zu beruhigen, während sie mit einer Hand nach dem Sattelgurt griff. Roxy legte die Ohren an, trippelte unruhig mit den Hinterbeinen und klappte mit den Zähnen. Sie machte damit unmissverständlich klar, dass jeder Versuch, den Gurt festzuziehen, schwerwiegende Folgen nach sich ziehen würde.

«Jetzt mach mal halb lang! Ich gebe ja zu, dass wir einen schlechten Start hatten. Aber ich verspreche dir, dass ich das wieder wettmachen werde», sagte Casey und führte die Stute in den Hof hinaus, wo sie nicht mehr befürchten musste, von Roxy zu einem Ziegelsteinsandwich verarbeitet zu werden. «Ich weiß, dass du nicht nur Schönes erlebt hast in deinem bisherigen Pferdeleben. Aber damit ist es vorbei hier. Ich gehöre zu den Guten. Du kannst ja Storm fragen.»

In dem Moment, als sie *Storm*, den Namen ihres Spitzenpferdes, aussprach, durchfuhr sie ein stechender Schmerz. Sie sah ihn drüben auf der Koppel friedlich mit seinen Freunden grasen. Aus der Ferne gesehen verschmolzen die anderen Pferde – lauter Braune und ein paar Füchse – ineinander. Nur Storms Silber – für Casey eine Kombination zwischen Blitz und Gewitterwolke – stach selbst an einem so grauen Tag wie heute aus der Gruppe heraus.

Normalerweise wäre er, so rasch er konnte, zum Gatter gekommen, um sie zu begrüßen – begierig nach einem Galoppausritt, Süßigkeiten oder einfach nur etwas Zuneigung. Doch heute genoss er seine Ferien, was Casey auch durchaus verstand. Es war knapp zwei Wochen her, dass sie kurz nacheinander die *Badminton Horse Trials* und das *Kentucky Three-Day Event* gewonnen hatten und Casey als jüngste Doppelsiegerin seit Bestehen dieser namhaften Vielseitigkeitsprüfungen in die Geschichtsbücher eingegangen war.

Erst als das Frachtflugzeug der British Airways nach einem langen, anstrengenden Flug aus den USA auf dem Londoner Flughafen Stansted ausgerollt war, hatte Casey gemerkt, wie erschöpft sie war. Nur zwei Stunden nach ihrer Ankunft lag sie schon tief schlafend im Peach Tree Cottage in ihrem Bett, das sie in der Folge beinahe zwei Tage nicht verlassen sollte. Storm stand ihr in nichts nach. Die längste Zeit lag er auf der Seite und träumte wie ein Fohlen vor sich hin.

Nachdem Casey schließlich wieder aus ihrem Schlafzimmer aufgetaucht war, gönnte sie sich eine wohlverdiente Ruhepause. Zwölf wunderbare Tage lang stand sie spät auf, las Bücher und verbrachte Zeit mit ihrem Vater, den man inzwischen an seinem ehemaligen Arbeitsplatz, dem Half Moon Tailor Shop, wieder aufs Herzlichste aufgenommen hatte. Sein Chef, Ravi Singh, hatte nie an seiner Unschuld gezweifelt. Doch das Allerbeste für Casey waren die langen Strandspaziergänge und romantischen Picknicks, die sie mit Peter, Storms Hufschmied, der seit Kurzem auch ihr Freund, war, unternahm. Sie war so sehr in ihn verliebt, dass allein schon der Gedanke an ihn das Blut in ihren Venen zum Kochen brachte.

Ausgeruht und erholt (oder «neu hochgefahren», wie sie scherzhaft zu Peter sagte) war sie bereit für die neue Saison. Ihr größtes Ziel waren die *Burghley Horse Trials* im September. Mit einem Sieg bei diesem Wettbewerb würde sie gleich auch den *Rolex Grand Slam* gewinnen.

Der Kampf um dieses *Triple* im Vielseitigkeitsreiten war so hart, dass bisher nur eine Reiterin den Sonderpreis gewonnen hatte – Pippa Funnell im Jahre 2003. Ihre Leistung sollte als einzigartig und einmalig in die Geschichte eingehen, weil sie Badminton, Kentucky und Burghley zu einer Zeit für sich entschieden hatte, als der Geländeteil auch noch zwei Wegstrecken und ein Hindernisrennen umfasste. Selbst nach der Kürzung der Ausdauerprüfung um diese zwei Teile hatte bisher kein anderer das Triple geschafft. Drei Reiter, Andrew Hoy, William Fox-Pitt und Andrew Nicholson, waren immerhin nah daran gewesen.

Für Casey, die schon die aktuelle Version der Prüfung mit Dressur, Springen und Geländeritt als höchst anforderungsreich empfand, war Pippa eine Art Superheldin. Mit ihren siebzehn Jahren war sie noch Jahre vom Niveau einer Pippa Funnell entfernt, aber Wunder waren auch im Vielseitigkeitsreiten nicht auszuschließen, vor allem, wenn man über ein Pferd wie Storm Warning verfügte. Und Casey hatte ihr außerordentliches Talent mit den Siegen von Badminton und Kentucky ausreichend unter Beweis gestellt.

Leider musste sie nun aber auf Storm verzichten. Er benötigte dringend eine Ruhepause von sechs Wochen, bevor er das Training wieder aufnehmen konnte. Deshalb arbeitete sie jetzt mit Roxy. Eigentlich hatte Casey nach ihren Siegen in Badminton und Kentucky fest damit gerechnet, aus einer Reihe von Spitzenpferden auswählen zu können, um Storm vorübergehend zu ersetzen. Doch sie hatte nur eine Woche Zeit gehabt, sich darum zu kümmern, und die Angebote für ein geeignetes Pferd waren ausgeblieben.

Morag, die nüchterne und etwas schroffe Betriebsleiterin von White Oaks, zeigte kein Mitgefühl für Casey. «Was hast du denn erwartet? Klar, deine Leistungen in der vergangenen Saison waren umwerfend, Casey Blue, und dafür verdienst du Respekt. Aber wenn ich ein vielversprechendes Nachwuchspferd hätte, würde ich es um jeden Preis von dir und Mrs Smith fernhalten. Eure unkonventionellen – um nicht zu sagen abwegigen – Trainingsmethoden haben sich in der Vielseitigkeitsszene längst herumgesprochen.»

«So abwegig können sie nicht sein», protestierte Casey. «Unsere Erfolge sprechen für sich.»

«Stimmt. Aber ein Pferd ohne Zaumzeug über einen öffentlichen Strand galoppieren oder im Schwimmbecken einer Nachbarin herumplanschen zu lassen, ist nun einmal nicht jedermanns Sache. Und das waren noch eure harmloseren Experimente.»

Leider hatte Morag recht. Zwar hatte sonst niemand den Mut, es ihnen ins Gesicht zu sagen, aber die Sache war klar: Es kamen keine Angebote von gesunden Warmblütern mit beeindruckendem Leistungsausweis – was Mrs Smith allerdings nicht weiter aufregte, weil ihr von Anfang an ein Jungpferd vorgeschwebt hatte.

«Ideal wäre ein Pferd, das noch keine Turniererfahrung hat. Eine Herausforderung, an der wir wachsen können.»

Casey war gar nicht einverstanden.

«Was *ich* brauche, ist wohl eher ein Zwei- oder vielleicht sogar Drei-Sterne-Pferd mit einer anständigen Erfolgsquote im Springen und in der Dressur, damit ich mich die ganze Saison fit halten kann.»

«Und was soll dich dieses Wunderpferd lehren? Was willst du von solch einem Tier lernen? Darf ich dich daran erinnern, dass du nur ein einziges Pferd außer Storm geritten hast – nämlich Patchwork, von dem nicht wenige sagen würden, dass er zu drei Vierteln ein Maultier war. Deine Konkurrenten in der Vielseitigkeit haben mit Dutzenden von Pferden trainiert. Sie sind auch bei den verschiedensten Wettbewerben gestartet, bei Anfängerturnieren, Jagdritten und Amateurveranstaltungen. So verfeinern junge Reiter ihre Fähigkeiten und lernen etwas Pferdepsychologie.»

Casey, die sehr wohl wusste, dass ihr die Reiterfahrung abging, die selbst die Schwächsten in der Szene aufwiesen, widersprach ihr nicht.

Am folgenden Tag wollte ihr ein ehrgeiziges Paar zwei völlig ungeeignete Springpferde andrehen, die in White Oaks untergebracht waren.

Sie war schon am Rande der Verzweiflung gewesen, als ihr in einer E-Mail Lady Roxanne angeboten wurde, ein irisches Sportpferd, das schon ansehnliche Ergebnisse in den mittleren Leistungsklassen aufweisen konnte. Gemäß ihrer Besitzerin, Jennifer Stewart, verfügte die Stute über ein sehr großes Potenzial, das sie aber irgendwie nicht abrufen konnte. Sie flehte Casey an, es doch mit ihr zu versuchen. «Sie haben in Badminton und Kentucky gewonnen und gehören weltweit zu den besten jungen Reitern. Ich bin sicher, dass mein Pferd unter ihnen sein ganzes verborgenes Talent entfalten wird», schwärmte sie ihr in einer ihrer zahlreichen E-Mails vor.

In einer anderen Mail an Mrs Smith hatte sie Roxy als «begabt, aber nicht pflegeleicht» bezeichnet.

Das wiederum war nicht gerade nach Caseys Geschmack.

«Es hört sich irgendwie verdächtig an. Jennifer Stewart kommt bei mir wie eine Immobilienmaklerin rüber, die ein ganz gewöhnliches Objekt als ‹leicht renovierungsbedürftiges› Traumhaus verhökern will. Dann ziehst du ein und stellst fest, dass du dir eine elende Ruine angelacht hast.»

Ihre Trainerin schüttelte verwundert den Kopf. «Ich wünschte, du könntest dich selbst hören. Bist du jenes Mädchen, das vor weniger als drei Jahren einem Abdecker für einen müden Dollar ein Knochengerüst von einem Gaul abgekauft und es zu einem der besten Vielseitigkeitspferde dieses Landes gemacht hat? Jetzt rümpfst du die Nase über eine reinrassige, wettkampferfahrene Stute, nur weil sie von ihrer Besitzerin als ‹nicht gerade pflegeleicht› beschrieben wird.»

«Sie verharmlosen. Stewart hat sie unverblümt als ‹nicht pflegeleicht› bezeichnet», wandte Casey ein, wohl wissend, dass sie auf verlorenem Posten stand. Und Mrs Smith hatte ja nicht völlig unrecht. Eine Stute, die noch nicht ganz ‹fertig› war, konnte sich als durchaus interessanter und lehrreicher Partner herausstellen und sie außerdem davon ablenken, dass sie für eine Weile auf Storm verzichten musste.

«Sie haben wie immer recht. Ich muss mit mehr Pferden Erfahrungen sammeln, und mit Lady Roxanne bietet sich für mich die ideale Gelegenheit, ein Pferd, das ein ganz anderes Temperament hat als Storm, von Grund auf kennenzulernen und zu verstehen. Wenn ich es mir richtig überlege, kann ich es kaum erwarten, mit Roxy zu trainieren.»

Casey erinnerte sich an diese Worte, als sie Lady Roxanne jetzt zum Anbindepfosten in den Hof führte. Sie trat einen Schritt zurück, um ihr neues Pferd zu bewundern. Die karamellfarbene Stute hatte eine glänzende schwarze Mähne und leuchtende, intelligente Augen. Wenn sie nicht gerade finster dreinblickte oder um sich schnappte, war sie ein wirklich hübsches Pferd.

Von ihrem neuen Umfeld abgelenkt, stand Roxy ganz ruhig da, selbst als Casey den Sattel richtete. Die Stute wirkte völlig gelassen. Casey entspannte sich. Die Quetschepisode von eben war wohl eine einmalige Entgleisung gewesen. Sie griff nach dem Sattelgurt, um ihn festzuziehen.

«Autsch!»

Ihr Schrei war so laut, dass er die Vögel in den umstehenden Bäumen aufscheuchte. Roxy hatte mit den Zähnen in ihren linken Arm gekniffen. Casey wand sich vor Schmerz.

Während sie leise vor sich hin fluchte und die gerötete Haut massierte, stellte sie erstaunt fest, dass Roxy die Ohren aufgestellt hatte und scheinbar unbeteiligt in die Ferne blickte, als wäre das wimmernde Mädchen neben ihr nichts als eine totgeklatschte Fliege.

Casey blickte sich im Hof um und war erleichtert, dass niemand Zeuge dieser peinlichen Szene geworden war. Die Reitlehrer besuchten gerade einen Schulungskurs, und die Stallmädchen hatte Morag zu einer Pferdeshow mitgenommen. Verärgert sah Casey auf die Uhr. Wo in aller Welt mochte wohl Mrs Smith stecken? Ihre Trainerin war gestern wegen einer geheimnisvollen Besorgung nach Brighton gefahren und jetzt war sie schon anderthalb Stunden verspätet. Dabei hatten sie sich zum ersten Training nach der Pause verabredet und mussten mit einem nicht gerade pflegeleichten Pferd fertigwerden. Casey hatte geduldig gewartet, doch schließlich überkam sie die Lust, ihre neue Stute auf eigene Faust aus dem Stall zu holen.

Wenn Mrs Smith eine normale Trainerin gewesen wäre, hätte sie sie anrufen können, doch Mrs Smith verabscheute Mobiltelefone. Sie weigerte sich sogar, jenes zu benutzen, das ihr Casey auf ihrer Rückreise aus den USA gekauft hatte. Also war Casey ganz allein mit *Lady* Roxanne, die ihrem Namen keinerlei Ehre machte.

In der Hoffnung, ihr neues Pferd zu beeindrucken, erklärte sie Roxy eindringlich aber freundlich, dass Beißen, Treten und

Gegen-die-Stallwand-Quetschen in White Oaks absolut tabu waren. Doch die Stute schenkte ihr keine Beachtung. Vorsichtig hob Casey ein Sattelblatt und legte ihre Hand behutsam auf den Sattelgurt. Keine Reaktion. Doch als sie sich vorbeugte, um ihn anzuziehen, ließ Roxy ihren Kopf blitzartig herumschnellen und biss so herzhaft in Caseys Hinterteil, dass diese laut schreiend einen großen Satz in die Luft machte.

Ein schallendes Lachen ließ Roxy und Casey erstarren. Mit zusammengekniffenen Augen blickte Casey zum Stall hinüber, wo im Halbdunkel ein Mann gegen die Wand gelehnt stand. Sie konnte kaum glauben, dass sie ihn nicht schon vorher bemerkt hatte, wo er doch nur ein paar Meter von ihr entfernt war. Doch mit seinem schwarzen Poloshirt, der dunkelbraunen Reithose und den hohen schwarzen Stiefeln war er im Schatten des Stallgebäudes wirklich schlecht zu sehen.

Gemächlich streckte er sich und trat ins Licht. Casey verschlug es den Atem. Er war etwa fünf Zentimeter kleiner als Peter und so strohblond wie ihr Freund pechschwarz war, aber er hatte ein Aussehen, das man in einem Teenager-Magazin als «hammermäßig» bezeichnet hätte.

«Wenn du ihr beim nächsten Mal eine Karotte gibst, wird sie so überrascht sein, dass sie sich sofort beruhigt», sagte er freundlich. «Natürlich wird sie weiter versuchen, nach dir zu schnappen, aber wenn du ihr auch dann wieder eine Karotte gibst, wird sie schnell lernen, eine negative zu einer positiven Erfahrung zu machen.»

Was er sagte, ergab Sinn, doch langsam wurde Casey wütend. Sie ließ sich von einem dahergelaufenen jungen Mann doch nicht sagen, was sie zu tun hatte. Schon gar nicht, wenn er noch dazu gut aussah und sie von Schmerzen gequält wurde. «Ach so?», sagte sie unterkühlt.

Doch der junge Mann grinste nur und wischte sich eine blonde Haarsträhne aus der Stirn, um dann zu sagen: «Aber das weißt du bestimmt alles schon. Du hättest nicht geschafft, was du geschafft hast, und schon gar nicht mit einem so brillanten und gleichzeitig komplizierten Pferd wie Storm Warning, wenn du nicht außerordentlich gut mit Tieren kommunizieren könntest.»

Casey fühlte sich sogleich schlecht, weil sie sich derart über eine Kleinigkeit geärgert hatte, zumal der junge Mann ihr offensichtlich nur hatte helfen wollen. Außerdem war ihr jeder Mensch, der Storm mit Lob eindeckte, sympathisch. Lächelnd gab sie zurück: «So weit würde ich nicht gehen. Bei Roxy jedenfalls habe ich mit meiner Pferdeflüsterei bisher noch gar nichts erreicht.»

«Möchtest du es nicht mit dem Karottentrick versuchen?»

Casey wusste nicht so recht. Ihr Arm und ihre rechte Hinterbacke taten ihr höllisch weh, und sie hatte keine Lust, nochmals angeknabbert zu werden. Dennoch sagte sie: «Klar, warum nicht?»

Als sich Roxy wieder mit gefletschten Zähnen zu ihr umdrehte, steckte Casey ihr kurzerhand eine Karotte ins Maul. Nun war die Stute zu sehr mit dem Kauen der Karotte beschäftigt, um an den Sattelgurt auch nur zu denken. Mit zwei weiteren Karotten schaffte es Casey problemlos, den Gurt festzuzurren.

«Brauchst du Hilfe?»

Casey zögerte. Die Aufstiegshilfe stand auf der anderen Seite des Hofs. Roxy war endlich bereit. Vielleicht war es besser, jetzt aufzusitzen, wo die Stute ruhig war. «Ja … äh … gerne.»

Als sich der unbekannte Besucher bückte, um ihr mit verschränkten Händen beim Aufsteigen zu helfen, streifte er mit seinem Bizeps leicht Caseys Brust. Urplötzlich fühlte sie sich zu ihm hingezogen, und gleichzeitig überkam sie ein unerklärlicher Anflug von Angst und Schuld. Der Konflikt dieser Gefühle brachte sie derart aus dem Konzept, dass sie beinahe auf der anderen Seite von Roxy wieder hinuntergerutscht wäre.

«Mach dir bloß keine Gedanken. Das hier ist meine erste Reitstunde», sagte sie scherzhaft, während sie sich, puterrot angelaufen, wieder in den Sattel zurückkämpfte.

«War ganz allein mein Fehler», sagte er charmant. «Habe wohl meine eigene Kraft falsch eingeschätzt. Dich jedenfalls würde niemand für einen Amateur halten, Casey Blue, von wegen erster Reitstunde ...»

Casey nahm die Zügel auf. Jetzt, da sie von oben auf ihn hinuntersehen konnte, hatte sie die Situation wieder eher im Griff. Außerdem kam ihr der Besucher irgendwie bekannt vor. «Du scheinst meinen Namen zu kennen. Würde es dir etwas ausmachen, mir zu sagen, wie du heißt?»

«Entschuldige, ich habe wohl heute meine guten Manieren zu Hause vergessen. Ich heiße Kyle. Freut mich, dich endlich kennenzulernen. Ich habe es mir schon längst gewünscht», sagte er in einem Ton, als hätte er seit Monaten an nichts anderes gedacht.

«Warum?», entfuhr es Casey.

Grinsend gab er zurück: «Warum nicht? Du bist schließlich die heißeste junge Reiterin im ganzen Land.»

Als er ihr die Hand entgegenstreckte, sagte ihr ein sechster Sinn, dass ihr der Kontakt mit diesem Jungen nichts Gutes bringen würde. Mit aller Kraft riss sie ihren Blick von seinen dunkelblauen Augen los und ließ ihn zum Gatter in der Ferne schweifen. Wo bloß Mrs Smith stecken mochte?

Unterkühlt antwortete sie: «Das bin ich bestimmt nicht. Aber trotzdem vielen Dank. Bist du Vielseitigkeitsreiter?»

«Was denkst du bloß? Dafür bin ich nicht mutig genug. Auf dem Boden fühle ich mich viel besser und riskiere keine Knochenbrüche. Ich coache ein bisschen.»

Jetzt endlich fiel der Groschen. Casey verbarg ihre Überraschung, indem sie ihrer unruhigen Stute erlaubte, ein paar Schritte nach vorne zu machen. Sie hätte sein Kompliment erwidern und ihm sagen können: «Ich weiß, wer du bist. Du bist der heißeste Trainer von Großbritannien.» Aber irgendetwas an seiner selbstbewussten Schulterhaltung sagte ihr, dass ihm das längst klar war. Im vergangenen Oktober war er als bisher jüngster Kandidat für die Auszeichnung *Golden Horseshoe Instructor of the Year* nominiert worden, hatte sich dann aber nach einer umstrittenen Schlussentscheidung mit dem zweiten Platz zufrieden geben müssen. Danach kursierten in der Vielseitigkeitsszene wilde Gerüchte über die Vergabe des Titels. Da der Gewinner mit einem der Jury-Mitglieder verwandt war, ging man allgemein davon aus, der Ausgang des Verfahrens sei manipuliert und Kyle um den Titel betrogen worden.

Casey brachte Roxy wieder zum Stehen. «Bist du Kyle West?»

Immer noch grinsend, gab er zurück: «Ja, ich glaube, so steht's in meinem Personalausweis.»

«Trainierst du hier jemanden?»

Er kam ihr einen Schritt entgegen, wischte sich wieder das blonde Haar aus der Stirn und blickte zu ihr hinauf: «Nö, ich bin hergekommen, um dich zu treffen.»

«Mich?»

«Ja, ich würde mich gerne mit dir unterhalten, wenn du nichts dagegen hast.»

Casey platzte beinahe vor Neugier, doch sie ließ sich nichts anmerken. «Kein Problem, wenn's dir nichts ausmacht, eine

Stunde oder so zu warten. Du hast bestimmt gesehen, dass Roxy und ich gerade dabei sind, uns gegenseitig kennenzulernen, und Mrs Smith, meine Trainerin, die eigentlich längst hier sein sollte, ist es nicht.»

Kyle lief neben ihnen her, als sie aus dem Hof ritten. «Kein Problem. Passt es für dich, wenn ich dir bei der Arbeit ein bisschen zusehe? Aber bitte, ich will mich nicht aufdrängen.»

«Passt für mich», sagte Casey, nicht ahnend, dass nach diesen drei gedankenlos hingeworfenen Worten nichts mehr sein würde wie vorher.

2

Es war ein heller und freundlicher Tag, auch wenn die Wolkenbänke tief hingen. Umgeben von Blumenwiesen, weidenden Schafen und den fünfhundert Jahre alten Eichen, denen das White Oaks Equestrian Centre seinen Namen verdankte, sah der Reitplatz am heutigen Morgen einladender aus als je zuvor. Dennoch entschied sich Casey für die Halle, weil sie mehr Privatsphäre bot.

Vielleicht wunderte sich Kyle darüber. Aber er sagte kein Wort. Ohne zu fragen, ließ er sich auf der Holztribüne nieder, die für die Winterturniere erstellt worden war, und blieb dort so ruhig und regungslos sitzen, dass er beinahe unsichtbar wirkte.

Anfangs fühlte sich Casey durch seine Anwesenheit verunsichert, doch schon bald überwog die Freude, endlich wieder im Sattel eines willigen Pferdes zu sitzen. Jennifer Stewart hatte nicht übertrieben. Roxy hatte jede Menge Talent. Die Hinterhand musste entschieden noch aktiviert werden, aber sonst bewegte sich die Stute sehr gut. Abgesehen von den Schwierigkeiten beim Satteln gab es nur noch eine kurze Aufregung, als Casey einen Abwurf abwenden musste, weil Roxy im Übermut einmal leicht bockte.

Je länger das Training dauerte, desto selbstbewusster wurde

Casey. Sie fand auch Gefallen daran, dass Kyle sehen konnte, wie gut sie ritt, und dass sie dabei war, eine Beziehung zu Roxy aufzubauen. Damit konnte sie die peinliche Szene im Hof wiedergutmachen. Gleichzeitig fühlte es sich seltsam an, ein anderes Pferd als Storm zu reiten. Roxy hatte weder Storms Kraft noch seine Durchlässigkeit und war nicht in der Lage, ihre Gedanken zu lesen, aber sie reagierte gut, und Casey spürte, dass Roxy ein authentisches Pferd war. Dass sie auch eine gute Springerin war, stellte sie unter Beweis, indem sie locker eine Reihe von steilen Hindernissen meisterte, als sei sie bei einer Springkonkurrenz. Casey konnte kaum glauben, dass es sich dabei um dasselbe Pferd handelte, das vor ein paar Minuten noch nach ihr geschnappt hatte.

Kyle seinerseits hüllte sich in Schweigen. Er saß etwas vornübergebeugt und mit leicht gerunzelter Stirn da. Wenn er seinen Kopf drehte, um Caseys Vorankommen zu verfolgen, erstrahlte sein blondes Haar im goldenen Licht. Casey entging nicht, dass er ab und zu auf sein Handy schielte, doch jedes Mal, wenn sie vor ihm vorbeiritt, hatte er sich wieder ihr zugewendet.

«Irgendwelche Anregungen?», rief Casey, als sie Roxy wieder Schritt gehen ließ.

«Super, ganz große Klasse. Klar, es gibt immer ein paar Dinge, die sich verbessern lassen, aber die sind so klitzeklein, dass sie nicht der Rede wert sind.»

Casey hielt vor ihm an und hakte nach: «Schieß los, was sind das für klitzekleine Dinge?»

«Wie gesagt, nicht der Rede wert.»

«Dann kann ich sie auch leicht loswerden. Bitte, worum geht's?»

«Es ist ... äh ... die Sache mit deinem Fuß. Tust du das immer?»

«Welche Sache mit meinem Fuß?»

«Dass du im Steigbügel deinen Fuß immer nach außen drückst, gegen den kleinen Zeh?»

Zum zweiten Mal an diesem Tag kam sich Casey wie eine Anfängerin vor. «Was? Nein ... äh ... nicht dass ich wüsste. Sieht es so aus, als würde ich das tun?»

Er zuckte die Schultern. «Du spürst es vielleicht gar nicht, aber glaub mir, du machst es. Am Boden ist es auch kaum bemerkbar. Aber beim Springen destabilisiert es deinen Unterschenkel. Nicht gerade vorteilhaft für den *Cottesmore Leap* in Burghley.»

Casey kannte dieses Hindernis gut. Sie hatte es bei der letztjährigen Fernsehübertragung genau studiert. Es handelte sich dabei um das größte Vielseitigkeitshindernis der Welt, das nicht nur enorm hoch war, sondern auch noch aus einem furchterregend tiefen und breiten Graben bestand. Viele Reiter machten beim Abschreiten des Parcours einen großen Bogen um diesen Sprung, um nicht schon vor dem Start das Nervenflattern zu kriegen.

«Kein Problem, das kriegen wir schon hin. Jetzt stell dich mal in den Steigbügeln auf und suche dein Gleichgewicht. Merkst du, wie dein Gewicht automatisch nach innen drängt? Jetzt versuch's auch mal im Schritt, im Trab und im Galopp. Ja, gut. Das sieht schon viel besser aus. Fühlt es sich nicht auch besser an?»

«Doch», sagte Casey. Sie wollte ihm nicht gestehen, dass ihre Trainerin Mrs Smith sie in den drei Jahren ihrer Zusammenarbeit niemals auf diesen anscheinend kritischen Fehler hingewiesen hatte.

«Versuch's doch mal mit dem Oxer. Mal schauen, ob's funktioniert.»

Casey sprang den Oxer und schloss gleich noch einen Steilsprung an. Der Unterschied war frappierend. Sie fühlte sich viel verbundener mit dem Pferd und auch sicherer. Auch das Pferd schien sich bei den Sprüngen viel wohler zu fühlen.

Kyle applaudierte ihr. «Du bist wirklich ein Naturtalent. Die meisten meiner Schüler brauchen Wochen, um eine solche Änderung umzusetzen.»

Casey blieb vor ihm stehen. «Sonst noch was? Du hast von *ein paar* kleinen Sachen gesprochen.»

Mit einem Lachen antwortete er: «Oh nein, das reicht für einen Tag. Es ist mir ohnehin peinlich, dass ich es überhaupt angesprochen habe. Du hast Badminton und Kentucky gewonnen. Du brauchst bestimmt keine Tipps von mir. Nein, echt jetzt, ich bin ein großer Fan von dir, Casey.»

Casey lief rot an. «Danke. Und wenn du mich noch zehn Minuten aushältst, können wir jetzt noch miteinander reden, so wie du es gewünscht hast.»

Voller Selbstvertrauen trieb sie Roxy zu einem Galopp an. Elegant meisterte die Stute den Steilsprung und drehte zum Oxer ab. Dann stellte sie die Ohren auf und legte plötzlich an Tempo zu. Doch im allerletzten Moment trat sie auf die Bremse.

Casey wurde mit zappelnden Armen und Beinen nach vorn katapultiert, als sei sie aus einem Kanonenrohr abgefeuert worden. Für einen kurzen Augenblick sah sie, wie Kyle sich in Zeitlupe in ihre Richtung bewegte, und sie hatte gerade noch Zeit, sich innerlich anzuspannen, bevor sie bäuchlings im Staub landete – wie ein Frosch, den man aus großer Höhe auf den Boden geklatscht hatte. Minutenlang rang sie nur noch nach Atem, alles tat ihr weh, vor allem ihre Rippen und die Bissstellen an Arm und Gesäß. Aber am meisten schmerzte sie die Erniedrigung.

Kyle kam mit Roxy herbeigeeilt und half ihr auf die Füße.

«Irgendwelche Ratschläge?», fragte Casey, als sie ihre Stimme schließlich wiedergefunden hatte.

Grinsend gab ihr Kyle zur Antwort: «Besteige nie ein Pferd, das dich am Boden nicht akzeptiert hat.»

Nachdem sie Roxy in den Stall gebracht hatte und von dieser glücklicherweise nicht malträtiert worden war, begleitete Casey Kyle auf den Parkplatz.

«Es tut mir leid, dass du dir das mit ansehen musstest. Mir jedenfalls ist es oberpeinlich.»

Kyle musste lachen. «Stell dich doch nicht so an. So was kann dem allerbesten Reiter passieren. Klar, unsere Miss Roxy ist keine einfache Dame. Aber wenn es jemand gibt, der sie in den Griff bekommen kann, dann bist bestimmt du es.»

Casey blieb stehen. «Ich würde deinen Optimismus liebend gern teilen. Aber verrätst du mir jetzt, was du mit mir besprechen willst?»

Er blickte zu Boden. Seine langen, dunklen Wimpern warfen einen Schatten auf seine Wangen. «Ich ... äh ... weiß nicht so recht, ob es eine gute Idee ist. Weißt du, ich bin wegen eines Gerüchts hier, das nicht verstummen will ...»

«Ein Gerücht?»

«In der Szene wird gemunkelt, dass Mrs Smith an einen Rücktritt denkt. Kann gut sein, dass du es anmaßend findest, aber ich wollte dich fragen, ob du mir vielleicht die Ehre erweisen würdest, dich trainieren zu dürfen. Du hast die riesengroße Chance, dieses Jahr die Burghley Horse Trials zu gewinnen, und ich möchte der Trainer sein, der dich darauf vorbereitet.»

Casey war wie betäubt. «Ich hatte keine Ahnung, was du mir sagen wolltest. Aber das hätte ich zuallerletzt erwartet. Es schmeichelt mir zwar, dass du mich trainieren willst, aber ich muss dir sagen, dass du völlig schief liegst. Mrs Smith wird wegen ihres Alters immer wieder falsch eingeschätzt, aber wenn du sie näher kennen würdest, wäre auch dir klar, dass sie mit ihren über sechzig Jahren mehr Intelligenz, Kraft, Energie und Jugendlichkeit mitbringt als die meisten Zwanzigjährigen ...»

Sie wurde vom Rattern eines um die Ecke kurvenden Busses übertönt, der mit zischender Druckluft vor dem Reitzentrum zum Stehen kam.

«Sie ist kerngesund und denkt nicht im Traum daran, das Handtuch zu werfen ...»

Klappernd öffnete sich die Tür des Busses, und Mrs Smith trat heraus. Als sie ihren rechten Fuß auf die Straße setzte, schien er kurz nachzugeben, woraufhin sie einen Augenblick lang taumelte, bevor sie sich schließlich doch noch auffangen konnte. Ihr Gesicht war kreideweiß, und jedes einzelne ihrer dreiundsechzig Jahre war ihr anzusehen. Ihre normalerweise faltenfreie indische Baumwollbluse und die Hose waren zerknittert, und Casey hatte das Gefühl, dass Mrs Smith sich in der leichten Brise über den Fahrweg kämpfen musste.

«Guten Morgen allerseits», rief sie ihnen munter zu. «Bitte entschuldige meine Verspätung, Casey. Öffentlicher Verkehr, nimmer mehr!»

Kyle wandte sich ab, um sein waldgrünes MG-Cabrio zu entriegeln. Sein Gesichtsausdruck sprach Bände. «Okay, Casey, ich bin dann mal weg. Ich lasse dich jetzt in Ruhe.» Dann drückte er ihr eine Visitenkarte in die Hand. «Es war mir ein Vergnügen. Ruf mich an, wenn du mich brauchst.»

Casey wich seinem Blick aus. «Werde ich nicht tun, aber danke.»

Vielleicht bildete sic es sich nur ein, aber als sie ihre Trainerin umarmte, kam sie ihr abgemagert, um nicht zu sagen zerbrechlich vor.

«Wer war das denn?», fragte Mrs Smith, als der schnittige MG vom Parkplatz fuhr.

Casey hielt sich die Ohren zu, um sie vor dem aufheulenden Motorenlärm des durch die Allee davonbrausenden Sportwagens zu schützen.

«Ach niemand Wichtiges.»

3

Mit acht Jahren hatte Casey beschlossen, Vielseitigkeitsreiterin zu werden. Sie erinnerte sich noch genau an diesen Augenblick. Sie lag auf dem schäbigen alten Sofa bei ihrem Vater zu Hause, 414 Redwing Towers, einem Sozialwohnungskomplex in East London, und war gerade dabei, zum x-ten Mal ihren Lieblingspferderoman zu verschlingen. Von der Küche her drang der verlockende Duft des bevorstehenden vegetarischen Abendessens zu ihr herüber. In der Ecke knisterte ein kleiner Fernseher leise vor sich hin.

«Fünf Minuten bis zum Start, Casey», rief ihr Vater, was so viel bedeutete wie: Buch hinlegen und Tisch decken. Doch Casey machte keine Anstalten, mit dem Lesen aufzuhören. Sie war mitten in der spannendsten Passage des Romans. Auch wenn sie den Ausgang der Geschichte kannte und genau wusste, dass das Fohlen vor dem scheinbar sicheren Tod gerettet wird, schlug ihr das Herz bis zum Hals.

«Casey Bluuee, wo bist duu?», sang ihr Vater.

«Gleich», gab sie zurück, ohne den Blick vom Buch zu lösen. Zwei Kapitel später klappte sie es widerwillig zu und sprang vom Sofa, um gleich von einem anderen Pferd in den Bann gezogen zu werden. Diesmal war es eines, das über den TV-Schirm flimmerte. Noch nie hatte sie ein derart fittes Pferd gesehen, und auch sein Reiter war in bestechender Form. Sie galoppierten über einen von Zuschauern gesäumten Parcours – wie verschmolzen in Kraft und Eleganz. Jetzt baute sich vor ihnen ein kolossales Hindernis auf. Das Pferd übersprang es scheinbar mühelos.

Casey setzte sich wieder auf das Sofa.

Als ihr Vater mit zwei Tellern dampfender Lasagne aus der Küche kam, wollte er gerade den Mund öffnen, um sie zurechtzuweisen. Doch dann sah er, was sie fesselte. Caseys Mutter war gestorben, als sie gerade zwei Jahre alt war, und seither waren Pferde ihr Ein und Alles: Pferde in Büchern und im Fernsehen, Polizeipferde auf der Straße, ja selbst die Klepper und Ponys eines heruntergekommenen Reiterhofs in der Nähe. Roland war dieser Pferdeliebe gegenüber wohlwollend eingestellt. Er holte Besteck und Servietten und setzte sich neben sie.

«Was läuft denn gerade? Super, das ist ein Zusammenschnitt der Badminton Horse Trials. Ich kenne mich ja nicht besonders gut aus, aber ich glaube, das ist einer der härtesten Sportwettkämpfe der Welt. Vor allem wegen der furchterregenden Hindernisse. Schau mal, da ist gerade so eines. Sind die jetzt echt über ein Haus gesprungen? Oh mein Gott, diesen Baumstamm haben sie berührt. Ich hab schon gedacht, jetzt stürzen sie.»

«Ich auch», stieß Casey hervor.

«Ich glaube aber, für Badminton müssen Pferd und Reiter extrem vielseitig sein, denn sie werden in Dressur – eine Art Pferdeballett – Geländeritt und Springen geprüft.»

«Wow, da braucht man ja ein Pferd mit Flügeln.»

«Genau.»

Als hätten sie ihnen zugehört, flogen Pferd und Reiterin über ein hohes Gatter, doch das Gelände auf der anderen Seite war nicht flach, sondern fiel steil ab. Der Aufnahmewinkel der

Fernsehkamera ließ den Sprung selbstmörderisch erscheinen. Die beiden stürzten im freien Fall in die Tiefe.

«Wenn das nur gut geht», sagte Roland Blue.

Doch nicht nur schaffte das Pferd den Sprung, sondern es landete auch unbeschadet und sauber mit aufgestellten Ohren am Fuß der abschüssigen Böschung. Sofort preschte es weiter und stellte dabei auch noch frech den Schweif auf. Die Reiterin, bei der es sich, wie Casey später erfuhr, um Lucinda Green handelte, unterwegs zu einem ihrer sechs Badminton-Siege, tätschelte das Pferd voller Begeisterung und mit einem breiten Grinsen.

Casey war so überwältigt, dass ihr für ein paar Minuten die Sprache wegblieb. Als sie schließlich den Mund öffnete, sagte sie mit einer Überzeugung, die nur von einem achtjährigen Mädchen kommen konnte, das die harte Realität des Lebens ganz ohne Geld und Beziehungen noch nicht kennengelernt hatte: «Eines Tages wirst du mich so reiten sehen.»

Knapp ein Jahrzehnt später war dieser Tag gekommen. Als sie jetzt in der Küche des Peach Tree Cottage saß und auf dem Laptop ihre Fanpost sortierte, fragte sich Casey, ob sie wohl aufgegeben und eine weniger harte Laufbahn ergriffen hätte, wenn ihr bewusst gewesen wäre, was alles auf sie zukommen würde. Vielleicht hätte sie Kunst studieren oder Tierarzthelferin werden sollen?

Noch während sie darüber nachgrübelte, fiel ihr Blick auf ein am Kühlschrank hängendes Foto. Es zeigte sie selbst als strahlendes dreizehnjähriges Mädchen in einer Reithose aus dem Secondhandladen und einem T-Shirt mit der Aufschrift

Hope Lane Riding School. Sie musste lachen, als sie an die Zeit zurückdachte. Das Bild zeigte, dass Pferde schon damals ihre ganze Leidenschaft gewesen waren – und dies noch vor ihrer Zeit als Freiwillige auf dem heruntergekommenen Reiterhof in Hackney, der scherzhaft *Hopeless Lane* genannt wurde. Doch später war aus Leidenschaft Lebensinhalt geworden. Nachdem sie zusammen mit ihrem Vater den abgemagerten und völlig verstörten Storm vor dem sicheren Tod beim Abdecker gerettet hatte, war ihr Schicksal besiegelt. Von jenem Tag an wusste sie, dass für sie das Leben nur Sinn machen würde, wenn es sich um ihr geliebtes Silberpferd drehte.

Drei Jahre später hatte sie alles erreicht, was sie sich erträumt hatte – und noch viel mehr dazu. Sie hatte zwei der renommiertesten Turniere der Welt gewonnen und war innerhalb von sechs Monaten von tiefer Armut in einen verhältnismäßigen Wohlstand katapultiert worden. Zu Beginn ihrer Zeit in der Vielseitigkeitsszene waren sie und Mrs Smith in einer Klapperkiste von einem Transporter unterwegs gewesen, mit dem normalerweise drei zottelige Esel durch die Gegend gekarrt wurden. Ihre Reitklamotten stammten aus dem Secondhandladen, und das schlecht sitzende Sattelzeug musste sie sich von der Hopeless Lane ausborgen.

Jetzt lieferten ihre großzügigen Sponsoren fast jeden Tag sorgsam in Zellophan verpackte Reitkleider, glänzende Stiefel, erstklassiges Sattelzeug und nur das allerbeste Pferdefutter. Gerade heute Morgen hatte ihr ein Unternehmen per E-Mail einen luxuriösen Pferdetransporter angeboten, auf dem ihr Name prangen würde. Casey, die bisher im anständigen, aber einfachen Pferdetransporter von White Oaks durch die Gegend gefahren wurde, war außer sich gewesen vor Freude. Ohne Mrs Smith, ihre inoffizielle Managerin und Trainerin, zu fragen, hatte sie die Mail postwendend mit den Worten: *Ja! Ja! Ja! Danke! Danke! Danke!* zurückgeschickt.

Es passte also alles in ihrem Leben, zumal sie neben ihren sportlichen Erfolgen auch einen Freund hatte, der sie liebte, ganz zu schweigen von dem schmucken kleinen Landhaus und den ausgezeichneten Trainingsanlagen in White Oaks.

Aber tief in ihrem Inneren war sie trotzdem nicht glücklich.

Irgendetwas stimmte nicht. Irgendetwas wurmte sie. Die Küche war immer ihr liebster Aufenthaltsort im Peach Tree Cottage gewesen, denn hier war es besonders gemütlich und oft duftete es herrlich nach frischem Apfelkuchen. Heute Nachmittag jedoch wirkte alles düster und kalt. Casey wusste nicht so recht, ob es mit Kyles Besuch zusammenhing. Er hatte sie verunsichert und ihre Nerven strapaziert. Vielleicht aber war es auch etwas ganz anderes. Was auch immer es sein mochte, es fühlte sich nicht gut an.

Sie blickte auf den Bildschirm ihres Laptops. Sie hatte 181 ungelesene E-Mails in ihrem Posteingang. Die meisten stammten von jungen Fans, die sie mit ihren Erfolgen inspiriert hatte. Einige waren so schmeichelhaft, dass sie beinahe errötete. Bei den restlichen E-Mails handelte es sich vor allem um Anfragen von potenziellen Sponsoren und Journalisten. Lauter gute Nachrichten, die sie eigentlich glücklich und zufrieden stimmen sollten. Weshalb also dieses Unbehagen?

Casey knallte den Deckel ihres Computers zu und schob den Stuhl zurück. Dann trat sie aus dem Haus, schloss die Küchentür hinter sich ab und lief querfeldein zu Storm. Kyle war an allem schuld. Hätte er sie nicht mit dem Gerücht aufgeschreckt, Mrs Smith würde sich demnächst zurückziehen, wäre sie jetzt noch genauso entspannt und ruhig wie heute Morgen beim Aufstehen.

Doch so hatte sie Mrs Smith gleich nach ihrer Ankunft, kaum dass sie ihre Tasche abgestellt und einen Chai-Tee getrunken hatte, mit der Frage konfrontiert, ob sie wirklich im Sinne habe, sich aus gesundheitlichen Gründen aus dem Sport zurückzuziehen. Wie nicht anders von ihr zu erwarten war, brach Mrs Smith in schallendes Gelächter aus.

«Meine Liebe, muss ich wirklich meine guten alten Gewohnheiten über Bord werfen und anfangen, dickes Make-up aufzutragen? Ich sehe anscheinend viel schlechter aus, als ich mich fühle.»

Casey war genervt. «Können Sie nicht wenigstens einmal ernsthaft auf eine Frage antworten? In den vergangenen Monaten haben Sie häufig über Kopfschmerzen geklagt und müde und angeschlagen gewirkt. Und in Kentucky gab es Tage, da haben Sie richtig krank ausgesehen.»

Mrs Smith blickte sie ungläubig an. «Soll das ein Witz sein? In Kentucky hat mir einfach die Bruthitze zugesetzt. In der Sahara wäre es vergleichsweise kühl gewesen. Außerdem waren wir Opfer einer Erpressung. Was die Müdigkeit angeht, so konntest *du* dir nach Kentucky eine Pause gönnen. Ganz im Gegensatz zu mir. Kaum war ich aus dem Flugzeug gestiegen, habe ich weitergearbeitet – trotz Jetlag. In den letzten zwei Wochen habe ich mit Sponsoren verhandelt, mich mit den Medien herumgeschlagen und dir ein Ersatzpferd beschafft. Darf ich dich daran erinnern, dass ich für meine 63 Jahre noch recht fit bin? Was glaubst du denn, wer ich bin? *Superwoman*?»

Sie hatte natürlich recht, aber Casey ließ nicht locker. «Heißt das jetzt, dass Sie an Ihren Rücktritt denken?»

«Willst du denn, dass ich das Handtuch werfe? Geht es dir vielleicht darum? Denkst du, ich sei hinüber und reif fürs Altersheim?»

«Das ist lächerlich», sagte Casey. «Ich habe selten so etwas Abwegiges gehört. Ich habe mir nur Sorgen darüber gemacht, dass Sie sich vielleicht überarbeitet haben. Sie, Dad und Peter sind die wichtigsten Menschen, die ich habe auf dieser Welt. Ihre Gesundheit bedeutet mir mehr als jedes noch so wichtige Turnier, Burghley eingeschlossen. Versprechen Sie mir, dass Sie nichts vor mir verbergen, falls Sie einmal krank werden sollten. Versprechen Sie mir, dass Sie es mir sagen, auch wenn Sie nur einen leichten Schnupfen haben.»

Mrs Smith umarmte sie. «Meine Liebe, du und Storm, ihr seid meine Welt, eine wunderbare Welt. Ich gebe dir mein Wort, dass ich es dir sagen werde, falls es für mich zu anstrengend wird, dich zu trainieren. Aber nichts liegt mir ferner, als an einen Rücktritt zu denken, das kann ich dir versichern. Und ich verspreche dir, dass ich im September in Burghley sein werde, um dich gewinnen zu sehen. Und jetzt erzähl mir von Lady Roxanne. Wie bist du heute Morgen mit ihr zurechtgekommen?»

Storm wartete auf der Weide in der Nähe des Gatters. Er war hungrig. Als er Casey sah, wieherte er freudig. Während sie ihn in den Stall führte, versuchte Casey die beunruhigende Tatsache zu verdrängen, dass Mrs Smith heute Nachmittag zwei Stunden in ihrem Zimmer verschwunden war, obwohl sie zuvor so hartnäckig beteuert hatte, es gehe ihr gut. Angeblich wollte sie Recherchen über neue Trainingsübungen für die nächsten Wochen anstellen, doch als Casey an ihrem Zimmer vorbeiging, war kein Ton zu hören gewesen, was sie zu dem Schluss kommen ließ, dass Mrs Smith sich schlafen gelegt hatte.

Plötzlich schob sich ein Bild des gut aussehenden, jungen Kyle vor Caseys inneres Auge. Seine Ausstrahlung und Energie standen in krassem Kontrast zu dem Bild, das Mrs Smith abgegeben hatte, als sie heute Vormittag aus dem Bus gestolpert war. Kyle musste nicht nach Trainingsmethoden recherchieren. Obwohl er noch so jung war, konnte er sein ganzes Fachwissen jederzeit aus dem Ärmel schütteln. Sein Trick für das Satteln von Roxy hatte perfekt funktioniert, und sie konnte es kaum noch erwarten, wieder Storm zu reiten, jetzt da sie ihre Fuß- und Beinstellung optimiert hatte. Es war zwar nur ein kleines Detail, aber sie war ziemlich überzeugt, dass es eine ganze Menge ausmachen würde, ganz besonders bei den Horror-Hindernissen von Burghley.

Sie hatte Mrs Smith nichts von Kyles improvisierter Trainingsstunde erzählt und schon gar nicht von seinem Abwerbungsversuch. Weshalb auch? Mrs Smith war nicht nur ihre Trainerin, sondern auch ihre beste Freundin. Für Casey war es undenkbar, sich jemals von jemand anderem coachen zu lassen. Sie waren ein Team.

Storm stupste sie an. Casey blinzelte. Sie hatte ihn im Autopilot-Modus in den Stall geführt und, statt sich mit ihm zu befassen, mehrere Minuten lang ausdruckslos ins Leere gestarrt. Sie schmiegte sich an ihn und fühlte sich sofort besser. Ganz im Gegensatz zu Roxy brachte Storm ihr Wertschätzung entgegen.

Sie küsste ihn auf seine samtweichen Nüstern. «So, sehr geehrter Herr Baron von Ungeduld. Ihr Diner wird gleich serviert.»

Lächelnd ging sie zur Futterkammer. Als sie um die Ecke kam, streckte Roxy ihren Kopf stolz aus der Stalltür. Casey blieb stehen, um sie zu tätscheln, doch die Stute wich ihr aus. Enttäuschung machte sich auf Caseys Gesicht breit.

«Hallo … Entschuldigung … Casey Blue?»

Casey drehte sich um. Zwei Mädchen in alten Reithosen und passenden Zöpfchen standen im Hof. Das größere Mädchen streckte ihr ein pinkfarbenes Notizbuch entgegen.

«Können wir ein Autogramm von dir haben?», fragte sie schüchtern.

Casey putzte sich die Hand an ihrer Hose ab. «Klar, gerne.» Sie ergriff den pinkfarbenen Stift, den ihr das Mädchen hinhielt. «Wie heißt ihr denn?»

Während Casey unterschrieb, sprudelte es aus den Mädchen nur so heraus.

«Wir sind deine größten Fans.»

«Wir möchten auch Badminton gewinnen, bevor wir achtzehn sind – genau wie du.»

«Und das Kentucky Three-Day Event und die Burghley Horse Trials. Wir wollen sie alle gewinnen.»

«Wir wechseln uns ab.»

«Wir finden, Storm ist das beste Pferd, das es je gegeben hat. Und seine Farbe erst! Er sieht aus wie ein Blitz in Pferdegestalt.»

Casey konnte ein Grinsen einfach nicht unterdrücken. «Das ist schön gesagt. Und ich finde, es passt. Er sieht super aus von außen, aber was in seinem Inneren ist, macht ihn so besonders.»

«Hast du ein paar Reittipps für uns?»

«Ich habe zwei Tipps für euch. Erstens: Ihr müsst euer Pferd lieben und immer das tun, was für ihn oder sie gut ist. Und zweitens: Ihr dürft nie aufhören, an eure Träume zu glauben.»

Als sie kichernd davonrannten, musste Casey an ein Gespräch mit Peter in der vergangenen Woche denken. Sie hatte ihm den Augenblick beschrieben, als sie sich – als damals achtjährige Pferdenärrin – in die Vielseitigkeitsreiterei verliebte.

«Und ist daraus geworden, was du dir vorgestellt hattest?», hatte Peter sie gefragt. «Mit anderen Worten: Als du in der Hopeless Lane als Freiwillige mitgeholfen und Storm aufgepäppelt hast, wolltest du das wirklich? Wolltest du wirklich eine Spitzenreiterin werden, verbunden mit dem ganzen Ruhm und der Berühmtheit, die daran hängt?»

«Natürlich wollte ich das», antwortete Casey lachend. «Was für eine Frage ist *das* denn? Das wollte ich und das will ich immer noch. Wer würde das nicht wollen. Ich bin das glücklichste Mädchen der Welt.»

Als sie jetzt – in jeder Hand einen Eimer – über den Hof zu Storms Stall zurückging, kam ihr genau dieser Gedanke wieder in den Sinn. Sie war das glücklichste Mädchen der Welt.

Oder etwa nicht?

4

Casey war davon ausgegangen, dass Roxy mit der Zeit pflegeleichter würde. Doch sie hatte sich getäuscht. Eigentlich war es traumhaft, mit ihr zu arbeiten. Sie hatte einen erstklassigen Stammbaum und eine perfekte Konstitution und sie bewegte sich voller Eleganz. Wenn sie guter Laune war, bewies sie auf dem Geländeparcours von White Oaks eine ganze Menge Mut, legte eine gelungene Dressur hin und meisterte im Springen locker eine Reihe von Hindernissen.

Doch die Sache hatte einen Haken. Roxy zeigte nur Leistung, wenn ihr der Sinn danach stand. Wenn es ihr nicht in den Kram passte, ließ sie ihre Laune auf grausame Weise an Casey aus. Nach zehn Tagen Training war Casey von oben bis unten voller blauer Flecken. Sechs Mal war sie abgeworfen, drei Mal gebissen, mehrmals auf beide Füße getreten und gegen die Wand der Reithalle gedrückt worden. In White Oaks begann man bereits, sich über ihre Verletzungen lustig zu machen.

«Warum deponierst du den Erste-Hilfe-Koffer nicht gleich in Roxys Stall, dann musst du uns nicht ständig belästigen», spottete Morag. «Es gibt Stuntmänner in James-Bond-Filmen, die weniger abbekommen als du.»

Renata, ein etwas dümmliches Stallmädchen, sagte ihr unverblümt: «Du und Mrs Smith seid doch so was wie Pferdeflüsterer. Aber Lady Roxanne scheint dein Geflüster nicht zu verstehen. Sie hat was gegen dich. Vielleicht solltest du mal Kyle West anrufen. Man sagt, es gibt nichts, was er nicht weiß über Pferde und die Reiterei. Und – oh mein Gott – der ist ja sooo... süß.»

Sie fächelte sich mit einer Handfläche zu, als würde sie Kyles warme Ausstrahlung aus der Ferne spüren.

Casey schenkte ihr keine Beachtung. Sie war immer noch wütend auf Renata, weil sie den zwei seltsamen Männern, die letzten Februar in White Oaks aufgetaucht waren, um Storm abzuholen, nicht die Stirn geboten hatte. Klar, sie hatten alle erforderlichen Papiere vorgewiesen, und eigentlich traf Renata keine Schuld, doch Casey hatte ihr trotzdem nicht verziehen.

Vor allem aber nervte es sie gewaltig, dass sie mit Roxy nicht zurechtkam und ihre Trainerin die ganze Sache auch noch lustig fand. Aus irgendeinem Grund schien es Mrs Smith zu amüsieren, dass die Stute mit ihnen machte, was sie wollte. Dabei war es keineswegs so, dass Roxy dauernd bockte oder verrückt spielte, um Casey abzuwerfen. Während fünfundneunzig Prozent der Zeit war sie durchaus artig, um nicht zu sagen musterhaft.

Das Üble an der Sache war, dass Roxy sie regelrecht an der Nase herumführte. So konnte sie hervorragend mit aufgestellten Ohren im eleganten Galopp sieben Hindernisse hintereinander bewältigen, um vor dem achten Sprung wie ein störrischer Esel stehen zu bleiben, Casey aus dem Sattel zu katapultieren und sie im Soloflug über das Hindernis zu befördern. Mit anderen Worten: Roxy war unberechenbar.

Roxy hatte auch eine Vorliebe dafür zu warten, bis Casey bei der Rückkehr in den Hof mit hängenden Zügeln entspannt im Sattel saß, um dann urplötzlich wegen einer nicht vorhandenen

Bedrohung zu scheuen und derart ungestüm seitlich auszubrechen, dass Casey nicht den Hauch einer Chance hatte, sich im Sattel zu halten. Es sah aus wie in einem Comicstrip: Einen Augenblick lang schien Casey in der Luft zu schweben, bevor sie unsanft mit dem harten Boden Bekanntschaft machte.

Dass sich ihre Trainerin jedes Mal vor Lachen kaum noch einkriegen konnte, verstärkte ihre Schmerzen nur noch mehr. «Es tut mir leid», prustete Mrs Smith heraus, als sich Casey zum dritten Mal hintereinander auf dem Boden des Hofs wiederfand. Dabei war sie eben von einem relativ erfolgreichen Geländeritt zurückgekehrt. «Es ist ... es ist einfach ...»

«Was?», fragte Casey, während sie sich langsam aufrappelte. Die Schmerzen breiteten sich von ihrem Gesäß über den ganzen Körper aus und trieben ihr Tränen in die Augen. Am liebsten hätte sie losgeheult. Nicht weit von ihr entfernt kaute Roxy unbeteiligt auf einem Büschel Gras herum.

Langsam gewann Mrs Smith ihre Fassung zurück und sagte: «Bitte entschuldige, Casey, aber ich habe seit Jahrzehnten kein derart intelligentes Tier mehr gesehen. Sie nimmt uns echt auf den Arm. Ich habe den Verdacht, dass sie früher einmal misshandelt oder zumindest schlecht behandelt worden ist, wohl kaum von Jennifer Stewart, die bestimmt gute Absichten hat, sondern von sonst jemandem in der früheren Vergangenheit – einem Stallburschen vielleicht. Für mich ist absolut klar, dass sie sich einmal in einem Zustand der Wehrlosigkeit und Ohnmacht befunden haben muss. Und daraus hat sie gelernt, mit dem richtigen Einsatz von List und Intelligenz zurückzuschlagen.»

«Aber versteht sie denn nicht, dass wir anders sind?», fragte Casey genervt. «Seit sie auf dem Hof ist, habe ich alles getan, damit sie sich wohlfühlt, auch wenn sie sich nicht selten echt fies verhalten hat. Und zum Dank hat sie mich abgeworfen, gebissen, gekniffen und getreten. Ganz egal, was sie durchgemacht hat, es ist bestimmt nicht halb so schlimm wie das, was Storm erleiden musste, und er hat von Anfang an begriffen, dass wir ihn lieben und nur das Beste für ihn wollten.»

«Jetzt musst du aufpassen, Casey. Erstens ist Storm nicht Roxy, und wenn du die beiden gegeneinander ausspielst, hilft dir das bestimmt nicht weiter.»

«Ja, aber ...»

«Zweitens musst du verstehen, dass Roxy dich auf die Probe stellt. Und du kannst es dir nicht leisten, durch diese Prüfung zu rasseln. Ich kann dir kein Geheimrezept anbieten, aber zumindest einen Wegweiser. Du musst nett sein zu ihr. Ganz egal, was sie von dir verlangt oder wie oft sie dich abwirft, du musst mit Liebe und Freundlichkeit antworten. Das heißt keineswegs, dass du dich von ihr an der Nase herumführen lassen musst. Ihr seid ein Team, und sie muss verstehen, welche Rolle sie in diesem Team zu spielen hat.»

«Wenn das so ist, zeigen Sie mir, wie ich es anstellen soll. Bringen Sie mir bei, wie ich mit ihr umgehen muss.»

«Das kann ich nicht. Das ist *dein* Weg. Ich kann dir mit Technik und Methoden helfen, aber den Draht zu Roxy, den musst du selbst finden. Stell dir Roxy wie eine japanische Trickschachtel vor, bei der du dir den Weg zum Geheimfach Schritt für Schritt erschließen musst. Sobald du ein Geheimnis gelöst hast, stehst du vor dem nächsten. Die meisten Reiter machen bei solchen Pferden den Fehler, dass sie die Geduld verlieren und mit dem Kopf durch die Wand wollen. So kommst du bei Roxy nicht zum Ziel. Ganz im Gegenteil. Wenn du sie dominieren willst, wird alles tausend Mal schlimmer. Sanftmut ist der Schlüssel zu ihrem Geheimfach.»

Casey klopfte den Staub aus ihrer Reithose. «Das ist ja alles gut und recht, aber in ein paar Tagen gehen wir bei den Salperton Horse Trials an den Start. Wenn ich bis dahin das Rätsel Roxy nicht gelöst habe, landen wir auf dem letzten Platz. Dabei lief doch heute alles rund. Sie hat kein einziges Mal gescheut. Wenn sie Angst hätte, könnte ich es noch verstehen. Aber sie ist völlig entspannt. Sie treibt ganz einfach ein Spielchen mit mir.»

Casey verstummte. «Was ist los?»

Das Gesicht ihrer Trainerin war urplötzlich dunkelrot angelaufen. Sie griff sich oberhalb der Hüfte in die Seite und krümmte sich.

Casey ließ Roxys Zügel fallen und rannte zu ihr hin. «Angelica, Sie machen mir Angst. So sagen Sie doch was! Was ist los mit Ihnen? Sind Sie krank?»

Langsam richtete Mrs Smith sich wieder auf, ohne Caseys stützenden Arm in Anspruch zu nehmen. Lächelnd sagte sie: «Es tut mir leid. Das Sandwich, das ich zu Mittag gegessen habe, ist mir wohl nicht gut bekommen. Wahrscheinlich hatte der Käse sein Verfallsdatum längst überschritten.»

«Ich glaube Ihnen kein Wort. Sie sind krank. Entweder Sie sagen mir jetzt sofort, was los ist, oder ich schleppe sie auf schnellstem Weg zum Arzt.»

Mrs Smiths Wangen hatten in der Zwischenzeit wieder etwas Farbe bekommen. «Casey, manchmal hörst du dich an wie eine Großmutter. Reg dich ab. Ich werde bestimmt nicht einem Arzt die Zeit stehlen, bloß weil ich eine kleine Magenverstimmung habe. Im schlimmsten Fall habe ich mir eine Erkältung eingefangen.»

Sie ergriff Roxys Zügel und hielt sie Casey hin. «An deiner Stelle würde ich mir keine Sorgen um irgendeine Krankheit machen, die du dir bloß einbildest. Konzentriere dich ganz auf Roxy. Das ist deine Aufgabe.»

Als sie – ihre frischen blauen Flecken massierend – über den Hof hinkte, bemerkte Casey, dass Roxy die Ohren aufgestellt hatte und eifrig vorwärtsging. Die Stute schien immer bester Laune zu sein, nachdem sie ihre Reiterin abgeworfen hatte. Casey wusste, dass Mrs Smith recht hatte. Wenn sie Roxy ändern wollte, so ging das nur mit Geduld und Nähe. Gleichzeitig hätte sie es auch geschätzt, wenn ihre Trainerin ihr ein paar konkrete Ratschläge gegeben hätte. Dafür wurde sie ja schließlich bezahlt. Kyle West hatte ihr in gerade mal vierzig Minuten eine ganze Reihe klarer und hilfreicher Tipps gegeben.

Gratis.

«Ob du's nun glaubst oder nicht, ich gebe mir wirklich Mühe», sagte Casey zu Roxy beim Absatteln. «Gib mir wenigstens eine Chance, damit ich dir beweisen kann, dass ich dein Vertrauen verdient habe.»

Sie fischte ein paar Polo-Mints aus ihrer Hosentasche. Die Stute zögerte einen Augenblick, bevor sie sie behutsam von ihrer Handfläche pflückte. Casey spürte ihre sanften Lippen. Wie sie so beieinander standen, schienen sie wie von einer Aura der Eintracht umgeben zu sein. Plötzlich nahm Casey jenseits von Roxys selbstsicherer Hülle ihr verletzliches Inneres wahr. Ein starkes Mitgefühl wallte in ihr auf.

«Mach dir keine Sorgen, Mädchen. Ich werde mich sehr gut um dich kümmern. Das versprech' ich dir.» Sie kraulte Roxy hinter den Ohren. Ausnahmsweise scheute Roxy einmal nicht vor ihr zurück, als ob ihr Caseys Berührung widerstrebte.

«Hast du Morag gesehen, Casey?», rief Renata, über die Stalltür gelehnt, ihr entgegen. In ihrer gewohnten Ungeschicklichkeit brachte sie es fertig, dabei einen Eimer umzustoßen.

«Der Tierarzt hat eine Frage wegen des Wurmmittels, das sie bestellt hat, und ich kann sie nicht finden.»

Roxy wich Casey mit angelegten Ohren aus, als habe sie einen Schlag einstecken müssen.

Casey fixierte Renata mit einem bösen Blick. «Ich wäre dir wirklich sehr verbunden, wenn du dich unterstehen könntest, mein Pferd halb zu Tode zu erschrecken.»

Das Stallmädchen lachte nur. «Gut zu wissen, dass sie jetzt *dein* Pferd ist. Ich hatte gemeint, sie sei nur ausgeliehen. Ich werde aber das Gefühl nicht los, dass eure Zuneigung nicht auf Gegenseitigkeit beruht. Wenn du mich fragst, kann sie dich nicht leiden. Keine Ahnung wieso. Aber egal. Falls dir Morag über den Weg läuft, sag ihr, dass ich sie suche.»

Während Renatas Schritte im Hof verhallten, versuchte Casey die Stute mit ein paar Mints zu ködern, doch der magische Moment war verflogen, und sie schienen wieder durch eine Mauer voneinander getrennt. Auch wenn sie keine Feinde waren, Freunde waren sie bestimmt nicht.

In nicht einmal drei Tagen mussten sie in Salperton Park antreten. In Caseys Magen bildete sich ein schwerer Klumpen. Noch vor nicht allzu langer Zeit hätte sie unbemerkt dort starten können. Doch jetzt waren die Augen der ganzen Reitsportwelt auf sie gerichtet. Fotografen nahmen sie ins Visier, Sponsoren wollten neue Verträge aushandeln. Ihre Fans erwarteten Wunder von ihr. Einen Misserfolg konnte sie sich einfach nicht leisten.

5

Casey hatte gar nichts übrig für Weckzeiten wie 03:00 Uhr morgens, die nun einmal zur Vielseitigkeitsreiterei zu gehören schienen. Sie musste sich immer gähnend und murrend aus dem Bett kämpfen. Doch sobald sie ihr Gesicht mit kaltem Wasser benetzt und einen starken Kaffee getrunken hatte, war sie ganz in ihrem Element. Egal, ob es stürmte oder die Sonne schien, es gab kaum etwas, was ihr mehr Spaß machte, als ein Pferd für eine Höchstleistung bei einem Turnier vorzubereiten.

Natürlich kam ihr Mrs Smiths Vergangenheit als Dressurreiterin zugute. Es waren zwar schon viele Jahre ins Land gegangen, seit sie den Titel als Europameisterin nur knapp verpasst hatte, aber als Trainerin hatte sie Casey beigebracht, wie wichtig es war, sich von den besten Pferdepflegern der Dressurszene inspirieren zu lassen. Seither war Caseys Vorbereitungsritual eine Mischung aus militärischer Operation und künstlerischer Kreativität gewesen. Doch da war auch noch eine wissenschaftliche Seite, denn nach Mrs Smiths Überzeugung konnte ein Pferd, dem es nicht gut ging, am Wettkampftag nicht plötzlich blendend aussehen. Deshalb kam auch der Ernährung eine wichtige Rolle zu.

Für ein Pferd, das sich mitunter nicht einmal berühren ließ, war Roxy einigermaßen benutzerfreundlich, wenn es darum ging, sie für einen Turniereinsatz zu stylen. Das Striegeln und Einflechten der Mähne ließ sie – im Gegensatz zum Satteln – mit stoischer Gelassenheit über sich ergehen, ja sie schien es sogar zu mögen. So konnte sich Casey entspannt dem Vorbereitungsritual widmen und ihre Sorgen etwas in den Hintergrund drängen.

Es gefiel ihr, immer wieder mit derselben Routine in einen Wettkampftag zu starten. Zuallererst umwickelte sie den Schweif der Stute mit einem feuchten Band, dann zog sie einen Striegel über ihr Fell und benutzte ein flauschiges Tuch, um die übrig gebliebenen Haarschuppen zu entfernen. Mit einer weichen Bürste fuhr sie sanft über Kopf, Beine und Rumpf und pflegte dann vorsichtig die Tasthaare an Maul und Kinn. Mrs Smith hatte ihr beigebracht, der feinen Haut um Maul und Augen mit etwas Babyöl zusätzlichen Glanz zu verleihen. Mit einem Lappen zauberte sie schließlich einen goldenen Schimmer auf die kupferfarbenen Flanken der Stute.

Draußen lag der Hof in der Morgenstille. Über Nacht hatte sich eine Wolkenschicht über den Sternenhimmel gezogen. Behutsam machte sich Casey an Roxys Schweif. Sie wickelte das Band ab und löste dann mit den Fingern – nicht etwa mit einem Kamm – die Knoten ihres schwarzen Schweifhaars.

«Es gibt nichts Hässlicheres als ein Pferd mit einem schäbigen Schweif», sagte Mrs Smith immer. «Wenn du ihn jedes Mal kämmst, verliert er jedes Mal ein paar Haare, bis zum Schluss nicht mehr viele übrig bleiben.»

Das Einflechten der Mähne war eine Kunst für sich, auf die Mrs Smith ganz besonderen Wert legte. Casey hatte eine Weile und viel Übung gebraucht, bis sie das Einflechten im Griff hatte. Doch jetzt ging sie nirgendwohin ohne ihr Einflechtset, in dem sie braune, graue und fuchsrote Gummibänder, gewachsten Zwirn, große stumpfe Nadeln, eine Schere, einen kleinen metallenen Mähnenkamm, ein Trennmesser, Haargel und Spray aufbewahrte.

Nachdem sie das letzte Zöpfchen den Ansprüchen ihrer Trainerin genügend eingeflochten hatte, widmete sich Casey den Hufen. Sie kratzte sie aus, wusch und bürstete sie gründlich, um schließlich Hufwand und -sohle sorgfältig einzufetten. Dann waren die Fesseln und der Bereich unter dem Fesselbehang dran, der besonders anfällig für oberflächliche Verletzungen war. Manche Reiter ließen ihre Pferde gerne mit Fliegenspray besprühen, das dem Fell besonderen Glanz verlieh, doch Casey und Mrs Smith verwendeten grundsätzlich keine Produkte, die den Austritt von Schweiß verhinderten. Ihrer Meinung nach spielte das Schwitzen beim Wärmehaushalt des Pferdes eine wichtige Rolle.

Um 04:00 Uhr sah Roxy wie ein regelrechtes Schaupferd aus. Jetzt musste Casey nur noch duschen und den Jeep Wrangler beladen, den Morag ihnen geliehen hatte. Mrs Smiths alte Klapperkiste war in einem derart schlechten Zustand, dass sie keinen Pferdeanhänger mehr ziehen konnte. Hinten in den Jeep packte sie ihre Jacketts für die Dressur und das Springen, drei Paar Stiefel und Reithosen, gefolgt von Sätteln, Zaumzeug, Decken, Bandagen und Schutzfett. In der freien Box des Anhängers brachte sie Roxys Futter, Heu und Wasser unter.

Mrs Smith sah sie streng an und klopfte auf ihre Armbanduhr, als Casey herbeigeeilt kam, um den Turniersack zu packen, in den all die Sachen gehörten, die man im Notfall auf dem Platz benötigen könnte. Heute enthielt er einen Hufkratzer, eine Fellbürste, Polo-Mints, Regenausrüstung, ein Frotteetuch, eine Flasche Wasser, ein paar Lappen und ein Töpfchen

Vaseline, mit der Mrs Smith kurz vor dem Start die silberfarbenen Teile des Zaumzeugs zum Glänzen brachte.

Um Casey den ganzen Tag bei Kräften zu halten, nahmen sie auch immer eine Kühlbox mit Proteindrinks, hausgemachtem Bienenhonig und Weizenriegeln sowie einen Picknickbehälter mit einem Salat, bestehend aus Quinoa, Rauke, Avocado, Tomaten und Feta-Käse, mit. Außerdem hatten sie Roggenbrote mit Honig und Erdnussbutter eingepackt, mit denen Casey bei Bedarf ihren Energiespeicher aufladen konnte.

Nach einer halben Stunde waren sie so gut wie startbereit. Ziemlich abgespannt und etwas nervös machte Casey sich daran, Roxy zu verladen. Doch ihre Aufregung war unberechtigt. Die Stute spazierte in den Hänger, als sei es die natürlichste Sache der Welt.

«Ich frage mich, ob wir das richtige Pferd mitgenommen haben», sagte Casey, als sie auf den Beifahrersitz hüpfte. «Aber ich bin ja froh, dass es so gut gelaufen ist.»

Mrs Smith zuckte die Achseln. «Sie ist ziemlich clever; vielleicht geht es ihr wie uns, und sie genießt den Adrenalinschub, den Turniere so mit sich bringen.»

Wenig später waren sie unterwegs nach Salperton Park bei Cheltenham in der Grafschaft Gloucestershire. Als sie aus dem Hof fuhren, erhaschte Casey einen Blick auf Storm, der seinen Kopf aus der Stalltür streckte und dabei mit den Ohren zuckte. Er wirkte irgendwie verunsichert. Erst jetzt wurde ihr klar: Es musste ihm seltsam vorkommen, dass sie ohne ihn zu einem Turnier fuhr. Sie hatte ihm zwar einen kurzen Morgenbesuch abgestattet, als Mrs Smith ihn striegelte, doch jetzt wäre sie froh um ein paar zusätzliche Minuten gewesen, in denen sie ihn hätte beruhigen können.

Sie unterdrückte eine Träne. Ohne ihr Pferd fühlte sie sich

ein bisschen verloren. Storm war Wärmedecke und Sicherheitsnetz zugleich. Immer wenn sie gute Resultate erzielte, verdankte sie es seinem Mut, seinem Können und der beinahe mystischen Verbundenheit, die sich zwischen ihnen entwickelt hatte. Auch wenn sie sich auf das Turnier mit Roxy freute, wurde sie das Gefühl nicht los, sich auf dem Weg in ein gefährliches, unbekanntes Terrain zu befinden.

Als sie erst einmal die Landstraße erreicht hatten, wurde Casey wieder ruhiger. Bei Tagesanbruch zeigte sich kurz ein rosafarbener Streifen zwischen Horizont und Wolkendecke. Dann wurde es hell. Sie nippte an einem Kaffee und hörte mit halbem Ohr eine CD mit Country Music, während Mrs Smith den Jeep samt Anhänger in den Morgen steuerte. Normalerweise hätte sie sich jetzt innerlich auf den bevorstehenden Tag vorbereitet. Doch heute Morgen musste sie immer wieder an den Vorabend denken, als Peter zum Essen gekommen war.

Der Abend hatte gut begonnen. Mrs Smith hatte ein herrliches Curry mit Kokosmilch gekocht, und auch Caseys Rhabarber-Streuselkuchen war ziemlich gelungen. Nach dem Essen hatte sich Mrs Smith entschuldigt und war schlafen gegangen. Casey und Peter machten es sich auf dem Sofa bequem. Und es ging nicht lang, da lagen sie sich in den Armen und küssten sich.

Im Wohnzimmer wurde es immer wärmer, und das hatte nicht nur mit der milden Sommerluft zu tun, die durch die offenen Fenster hereinströmte. Casey ließ ihre Hand unter Peters Hemd gleiten und erforschte mit den Fingern die Muskeln seines kräftigen Oberkörpers. Sie fühlte sich wohl in seinen Armen. Sie liebte ihn. Da meldete sich ihr Handy.

«Nimm es nicht», murmelte Peter und wollte sie gleich wieder küssen.

Doch Casey hatte sich ihm schon entwunden. «Ich muss nachsehen, von wem das kommt. Könnte dringend sein. Vielleicht ist es eine SMS aus Salperton, das Turnier sei wegen Regen abgesagt worden.»

«Das wäre nur möglich, wenn über Nacht ein Monsun über England brausen würde», bemerkte Peter leicht säuerlich und rückte sein Hemd zurecht. «Noch vor einer Woche waren sie voller Panik gewesen, weil es seit einem Monat nicht geregnet hatte und der Boden hart war wie Beton.»

Als Casey nach dem Handy griff, leuchtete ihr vom Display die Nachricht entgegen:

Ich denke an dich. KW

Vor Schreck ließ sie es beinahe fallen.

«Ein geheimer Verehrer?», spöttelte Peter.

Wieder überkamen Casey die Gefühle von Schuld und Angst, die sie bei der zufälligen Berührung mit Kyle West im Hof gespürt hatte. «Ach was!» Sie sprang auf. «Wie wär's mit etwas Schokolade?»

Er lachte. «Das macht mich aber doch neugierig. Wer schickt dir um 22:00 Uhr eine SMS?»

«Ist es wichtig? Vertraust du mir nicht?»

«Natürlich vertrau' ich dir.»

«Das ist gut zu wissen, denn ich vertrau' dir auch», gab Casey zurück Während Peter ihr in die Küche folgte, fanden sich ihre Finger und verschränkten sich ineinander. «Aber wenn es dich brennend interessiert, es war Kyle West. Der Trainer, weißt du.»

Peter zog seine Hand unauffällig zurück. «Klar weiß ich. Er ist berühmt, um nicht zu sagen berüchtigt. Aber das hat weniger mit seinem Pferde-Know-how zu tun. Ich wusste gar nicht, dass du ihn kennst.»

«Ist auch nicht der Fall ... ääh ... er hatte vor zwei Wochen hier zu tun, und da hat er mir gesagt, er würde gerne bei mir als Trainer anheuern. Das Gespräch dauerte keine zwei Minuten.»

«Kyle West war hier, und du hast mir kein Wort davon erzählt?»

«Ich habe dir nichts erzählt, weil es belanglos war. Da ist nichts dran. Und ich habe ihm gesagt, dass für mich als Trainerin nur Mrs Smith in Frage kommt. Keine Ahnung, warum er sich jetzt wieder meldet. Vielleicht kann er es nicht akzeptieren, dass man ihm eine Absage erteilt.»

«Kann sein.»

Peter ließ es dabei bewenden, doch Casey hatte das Gefühl, dass er sie besonders stark an sich drückte, als sie sich mit einem Gutenachtkuss voneinander verabschiedeten. Ihr Herz hüpfte wie ein Gummiball, als sie die Treppe zu ihrem Zimmer hochstieg. War es nicht ein wunderbares Gefühl, zu lieben und geliebt zu werden?

Doch als sie die Augen schloss, um in den Schlaf zu sinken, sah sie Kyles Gesicht vor sich. Seine blauen Augen, die sie hypnotisiert hatten, und seinen goldblonden Kopf, der sich zum Kuss zu ihr niederbeugte.

Schweißgebadet und voller Schuldgefühle wachte sie früher als nötig auf. Sagte man nicht, dass sich in den Träumen die Wünsche und Begierden der Menschen verstecken?

Nein, das konnte nicht sein, denn sie hatte keinerlei Absichten auf Kyle, weder beruflich noch privat. Er hatte sie bei seinem Besuch neulich zwar schon etwas aus der Fassung gebracht und er war ja auch attraktiv, aber seine SMS hatte sie verärgert. Kyles Arroganz schien grenzenlos zu sein.

Kalte Zugluft und Autoabgase holten sie jäh aus ihrer Gedankenwelt in die Gegenwart zurück. Mrs Smith hatte auf einer Autobahnraststätte angehalten und den Jeep abseits geparkt, damit sie in Ruhe frühstücken konnten.

Casey schaute im Pferdeanhänger nach Roxy und stieg rasch wieder in den Jeep. Mrs Smith war gerade dabei, kochend heißes Wasser in eine Schale Weizenflocken zu gießen. Dann gab sie Joghurt und Zimt hinzu und rührte das Ganze um. Sie reichte Casey die Schale mit forschendem Blick. «Du warst heute Morgen Millionen Meilen weg von hier. Ich hätte geradeso gut allein fahren können. Hast du Sorgen? Ist mit Peter alles okay?»

Casey öffnete einen Becher Naturjoghurt und schüttete den Inhalt in das Müsli. «Mit Peter ist alles bestens. Mir schwirrt einfach eine ganze Menge durch den Kopf.»

«Das Einzige, was dir heute Morgen durch den Kopf schwirren sollte, ist die Dressurprüfung.»

«Daran denke ich ja auch. Und klar, auch an andere Dinge. Übrigens habe ich vergessen, Ihnen zu sagen, dass Equi-Flow, die Firma, die die meisten der Top-Reiter mit Pferdetransportern ausstattet, uns kostenlos ein Fahrzeug zur Verfügung stellen will – mit luxuriöser Dusche und Toilette, und die Seite lässt sich öffnen, sodass man sich tagsüber unter einem Vordach aufhalten kann. In einem Raum steht ein Doppelbett, und dann ist da auch noch ein Ausziehsofa. Außerdem gibt es etwa sechs Schränke und Behälter für Zaumzeug und Futter. Wie cool ist das denn?»

«Cool wäre es, wenn es so einfach wäre», bemerkte Mrs Smith trocken.

«Was wollen Sie damit sagen?»

«Damit will ich sagen, dass es nichts gratis gibt auf der Welt.

Jeder Sponsor, der dich verpflichtet, fordert eine Gegenleistung von dir. Und ehe du dich's versiehst, hast du keine freie Minute mehr, in der du das tun kannst, was den Sponsor überhaupt erst auf den Plan gerufen hat: reiten.»

«Nein, nein, so ist das nicht», gab Casey genervt zurück. «Sie wollen gar nichts von mir. Klar, muss ich bei Interviews die Marke Equi-Flow erwähnen und mich für Zeitschriften vor dem Transporter fotografieren lassen, aber eigentlich wollen sie nur, dass die Gewinnerin von Badminton und Kentucky eines ihrer Fahrzeuge benutzt.»

«Wirst du aber nicht, oder besser gesagt, *werden wir* nicht. Equi-Flow hat schon nach deinem Sieg in Badminton mit mir Kontakt aufgenommen, und ich habe ihnen schon damals eine höfliche Absage erteilt. Ich muss sagen, ich finde es ziemlich dreist, dass sie sich jetzt hinter meinem Rücken an dich heranmachen.»

Casey traute ihren Ohren nicht. «Sind Sie verrückt? Natürlich nehmen wir den Transporter. Wir wären ja schön blöd, ein kostenloses Luxusfahrzeug abzulehnen und stattdessen weiterhin Morag um ihren Pferdeanhänger anzubetteln. Sie wissen ja, wie der eiert.»

«Er war aber gut genug, um dich nach Badminton zu bringen», erwiderte Mrs Smith. «Du kannst dich auf den Kopf stellen, aber wir werden ihn weiterhin benutzen, weil er an keine Bedingungen geknüpft ist und die Burghley Horse Trials in weniger als vier Monaten stattfinden. Wenn du dort gut abschneidest, kannst du dir deinen eigenen Transporter leisten, einen der dich nicht zur Sklavin eines großen Unternehmens macht.»

Eine ewig dauernde Minute schauten sie sich nur an.

«Ich will aber nicht bis Burghley warten», sagte Casey

trotzig. «Man bietet mir ein Fahrzeug an, in dem sich Storm und Roxy wohler fühlen würden und das auch uns das Leben erleichtern wird. Warum in aller Welt sollte ich das Angebot ablehnen? Aber egal, ich habe ohnehin schon zugesagt.»

Mrs Smith lief rot an vor Wut. «Halt, ich bin deine Managerin, und ich werde ihnen mitteilen, dass wir den Transporter auf keinen Fall wollen. Aber dieses Mal werde ich es etwas deutlicher sagen.»

«Wagen Sie es bloß nicht!», brüllte Casey. «Sie haben kein Recht, mir vorzuschreiben, was ich tun und lassen darf. Ich habe niemals einen Vertrag unterzeichnet, der Ihnen das Recht gibt, mein Leben zu managen.»

Kaum hatte Casey diese Worte ausgesprochen, bereute sie es. Doch da war es schon zu spät. Sie hingen in der Luft wie eine Sprechblase voller Hass und Häme.

Mrs Smith schwieg einen Moment lang. Dann sagte sie: «Das stimmt. Du hast keinen Vertrag unterschrieben.»

«Es tut mir leid. Das ist mir einfach so rausgerutscht.»

Casey fühlte sich elend. Vor Jahren hatten sich die beiden im Tea Garden Café im Londoner East End kennengelernt. Damals hatte Casey als Kellnerin gejobbt und die geheimnisvolle Kundin Mrs Smith mit ihrer künstlerischen Aura gern bedient. Seither war Mrs Smith der Leuchtturm in Caseys Leben gewesen, viel mehr als nur eine Trainerin – sie war Freundin, Mutter, Psychologin, Heilerin, Betreuerin zugleich und eine unerschöpfliche Wissensquelle, die nur so sprudelte vor Ratschlägen. Vom Aufpäppeln eines fast verhungerten Pferdes bis zu den subtilen Feinheiten der Zen-Meditation – immer wusste sie Bescheid.

Und natürlich war sie auch ihre Managerin gewesen. Sie hatte mit Sponsoren verhandelt und für Casey und Storm im Peach

Tree Cottage und White Oaks Equestrian Centre ein Heim gefunden, als Casey noch keinen Penny in der Tasche hatte.

Über Verträge hatten sie nie gesprochen, denn kein rechtlich verbindliches Vertragswerk in ganz England wäre jemals so verbindlich gewesen wie die heiligen Bande des Vertrauens, auf denen ihre Beziehung immer beruht hatte.

Und jetzt waren diese Bande durch einen einzigen Satz zerrissen worden.

Casey legte die Hand auf den Arm ihrer Trainerin. «Es tut mir leid, ich habe es wirklich nicht so gemeint. Natürlich sind Sie meine Managerin, ganz abgesehen von einer Million anderer wunderbarer Dinge, die Sie für mich tun.»

Aber Mrs Smith blickte unverwandt nach vorn. Dann steckte sie den Schlüssel ins Zündschloss und startete den Motor.

«Nein, du hast recht. Wir haben nie einen schriftlichen Vertrag abgeschlossen. Paradoxerweise habe ich nie darauf gedrängt, um bei dir nicht den Eindruck zu erwecken, dein Leben managen zu wollen. Aber vielleicht war das auch gut so. So haben wir ein flexibles, jederzeit kündbares Verhältnis. Und ich denke, wir sollten es auch weiterhin so halten. Wer weiß, ob nicht du oder ich eines Tages eine Veränderung wollen.»

6

Der erste Mensch, den Casey erblickte, als sie in die Aufwärmzone von Salperton Park geritten kam, war Kyle West. Er trug eine rehbraune Reithose und einen eng geschnittenen blauen Pullover, der die Muskulatur seines Oberkörpers vorteilhaft zur Geltung brachte. Vermutlich wusste er sehr wohl, wie gut er aussah. Gleichzeitig lag aber auch etwas Jungenhaftes und Verletzliches in der Art, wie er seine sonnengebleichten Fransen aus der Stirn strich. Als sie Roxy vor ihm anhielt, begrüßte er sie mit einem breiten Grinsen.

«Wenn man an den Engel denkt … Es könnte rasch mal zur Gewohnheit werden: an dich zu denken.»

«Achtundzwanzig Tage», gab Casey zurück.

«Hä?»

«Man sagt doch, dass es achtundzwanzig Tage dauert, bis etwas zur Gewohnheit wird.»

Er lachte. «Du willst mir doch nicht etwa erzählen, dass ich kein einziges Mal in deinen Gedanken aufgetaucht bin, seit wir uns getroffen haben. Nicht einmal in deinen Träumen?»

Caseys Gesicht begann zu glühen. Sie beugte sich – den Rücken Kyle zugewandt – hinab und nestelte am Steigbügelgurt herum. «Ich erzähle dir gar nichts. Ich denke nur an mein Pferd und die Dressur. Basta.»

«Das ist auch richtig so. Wenn ich dein Trainer wäre, würde ich es auch nicht anders wollen. Apropos: Da kommt deine Trainerin. Wie wär's, wenn du mich ihr vorstellen würdest?»

Vielleicht lag es nur an dem bewölkten Tag mit seinem diesigen Licht, aber Mrs Smiths Haut wirkte beinahe wie durchsichtiges Pergament, als sie näher kam. Seit ihrem fürchterlichen Streit im Auto hatten sie und Casey kaum ein Wort gewechselt. Casey gab sich alle nur erdenkliche Mühe, das Gesagte ungeschehen zu machen, und Mrs Smith war einfach nur kühl und professionell zurückhaltend. Beide aber wussten, dass etwas in Scherben gegangen war.

Casey richtete sich im Sattel auf. «Angelica, darf ich Ihnen Kyle West vorstellen? Sie haben beide vermutlich eine ganze Menge gemeinsam. Ich muss jetzt Roxy aufwärmen. Kann ich Sie allein lassen?»

Mit einem flehenden Blick fragte sie ihre Trainerin: «Einen letzten Tipp noch?»

«Jede Menge. Aber ich lasse es bei einem Ratschlag bewenden. Roxy ist nicht Storm. Wenn du das beachtest, wird nichts schiefgehen.»

Während Casey davonritt, wandte sich Kyle zu der Trainerin: «Es freut mich sehr, Sie endlich kennenzulernen, Mrs Smith.»

Angelica blickte Casey hinterher und tat so, als habe sie Kyles Worte nicht gehört.

Kyle lehnte sich zu ihr hinüber. «Als Trainerin befinden Sie sich in einer beneidenswerten Situation. Ihre Schülerin ist noch keine achtzehn, und sie bricht bereits Rekorde, die seit den Urtagen dieser Sportdisziplin Bestand hatten. Mit der richtigen Unterstützung sind ihrem Erfolg keine Grenzen gesetzt.»

«Und was genau wollen Sie damit sagen, Mr West?»

«Nichts. Ich meine nur, dass Casey die Zukunft im Vielseitigkeitsreiten gehört. Reiter des 21. Jahrhunderts brauchen Lösungen des 21. Jahrhunderts. Moderne Methoden. Avantgardistische Methoden.»

Gerade frischte der Wind auf, und eine unerwartet starke Bö strich über das Gelände. Mrs Smith klammerte sich mit beiden Händen am Koppelzaun fest. Die letzte Farbe war aus ihrem Gesicht gewichen. Sie schnappte nach Luft.

Besorgt erkundigte sich Kyle: «Ist alles in Ordnung mit Ihnen? Soll ich Ihnen einen Stuhl holen?»

«Wofür?», fragte Mrs Smith, die sich nur mit allergrößter Mühe auf den Beinen halten konnte.

«Damit Sie sich setzen können. Ich habe das Gefühl, es geht Ihnen nicht so gut.»

«Mir geht es prima, Mr West. Alles bestens. Aber soll ich Ihnen einen Handwagen holen?»

«Wofür?»

«Damit Sie Ihr enormes Ego hinter sich herziehen können.»

Lachend sagte er nur: «Eins zu null für Sie.»

Mrs Smith lächelte nicht einmal. «Wenn Sie mich jetzt entschuldigen würden. Ich bin zum Arbeiten hier.»

Während sie davonging, gesellte sich ein Mann an Kyles Seite. Sein Gesicht war seltsam entstellt. Es wirkte völlig ausdruckslos. In seiner übrigen Erscheinung war er so zurückgenommen, dass er praktisch mit dem Hintergrund verschmolz und gar nicht mehr auffiel. Viele Menschen, die ihn schon seit Monaten kannten, hätten nicht mehr über ihn sagen können, als dass er mittelgroß war und braunes Haar und braune Augen hatte. Irgendetwas war seltsam an Ray Cook, aber es ließ sich nicht richtig festmachen.

«Ein ziemlich harter Brocken, diese Mrs Smith», sagte er jetzt leise mit einem nicht näher definierbaren Akzent.

Kyle drehte sich nicht zu ihm um. Aus der Ferne gesehen wirkte es so, als ob sich die beiden nicht kannten. «Also bitte, wenn ich mich von einer alten Frau in die Schranken weisen ließe, könnte ich meine Reitstiefel gleich an den Nagel hängen.»

«Was vielleicht keine schlechte Idee wäre. Diese alte Frau, wie du sie so respektlos nennst, hat vermutlich mehr über die Reiterei vergessen, als du je darüber lernen wirst.»

Kyles Augen verengten sich zu Schlitzen. Er beobachtete Casey beim Rückwärtsrichten. Dabei fiel ihm auf, dass die Blicke der meisten Zuschauer an Casey hingen, obwohl neben ihr auch mehrere ehemalige Olympiasieger ihre Runden drehten. Er fragte sich, was Casey wohl von ihm halten würde, wenn sie das Gespräch mitbekommen hätte, das er heute Morgen auf der Fahrt nach Salperton Park mit Ray geführt hatte.

Ray riss ihn aus seinen Gedanken. «Kyle, das bringt doch nichts, wenn wir hier gegenseitig aufeinander rumhacken. Schließlich sind wir zum Arbeiten hier. Casey Blue ist gleich mit der Dressur dran. Das möchte ich nicht verpassen. Danach lade ich dich zu einem Kaffee ein, und dann denken wir über die nächsten Schritte nach. Ob du's nun magst oder nicht, Kyle, wir sind aufeinander angewiesen.»

Casey kam im Arbeitstrab in das Dressurviereck geritten und drehte gleich nach rechts ab. Während der Vorbereitung auf Kentucky hatte ihr ein Fitnesstrainer namens Ethan Grange beigebracht, vor wichtigen Wettkämpfen zu meditieren. Noch nie war sie ihm dafür dankbarer gewesen als jetzt. Nach der Ankunft in Salperton Park war sie wegen des Streits mit Mrs

Smith dermaßen gestresst gewesen, dass sie am liebsten ihre Meldung zurückgezogen hätte. Fünf Minuten Meditation hatten Wunder gewirkt.

Roxy jedenfalls hatte sich den ganzen Morgen vorbildlich verhalten. Die Wettkampfatmosphäre schien ihr gutzutun. Für ihren neugierigen Charakter waren neue Herausforderungen, Gesichter und Orte genau das Richtige. Quecksilbrig tänzelte sie auf den Abreiteplatz. Casey hielt das alles nur für Effekthascherei. Roxy war überhaupt nicht nervös. Nur aufgedreht.

Ihr selbst ging es genau umgekehrt. Nachdem sie auf höchster Ebene in Vier-Sterne-Dressuren geglänzt hatte, erwartete sie von einer gewöhnlichen Dressur keine größeren Schwierigkeiten. Sie hatte die Rechnung allerdings ohne ihr starrköpfiges junges Pferd gemacht. Während der vierminütigen Prüfung geriet sie unter Zeitdruck, weil sie es kaum schaffte, die Stute unter Kontrolle zu halten. Besonders schwierig wurde es bei einem Handwechsel von links auf rechts.

Doch schließlich blieb Roxy wie durch ein Wunder zwei bis drei Sekunden völlig bewegungslos stehen, genauso wie es verlangt war. Sie ließ sich sogar zu fünf Schritten Rückwärtsrichten herbei, wenn auch mit angelegten Ohren. Doch beim Wechsel vom Trab in den Galopp ließ sie ihrer Freude freien Lauf und schoss mit austretenden Hinterhufen vorwärts.

Die Richter, die sich in ihren Kabinen vor dem Wind schützten, waren für sie unerforschlich. Casey stellte sich vor, wie sie sich über ihre Bewertungsbogen beugten und erbarmungslos notierten, dass sie es nicht geschafft hatte, die im Reglement geforderte «Balance, Harmonie und Verlängerung der Galoppsprünge und Erweiterung des Rahmens» zu zeigen.

Über ihre eigenen Fehler genervt, verlor sie die eigentliche Prüfung aus dem Blick. Gerade als sie mit Roxy eine Zwanzig-

Meter-Volte im Höllentempo beendete, hatte sie ein Blackout. Zum ersten Mal in ihrer Reiterlaufbahn wusste sie nicht, was als Nächstes dran war. Sie geriet in wilde Panik. Bei Storm war es anders gewesen. *Er* kannte die Übungen besser als sie selbst. *Er* erahnte ihre Fragen und hatte die Antworten immer sogleich parat. Sie waren eins und völlig synchron. Doch Roxy und sie hatten ein Problem. Sie vertrauten einander nicht.

Direkt in Caseys Blickrichtung stand Mrs Smith hinter einem Absperrseil. Doch auch ihr Gesichtsausdruck war unergründlich. Noch die zwei letzten Schritte, und dann schaute Casey in eine ganze Reihe erwartungsvoller Gesichter, eines davon gehörte Kyle.

Ein Gedanke schoss ihr durch den Kopf: *Diese Schmach werde ich nicht ertragen*. Unter ihrem Tweed-Jackett und dem gelben Überzieher begann sie zu schwitzen.

Dann *tat* oder *sagte* Kyle etwas. Im Nachhinein war es Casey nicht klar, ob es das eine oder andere gewesen war. Sie wusste einzig, dass er ihr die nächste Figur kommunizierte, als würde er ihr unmittelbar ins Ohr flüstern: *Halbe Volte rechts*. Plötzlich fiel ihr der Rest wieder ein. *Figur bei E wieder aufnehmen. Außengalopp.*

Ein letzter Galopp-Trab-Übergang, und dann war Schluss. Beim Verlassen des Vierecks zitterte Casey, als hätte sie gerade eine Geländeprüfung absolviert.

Mrs Smith nahm ihr Roxys Zügel ab, und Casey schwang sich vom Sattel. «Du hast die Konzentration verloren, weil du an Storm gedacht hast. Stimmt's?»

«Ja», gestand Casey. «Es ging einfach nicht anders. Er fehlt mir.»

Sie holte eine Rolle Polo-Mints aus dem Turniersack und hielt Roxy ein paar davon hin.

«Hätte schlimmer sein können», sagte Mrs Smith ausdruckslos. «Aber auch besser. Immerhin, katastrophal war's nicht. Da gibt's nur eines: Abhaken. Du hast kaum Zeit zum Umziehen vor dem Springen.»

Erst als sie die Stute zum Parkplatz führte, wagte Casey einen Blick zurück zu der Stelle, an der Kyle gestanden hatte. Doch der junge Trainer war verschwunden. An seiner Stelle stand ein Mann, der sie ziemlich scharf fixierte. Casey lächelte ihm zu, doch der Mann lächelte nicht zurück.

Sie drehte sich um und hatte ihn auf einen Schlag wieder vergessen.

7

Selbst wenn sich der Sommer von seiner unfreundlichsten Seite zeigte, ging von Salperton Park ein idyllischer Zauber aus. Der Landsitz war bis in den letzten Winkel gepflegt und herausgeputzt. Die Dächer der Dorfhäuser waren neu gedeckt, die Gärten standen in voller Blütenpracht, und die sanft gewellte Landschaft, durch die der Geländeparcours führte, wirkte zeitlos berückend wie ein impressionistisches Gemälde. Salperton House, ein Prachtbau aus dem 17. Jahrhundert, diente als würdiger Hintergrund für das Springen.

Caseys Startzeit war auf 09:45 Uhr angesetzt worden, doch gab es eine Verzögerung, weil sich kurz zuvor ein Mädchen beim Sturz von einem überreizten Vollblutpferd einen dreifachen Armbruch zugezogen hatte. Während der verlängerten Aufwärmrunde hatte sich Casey eindringlich selbst zugeredet, Roxy nicht mehr mit Storm zu vergleichen. Es brachte ja nichts und war zudem ungerecht. Roxys Charakter ließ zwar manches zu wünschen übrig, aber sie war ohne Zweifel ein Klassepferd. Die Stute traf jedenfalls keine Schuld daran, dass sie als Reiterin nicht über die nötige Erfahrung verfügte, richtig mit ihr umzugehen.

Mrs Smith war nach Caseys Wutausbruch im Auto offensichtlich immer noch gekränkt, auch wenn sie sich alle Mühe gab, es sich nicht anmerken zu lassen. Doch während der Pause sagte sie etwas, das Casey nachdenklich stimmte.

«Stell dir vor, du hättest Roxy vor dem sicheren Tod gerettet, nicht Storm. In dem Fall wärst du bestimmt nicht so ungeduldig mit ihr. Und du würdest auch nicht derart unbarmherzig auf ihren Fehlern herumreiten. Du würdest dich so verhalten, wie du dich Storm gegenüber verhalten hast – voller Verständnis und Geduld. Du wüsstest, dass ihre Vergangenheit an ihrem Verhalten schuld ist und dass es an dir liegt, sie zu verstehen, nicht umgekehrt.»

An diese Worte dachte Casey beim Aufwärmen vor dem Springen. Es war für die Jahreszeit ungewöhnlich kühl geworden, und sie fröstelte im auffrischenden Wind. Sie tat ihr Bestes, sich nicht dadurch beirren zu lassen, dass sie den Abreiteplatz mit Andrew Nicholson, einem der weltbesten Reiter, teilen musste. Leider befand sich auch noch ein aggressiver Mann mit schütterem Haar und einem enormen Hinterteil auf dem Platz, der die Höhe des Übungssprungs gegen das Reglement so hoch ansetzte, als würden sie sich auf ein Mächtigkeitsspringen vorbereiten.

Casey blendete ihn aus, versuchte, Roxy nach Kräften gute Gefühle zu schicken. Und tatsächlich – mit der Zeit spürte sie, wie sich die Stute beruhigte. Mrs Smith arbeitete beim Training oft mit Bildern. Und so stellte sich Casey vor, durch Lichtstrahlen mit Roxy verbunden zu sein. Sie sah, wie sie zusammen jedes Hindernis meisterten und am Ende des Tages einen glänzenden Silberpokal in Empfang nehmen durften.

Die Methode schien recht gut zu wirken. Im Vergleich zu Vier-Sterne-Turnieren wie Badminton kamen ihr die Hindernisse wie Spielzeughindernisse vor. Doch mit dem Wind war auch ein Nieselregen aufgekommen, der das Reiten zusätzlich erschwerte.

Roxy preschte vor und nahm ein Hindernis nach dem anderen im Galopp. Als sie einen von zwei übergroßen Papageien flankierten Steilsprung mit großer Reserve übersprang, wurde Casey einmal mehr klar, welches Potenzial in der Stute steckte. Sie war mit großer Dynamik und einem enormen Selbstvertrauen unterwegs und sie sprang sauber. Roxy war in ihrem Element.

Obwohl sie einen Abwurf zu verzeichnen hatten, war Casey mehr als zufrieden. Sie stand in den Steigbügeln, als Roxy im Galopp die Ziellinie passierte. Casey tätschelte die Stute und winkte den applaudierenden Zuschauern zu. Sie hoffte, dass auch Kyle darunter war und miterleben konnte, dass sie eine ansprechende Leistung gezeigt hatte.

Das war der letzte Gedanke, bevor Roxy seitlich ausbrach – und zwar so unerwartet und heftig, dass Casey nicht den Hauch einer Chance hatte. Sie landete flach auf dem Rücken und blieb keuchend liegen. Aus dem Publikum drang ein Aufschrei des Mitgefühls an ihr Ohr.

Plötzlich stieg wieder ein Groll auf Roxy in ihr auf. Sie dachte: *Warum bin ich überrascht? Sie hasst mich. Roxy verfolgt nur ein Ziel – sie will mich lächerlich machen.*

Kyles besorgtes Gesicht beugte sich über sie. «Bist du verletzt, oder hast du einfach Atemnot vom Sturz? Blinzle einmal, wenn du meinst, ernsthaft verletzt zu sein, blinzle zweimal, wenn nur dein Stolz verletzt ist.»

Sie wäre am liebsten im Erdboden versunken. Doch das ging nicht. Also blinzelte sie zweimal. Kyle winkte die Sanitäter davon, die mit einer Trage herbeigeeilt kamen. Ohne Casey zu fragen, nahm er sie in die Arme und trug sie aus dem Zielbereich.

«Irgendwie gefällt es mir, wenn du nach Atem ringst», sagte er grinsend. «Da kannst du wenigstens nicht widersprechen oder eine lächerliche Ausrede mit achtundzwanzig Tagen oder so vorschieben. Aber ich muss gestehen: Wenn du für mich erst einmal zu einer Gewohnheit geworden bist, würde ich viel mehr als achtundzwanzig Tage brauchen, um mich wieder von dir zu entwöhnen. Oh, was soll das denn? Du willst, dass ich dich loslasse? Gut, wenn du unbedingt willst, aber nicht, dass du mich nachher beschuldigst.»

Casey war puterrot im Gesicht, als Kyle sie schließlich absetzte – nicht nur wegen ihres Sturzes. Sie war in Peter verliebt, aber immer wenn Kyle in ihrer Nähe war, sandte ihr Körper ihr gegenteilige Signale. Als er sie, gegen seinen kräftigen Brustkorb gepresst, in den Armen gehalten und sie seinen sinnlichen Geruch eingeatmet hatte, war ihr Blutdruck wie eine Feuerwerksrakete in die Höhe geschossen.

«Danke für deine Hilfe, das war aber nicht nötig», stotterte sie mit finsterem Blick, um ihre Verunsicherung zu verbergen.

Er lachte nur. «Ich musste eingreifen. Du hast Andrew Nicholson aufgehalten.»

Casey schämte sich und wandte sich von ihm ab. «Du wunderst dich bestimmt, wie ich je ein Turnier gewinnen konnte. Immer wenn du mir zusiehst, falle ich vom Pferd oder mache mich sonst irgendwie lächerlich, oder gleich beides zusammen.»

Seine blauen Augen blitzten auf. «Ich denke, das ist ganz normal, wenn man sich an ein neues Pferd gewöhnen muss. Mein Vater sagt mir immer, er habe von schlechten oder bockigen Pferden mehr gelernt als von guten Pferden.»

«Ich wusste gar nicht, dass dein Vater auch reitet. Ist er Trainer?»

«Mein Vater ist tot», sagte Kyle trocken. «Das vergesse ich manchmal und spreche deshalb in der Gegenwartsform von ihm.»

Casey war geschockt. «Oh … es tut mir so leid …»

«Nicht nötig. Es ist schon lange her. Er fehlt mir, aber ich bin darüber hinweggekommen. So ist es nun mal.» Ein trauriges Lächeln flog über sein Gesicht. «Wie dem auch sei: Wir haben von *dir* gesprochen, und ich wollte dir sagen, dass du das Positive sehen solltest. Lady Roxanne ist ein ziemlich bemerkenswertes Springpferd. Ich hätte sie gerne in meinem Stall. Gut, charakterlich ist sie vielleicht noch nicht auf der Höhe. Aber so was lässt sich leicht ausbügeln.»

«Und wie willst du das schaffen?»

«Casey! Da bist du ja! Was ist passiert?»

Völlig durchnässt und aufgelöst kam Mrs Smith auf sie zugerannt. Das Make-up lief ihr über die Wangen, Strähnen ihres silberblonden Haares hatten sich aus ihrem Pferdeschwanz gelöst und hingen ihr ins Gesicht. Ihre bunte Tibetjacke bildete einen wirren Kontrast zu Kyles makellos blauem Pullover und seiner beigefarbenen Reithose. Sie rang nach Atem.

«Laura Colletts Pferdepflegerin hat mir Roxy gebracht. Sie sagte mir, man habe dich nach einem Sturz vom Platz getragen. Ich dachte schon, du seist mit der Ambulanz auf dem Weg ins Krankenhaus. Gott sei Dank geht's dir gut. Leider habe ich dich nicht springen sehen. Ich war gerade auf der Toilette. Wegen der Startverzögerung wusste ich nicht, wann du dran sein würdest.»

Laura war verärgert. «Sie waren auf der Toilette?»

«Ja, ist das etwa verboten?»

«Nein, das ist es nicht. Aber es wäre gut gewesen, wenn Sie Roxys Auftritt gesehen hätten. Dann könnten Sie mir jetzt

Ratschläge geben. Deshalb sind Sie ja auch hier. Kyle hat mir eben gesagt, Roxy habe seiner Meinung nach einige charakterliche Macken, die jedoch leicht zu korrigieren sind.»

Kyle hob die Hände, wie jemand der sich ergibt. «Hey, lass mich bitte aus dem Spiel. Ich habe nur meine Meinung gesagt.»

Mrs Smith fixierte ihn kühl. «Sicher doch!»

Kyle schüttelte den Kopf, als könne er nicht verstehen, warum sie ihn mit Verachtung strafte. «Casey, falls du dich wieder besser fühlst, würde ich mir jetzt im VIP-Zelt ein Häppchen genehmigen. Ich gehe nicht davon aus, dass du mit mir kommen willst.»

«Wir haben Quinoa-Salat im Auto», warf Mrs Smith schnell ein.

«Ich bin vom Pferd gestürzt», sagte Casey bitter. «Ich glaube, ich brauche etwas Nahrhafteres als einen Quinoa-Salat. Kyle, ich würde dich liebend gern begleiten. Ich kümmere mich nur rasch um Roxy und bin gleich zurück.»

Falls Mrs Smith beleidigt war, so ließ sie es sich nicht anmerken. «Kein Problem. Es ist alles unter Kontrolle. Ich kümmere mich um Roxy. Komm bitte rechtzeitig zurück für die Geländeprüfung. Falls sie überhaupt stattfindet. Laut Wettervorhersage ist ein Gewitter im Anzug.»

Als Mrs Smith auf dem Parkplatz ankam, versorgte sie erst einmal Roxy. Gleich danach kippte sie entschlossen beide Salate in den Müll. Normalerweise konnte sie es nicht ausstehen, wenn Esswaren weggeworfen wurden, doch heute drehte sich ihr Magen schon um, wenn sie nur an Essen dachte. Sie ließ Roxy ein paar Grashalme rupfen und führte sie dann in den

Anhänger, was die Stute zu ihrer Erleichterung ohne Probleme geschehen ließ. Doch als sie sich aus der Box zurückziehen wollte, gab Roxy ein leises Wiehern von sich. Mrs Smith lächelte müde und presste ihre Wange gegen Roxys samtweiche Ganasche. Für einen langen Augenblick spendeten sich die beiden gegenseitig Trost.

«Und erzähl Casey bitte nicht, wie gut wir beide miteinander auskommen», flüsterte sie Roxy zu. «Sie würde es nur persönlich nehmen.»

Weil sie sich kaum noch auf den Beinen halten konnte, legte sie sich im Halbdunkel der zweiten Box mit einem feuchten Lappen über den Augen auf den Boden.

Egal, wie sehr sie sich dagegen wehrte, in ihrem Kopf tauchte immer wieder derselbe Gedanke auf. Es ging weder um Casey noch um Kyle, ja nicht einmal um die Geländeprüfung. Nein, sie war vollständig auf die zwei letzten Schmerztabletten fixiert, die sich noch in der Tasche ihrer Tibetjacke befanden. Sie brauchte sie, so wie ein Süchtiger seinen Stoff braucht, aber sie wusste, dass sie noch warten musste bis kurz vor der Rückfahrt. Wenn sie ihre Schmerzen nicht unter Kontrolle brachte, bevor sie sich hinter das Lenkrad setzte, würde sie Jeep und Hänger womöglich in den Straßengraben fahren.

Mrs Smith hatte Casey belogen, als sie ihr sagte, sie habe die Startzeit verpasst. Natürlich hatte sie auf die Minute genau gewusst, wann Casey dran sein würde. Doch kurz bevor Casey auf den Platz geritten kam, war ihr plötzlich so übel geworden, dass sie es nur mit knapper Not bis in die nächste mobile Toilettenkabine schaffte, wo sie sich sofort übergeben musste. Danach war sie leichenblass und so zittrig gewesen, dass sie sich ein Sprudelwasser kaufte, was ihr unter normalen Umständen nicht im Traum eingefallen wäre. Aber sie musste ihren Blutzuckerspiegel so schnell wie möglich wieder hochkriegen. Ihr Spiegelbild in der Glastheke eines Imbisswagens hatte sie so schockiert, dass sie während Caseys Sturz im Jeep gesessen und ihr Make-up wieder aufgebessert hatte.

Ihr war immer klar gewesen, dass der Tag der Wahrheit früher oder später kommen musste. Doch sie hatte sich eingeredet, dass es noch lange dauern würde, bis es so weit war, ganz bestimmt erst nach den Burghley Horse Trials. Nun sollten wohl auch die nicht mehr sein. Angelica Smith hatte sich ganz und gar dem Projekt mit Casey, Storm und Roxy verschrieben, doch der Schmerz, der wie ein Blitz in ihren Körper gefahren war, hatte sie dermaßen geschwächt, dass sie ihrer Aufgabe nicht mehr gewachsen war. Das Schlimmste aber war, dass Casey darunter leiden würde. Und das konnte sie nicht zulassen.

Doch der Gedanke, ohne Casey und die Pferde, ohne den Sinn ihres Lebens zu sein, quälte sie fast ebenso wie der Krebs, der sich langsam aber sicher durch ihren Körper fraß. Und Mrs Smith hatte keinen Zweifel, dass es die Krankheit mit dem K war, die sie so schwächte: Krebs.

Vor rund fünf Monaten hatte Dr. Andrew Mutandwa, ein Onkologe, ihr eine ganze Reihe von Krebstests verordnet. Beim Verlassen der Praxis hatte er ihr damals in aller Offenheit gesagt, dass er das Schlimmste befürchtete. Doch weil sie die Ergebnisse gar nicht kennen wollte, hatte sie ihm absichtlich eine falsche Adresse angegeben.

Nur zwei Tage vor den Badminton Horse Trials war der Brief schließlich doch noch auf Umwegen in ihrem Briefkasten gelandet. Mrs Smith stand vor einem schweren Dilemma. Sie musste damit rechnen, dass der Brief ihr eigenes Todesurteil enthielt. Auf jeden Fall drohte ihr eine belastende Chemo- und/oder Strahlentherapie, was bedeuten würde, dass sie Casey und Storm genau zu dem Zeitpunkt im Stich lassen müsste, wenn sie sie am allermeisten brauchen würden. Eines war klar: Das Leben, wie sie es gekannt hatte, würde vorüber sein.

Doch es gab eine Alternative: Sie konnte den Brief einfach verbrennen, ohne ihn zu lesen, und hoffen, dass sich alles in Luft auflösen würde. Aus den Augen, aus dem Sinn. Dafür entschied sie sich schließlich und verbrannte damit gleich auch die einzige Chance, die sie hatte, das K-Ungeheuer vielleicht noch im Keim zu ersticken.

Sie nahm sich selbst das Versprechen ab, nach Badminton als Caseys Trainerin zurückzutreten und sich selbst ins Krankenhaus einzuweisen. Doch nach dem Triumph in Badminton war Casey sofort zum Kentucky Three-Day Event eingeladen worden. Damals hatte Mrs Smith ihre Schmerzen noch einigermaßen im Griff gehabt, und außerdem war in der Zwischenzeit plötzlich ein dringliches Problem aufgetaucht, das ihre gesundheitlichen Probleme in den Hintergrund drängte. Casey und ihr Vater waren nämlich Opfer eines gemeinen Erpressungskomplotts geworden. Einmal mehr waren Mrs Smiths Dienste gefragt. Und als Casey dann in Kentucky siegte, führte kein Weg mehr am Grand Slam vorbei. Und hier waren sie nun.

Während der ganzen Zeit hatte Casey keine Ahnung gehabt, dass sie von einer todkranken Frau trainiert wurde.

Mrs Smith hatte gehofft, Casey die Wahrheit drei Monate lang, also bis nach Burghley, verheimlichen zu können. Aber die Begegnung mit Kyle West hatte alles durcheinandergebracht. Seine Bemerkung, Casey gehöre die «Zukunft im Vielseitigkeitsreiten» und sie brauche «moderne und avantgardistische Methoden», hatte ihr den Rest gegeben. Er hatte sie mit ein paar unbesonnenen Worten zu einem Relikt aus alten Zeiten gemacht. Als sie ihm zuhörte, wurde ihr bewusst, dass sie die *falschen* Kleider trug, die *falschen* Trainingsmethoden benutzte, dass *sie* die *falsche* Person am *falschen* Ort war. Mit einem Messerstich ins Herz hätte er sie nicht tiefer verletzen können. Mit seinen Worten hatte er ihren Lebensnerv durchschnitten.

Von draußen näherten sich Schritte. Mrs Smith atmete einmal tief durch, riss sich den feuchten Lappen von der Stirn und rappelte sich auf. «Hier bin ich, Casey», rief sie. «Ich war gerade dabei, Roxys Beine einzufetten.»

Dank der kurzen Ruhepause hatten ihre Schmerzen etwas nachgelassen, sodass sie ohne Aufsehenerregen Roxy für den Geländeritt satteln konnte, während Casey in ein rot-weißes Poloshirt, eine Airbag-Weste und eine saubere Reithose schlüpfte. Das Mittagessen an der Seite des gutaussehenden Kyle schien sie aufgeheitert zu haben, und nach den bissigen Bemerkungen von vorher gab sie sich sichtlich Mühe, nett zu Mrs Smith zu sein.

«Genieß es einfach», sagte ihr Mrs Smith auf dem Weg zum Start. «Ihr beide müsst euch erst noch aneinander gewöhnen. Das hier ist ein schneller Parcours mit vielen hohen und schwierigen Hindernissen. Klar, sie sind weniger anspruchsvoll als die in Badminton oder Kentucky, aber Mike Etherington-Smith ist einer der besten Parcoursbauer der Welt und deshalb wäre es falsch, diese Strecke zu unterschätzen. Du musst Roxy nur zwischendurch Zeit zum Atmen geben und sie auch weit ausgreifen lassen.»

Sie blinzelte in die schwarzen Wolken, die sich am Himmel zusammenbrauten. In der Ferne war ein erstes Donnergrollen zu hören. «Hoffentlich werden wir vom Gewitter verschont, bis du durch bist.»

Doch das Wetter sollte keine Rolle spielen. Zweimal brach Roxy vor dem zweiten Hindernis, das nach dem Willen eines

Sponsors einem Weinprobiertisch nachempfunden war, zur Seite aus, was ihnen vierzig Strafpunkte eintrug. Danach nahm Casey sie unverzüglich aus dem Rennen.

Kein Reiter war völlig gegen sogenannte «Vorbeiläufer» gefeit. Selbst gestandene Veteranen wie Pippa Funnell und Zara Phillips hatten schon erleben müssen, dass ihre Pferde Hindernisse verweigerten. Doch auch dieses Wissen vermochte Caseys Ärger nicht zu besänftigen.

Während sie dabei war, Roxy abzuspritzen, und Mrs Smith beim Beladen von Jeep und Anhänger heimlich ihre Schmerztabletten schluckte, bildete sich auf dem Parkplatz ein Rückstau, weil die Ausfahrt von einem riesigen Transporter blockiert war. Das brandneue, glänzende Ungetüm brachte Licht in den grauen Nachmittag und zog alle in seinen Bann, die sich gerade auf dem Parkplatz befanden. Es war blau und silbern lackiert, und über seine ganze Länge zog sich ein grellroter Schriftzug: EQUI-FLOW, HAUPTSPONSOR VON CASEY BLUE UND STORM WARNING, GEWINNER DER BADMINTON HORSE TRIALS UND DES KENTUCKY THREE-DAY EVENT.

Je näher das Gefährt kam, desto heftiger wurden Mrs Smiths Kopf- und Bauchschmerzen. Aus dem Nichts tauchten zwei Fotografen auf und schossen Bilder von der Ankunft des Pferdetransporters.

«Sag mir, dass nicht du dafür verantwortlich bist», sagte sie zu Casey.

Casey, die gerade dabei war, Roxy mit dem Führstrick am alten Pferdeanhänger festzubinden, grinste nur. «Doch, so ist es. Und ich bereue es keine Sekunde. Ist er nicht fantastisch? Haben Sie je einen so coolen Pferdetransporter gesehen? Der kann sich locker mit dem von William Fox-Pitt messen. Er ist zwar etwas kleiner, aber genau richtig für Storm, Roxy und mich. Und Sie natürlich. Selbst Sie müssen zugeben, dass das ein Supergefährt ist.»

Bevor Mrs Smith in der Lage war, eine Antwort hervorzubringen, kam der Transporter prustend neben ihnen zum Stehen. Dicht dahinter rollte ein panzergroßer Land Rover auf den Platz und spuckte einen Mann mit jovialem rotem Gesicht und wild abstehenden grauen Haaren aus, dem zwei Blondinen, die wie Models für Bademode aussahen, auf Mega-High-Heels hinterherstöckelten. Zwei Männer in grellbunten T-Shirts und teuren Maßanzügen bildeten den anderen Teil des Gefolges.

«Casey Blue, was für eine Ehre, dich endlich kennenzulernen», rief der erste Mann aus. «Darf ich mich vorstellen? Edward Lashley-Jones, stets zu deinen Diensten. Meine Freunde nennen mich Ed. Ich habe vernommen, dass du die Geländeprüfung ziemlich vergeigt hast, aber was soll's. Schon bald bist du wieder auf der Siegerstraße. Super, dass wir dich noch angetroffen haben. Dann können wir nämlich gleich das Fotoshooting machen.»

Auf sein Team deutend, fuhr er fort: «Und das hier sind meine Geschäftspartner Rupert Pinkney und Tony Hampton, begleitet von ... äh ... Candi und Mandy. Girls, wie wär's, wenn ihr Casey ihr neues Heim zeigen würdet?»

«Super, Sie alle kennenzulernen», sagte Casey aufgeregt. «Vielen Dank, dass Sie das alles möglich gemacht haben, Mr Lashley-Jones, ... äh ... Ed. Ich schwebe auf Wolken. Darf ich Ihnen meine Trainerin vorstellen: Angelica Smith.»

Ed Lashley-Jones' Blick glitt nur kurz über Mrs Smith. Er nahm sie kaum zur Kenntnis und sagte nur: «Wunderbar, wunderbar. Jetzt müssen wir aber Gas geben, wenn wir das

Shooting im Kasten haben wollen, bevor es zu schütten beginnt. In Ordnung, Casey? Wir brauchen dringend Stoff, um die Paparazzi zu füttern.»

Mit Bettelblick sagte Casey zu ihrer Trainerin: «Bitte, Angelica, kommen Sie doch mit. Ich kann es kaum erwarten, unseren brandneuen Transporter zu erkunden.»

Doch Mrs Smith blieb ungerührt. «Unter keinen Umständen werde ich dieses Monster betreten.»

Casey wurde blass. «Würden Sie uns einen Augenblick entschuldigen?» Dann nahm sie Mrs Smith zur Seite und zischte sie an: «Was soll das? Wollen Sie mir diese Freude um jeden Preis vermiesen?»

Mrs Smiths Schmerzen waren so stark, dass sie sich nicht mehr beherrschen konnte. Die Wirkung des Schmerzmittels hatte noch nicht eingesetzt. «Casey, ich sage dir zum allerletzten Mal: Du machst einen Riesenfehler. Diese Leute werden dich ausnehmen wie eine Weihnachtsgans. Das sind Parasiten.»

«Und woher wissen Sie das so genau? Sehen Sie das alles in einer Kristallkugel? Ich kann's nicht glauben. Sie haben die Leute vor zwei Sekunden erst kennengelernt, und schon haben Sie sich eine Meinung gebildet und sie verurteilt. Predigen Sie mir nicht immer, dass ich mich genau so nicht verhalten soll? Wie dem auch sei. Ich werde das jetzt durchziehen, egal ob es Ihnen passt oder nicht. Es stimmt für mich, und für die Pferde passt es sowieso. So ein Fotoshooting ab und zu tut wirklich niemandem weh. Dafür fahre ich Luxusklasse und das auch noch gratis!»

Mrs Smith atmete tief durch. Sie musste den letzten Willensfunken mobilisieren, um sich auf den Beinen zu halten. «Casey, ich sage das alles nur, weil ich dich so gerne mag und nicht dabei zusehen will, wie man dich ausbeutet. Glaube mir, dieser Transporter wird nicht gratis sein für dich. Wenn du diese Sache durchziehen willst, dann tu es. Aber ohne mich. Du musst dich entscheiden zwischen mir und dem Transporter.»

«Alles in Ordnung, Casey?», rief Lashley-Jones zu ihnen herüber. «Ich glaube, es fängt an zu regnen. Wir müssen die Fotos jetzt schießen. Nicht, dass deine Frisur durcheinandergerät. Wir wollen doch nicht, dass du zur Lachnummer der Szene wirst!»

«Die Entscheidung liegt bei dir», wiederholte Mrs Smith. «Der Transporter oder ich.»

Mit unversöhnlichem Blick presste Casey zwischen den Lippen hervor: «Sie können gehen, Angelica. Ich nehme den Transporter.»

8

Sie können gehen, Angelica. Ich nehme den Transporter.

Drei Tage nach dem Debakel von Salperton Park saß Casey auf dem Beifahrersitz ihres nigelnagelneuen Pferdetransporters, nippte an einem Cappuccino, den sie an der futuristischen Kaffeemaschine in der Bordküche herausgelassen hatte, und ließ die Landschaft von Wiltshire an sich vorbeiziehen. Der stahlblaue Himmel machte den Tag perfekt.

Sie war froh, dass Mr Farley, der Fahrer, den Equi-Flow für sie abgestellt hatte, ein eher schweigsamer Mann war. Er hatte bisher nur einmal den Mund aufgemacht, um zu fragen, welche Zieladresse er in das Navi eingeben sollte. Mr Farley war nicht im Sponsorenpaket von Equi-Flow enthalten. Casey hatte bereits eine erste Rechnung für seine Dienste erhalten.

«Du verstehst bestimmt, dass Equi-Flow nicht auch noch für den Fahrer aufkommen kann», hatte ihr Ed Lashley-Jones gesagt. «Schließlich stellen wir dir gratis und franko einen Viertelmillionen-Schlitten zur Verfügung. Nicht dass du mich falsch verstehst, wir machen das sehr gerne, und ich bin überzeugt, dass du eine fantastische Markenbotschafterin für unsere Firma sein wirst, aber irgendwo müssen wir eine Grenze ziehen.»

Casey hätte es vorgezogen, wenn Ed Lashley-Jones am

Samstagabend beim Champagnerkonsum im VIP-Zelt sich selbst eine Grenze gesetzt hätte. Aber letztlich war ein betrunkener Sponsor nur eines der vielen Übel, die sie an jenem Tag hatte über sich ergehen lassen müssen, und es war noch eines der harmloseren gewesen.

Nach der Auseinandersetzung mit Mrs Smith auf dem Parkplatz musste sich Casey ein Lächeln abringen und so tun, als gäbe es nichts Angenehmeres, als für eine nicht enden wollende Anzahl von Fotos vor dem neuen «Schlitten» zu posieren. Das improvisierte Fotoshooting löste bei den vom Parkplatz abfahrenden Reitern und Helfern viel Gelächter und Heiterkeit aus und zog noch mehr neugierige Autogrammjäger an.

Während sich Casey von Candi und Mandy das Innenleben des Transporters zeigen ließ, hatte Mrs Smith Roxy in den alten Pferdeanhänger verladen und das Weite gesucht.

Casey kochte vor Wut, ließ sich aber nichts anmerken. Doch leider war sie jetzt Lashley-Jones ausgeliefert, der bestimmen konnte, wann sein Chauffeur sie mit dem neuen Gefährt nach White Oaks zurückfahren würde. Vorerst stürmten Lashley-Jones und seine Kumpel das VIP-Zelt, wo sie sich bis zum Gehtnichtmehr mit Lachsbrötchen vollstopften und Champagner in sich hineingossen. Casey überstand den langen Abend nur, weil sie an Kyle dachte, der sie während des Fotoshootings ein drittes Mal an diesem Tag gerettet hatte.

Gerade als Rupert Pinkney sie aufforderte, ein enges Equi-Flow-T-Shirt überzustreifen und zusammen mit Candi und Mandy auf der Kühlerhaube des Land Rover zu posieren, entlud sich das seit Stunden drohende Gewitter über Salperton. Es dauerte keine zwei Minuten, und Casey war bis auf die Haut nass. Vom Sponsorentrupp im Regen stehen gelassen, rannte sie auf der Suche nach einem schützenden Dach über den Parkplatz, als

Kyle mit einem Schirm in der Hand aus dem Nichts auftauchte. Sie fanden schließlich in einer Jurykabine Unterschlupf.

Kyle bemerkte die Gänsehaut an Caseys Armen.

«Dir ist kalt, Casey. Gehört es eigentlich dazu, dass Models bei Fotoshootings leiden müssen, oder darf ich dich zu deinem Wagen begleiten, bevor du dir eine Lungenentzündung holst? Dieser kalte Wind geht durch Mark und Bein!» Er blinzelte in den strömenden Regen hinaus. «Wo steht eigentlich dein Pferdeanhänger? Oder bist du schon in den neuen Transporter umgezogen?»

Casey kam aus dem Schlottern nicht mehr heraus. «Er ist weg. Mrs Smith ist mit Roxy nach Hause gefahren. Wir hatten … äh … wir hatten Streit.» Eine Träne kullerte über ihre Wange, was ihr sehr peinlich war.

Völlig unerwartet nahm Kyle sie in seine Arme. «Das tut mir leid.» Ohne weiter zu bohren, fügte er nur hinzu: «Du hast wahrscheinlich keine Ersatzkleider dabei.»

«N… nein, aber mir g… geht's gut.»

«Du bist etwa eine Million Meilen von *gut* entfernt. Leider habe auch ich keine Ersatzgarderobe dabei, aber ich leihe dir gerne meinen Pullover.»

Gegen ihre Proteste öffnete er den Reißverschluss seiner Lederjacke und zog sich den blauen Pullover, den sie am Morgen schon bewundert hatte, über den Kopf. Darunter trug er ein weißes Unterhemd, das seinen muskulösen Bauch, die schlanken Hüften und seine starken Oberarme betonte. Caseys Blick wanderte hinunter zu seiner Reithose und den abgetragenen, schlammverspritzten Stiefeln. Der Junge war wirklich brutal attraktiv.

Sie schluckte einmal leer und sagte dann: «Ich habe einen Freund.»

Kyles Gesicht verriet keine Regung. «Es geht hier nicht darum, ob du einen Freund hast oder ich eine Freundin habe», sagte er. «Es geht darum zu verhindern, dass du wegen einer blöden Erkältung das Zeitliche segnest. Wenn dein Freund hier wäre, würde er bestimmt genauso handeln wie ich.»

Er reichte ihr seinen Pullover. «Er war sauber, als ich ihn heute Morgen anzog, aber ich kann jetzt nicht mehr dafür garantieren. Wenn du das Risiko eingehen willst, wird er dich zumindest wärmen, bis du etwas Passenderes gefunden hast. Den Schirm kannst du auch behalten. Ich glaube, ich habe noch einen im Auto.»

Er schlüpfte wieder in seine Jacke. Bevor er die Kabine verließ, blieb er in der Türöffnung stehen. Ihre Blicke trafen sich. «Bis später einmal, Casey Blue!»

Da sie keine Lust auf eine Unterkühlung hatte, zog Casey ihr klitschnasses Poloshirt aus, sobald Kyle die Tür hinter sich geschlossen hatte, und streifte den blauen Pullover über. Er war immer noch körperwarm und roch leicht nach Eau de Cologne und sauberem Schweiß. Die edle Kaschmirwolle fühlte sich kuschelweich an. Auch wenn sie sich einzureden versuchte, dass der Pullover nichts anderes war als eine vernünftige Lösung für das Problem mit ihren feuchten Kleidern und dass jeder andere Mensch genauso gehandelt hätte, kam es ihr vor, als würde sie Peter mit Kyles Pullover betrügen.

Für den restlichen Abend war sie dazu verdammt, im VIP-Zelt herumzusitzen und sich das leere Geschwätz der Equi-Flow-Leute anzuhören. Und die ganze Zeit über fühlte sich Kyles Pullover auf ihrem Körper an wie eine zweite Haut.

Es wurde Mitternacht, bis Casey schließlich im Peach Tree Cottage in ihr Bett kroch. Sie war todmüde und erschöpft, und dennoch fand sie keinen Schlaf. Kurz vor sechs gab sie auf und ging über die Felder zu den Stallungen. Roxy schien sich nicht zu freuen, als sie sie sah, was sich nicht gerade gut auf Caseys Selbstwertgefühl und Stimmung auswirkte. Als sie die Stalltür öffnete, blickte die Stute an ihr vorbei, als würde sie hinter ihr nach Mrs Smith Ausschau halten.

«Leider bin nur ich's», sagte Casey seufzend zu ihr. Sie fragte sich zum x-ten Male, was in aller Welt sie unternehmen musste, um Roxys Gunst zu gewinnen.

Und sie fragte sich auch, wie sie es anstellen musste, um Mrs Smiths Gunst zurückzugewinnen. Sie fühlte sich schlecht wegen der Sachen, die sie ihr an den Kopf geworfen hatte. Innerlich hörte sie sich immer wieder dasselbe sagen – wie eine Schallplatte, die einen Sprung hat. Als sie kurz zuvor am Zimmer ihrer Trainerin vorbeigegangen war, hatte sie mit sich gerungen, ob sie ihr zur Versöhnung eine Tasse Chai-Tee und einen kleinen Strauß Wiesenblumen bringen sollte. Sie wollte sich bei ihr entschuldigen und ihr versprechen, noch diese Woche einen Rechtsanwalt mit der Ausarbeitung eines Vertrags zu beauftragen, der sie zu ihrer offiziellen Managerin machen würde. Doch dann schaltete sie den Wasserkocher wieder aus und entschied sich zu warten, bis Mrs Smith ausgeschlafen und gefrühstückt hatte und bestimmt besserer Stimmung sein würde als jetzt. Und so war sie stattdessen zu den Pferden in den Stall gegangen.

Als sie mit Storm fertig war, tauchte Peter auf. Er kam eben aus Norfolk zurück, wo er Lord Lavingtons Araberpferde beschlagen hatte. Casey, die gerade noch an Kyle in seinem weißen Unterhemd gedacht hatte, traf fast der Schlag. Weil sie sich nichts anmerken lassen wollte, küsste sie Peter fast eine Spur zu leidenschaftlich. Peter lachte nur.

«Ich hatte etwas Bammel, dir zu sagen, was ich dir jetzt gleich sagen werde. Aber wenn sich meine Abwesenheit so auf dich auswirkt, dann ist es vielleicht gar nicht so schlecht.»

«Du willst mich doch nicht etwa verlassen», fragte Casey ihn mit einem herausfordernden Lächeln.

«Dich verlassen? Soll das ein Witz sein? Du bist das Beste, was mir je passiert ist. Aber ich muss wahrscheinlich für eine Weile weg.»

Nervös trommelte er mit seinen Fingern gegen die Stalltür. «Casey, ich weiß nicht, wie ich dir das sagen soll ...»

«Spann mich nicht auf die Folter, Peter. Sag's mir doch einfach.»

«Also gut. Gestern Abend hat mich der Geschäftsführer des Gestüts Lone Pine bei Mount Juliet in Irland angerufen. Du hast bestimmt von Alejandro Hall gehört.»

Natürlich hatte Casey von Alejandro Hall, dem argentinischen Hufschmied, gehört, der als wahrer Meister seines Fachs galt und direkt oder indirekt für einige der größten Triumphe im Pferderennsport verantwortlich war. Man sagte, dass er es in nur drei Behandlungen schaffen würde, aus einem Esel mit Hufrehe ein Jahrhundertpferd wie den berühmten Nijinsky zu machen.

«Seit Jahren träume ich schon davon, einen seiner Kurse zu besuchen, aber die Teilnehmerzahl ist beschränkt, und die Wartelisten sind ellenlang. Ich hatte mich eintragen lassen, lange bevor ich dich kennengelernt habe, aber das Gestüt hat sich nie bei mir gemeldet.»

«Bis gestern Abend?»

Peter war verlegen. «Ja, bis gestern Abend. Es ist ein Platz frei geworden, weil ein Teilnehmer kurzfristig absagen musste. Das einzige Problem ist, dass der Kurs morgen früh beginnt.»

Casey schlang ihre Arme um Peters Hüften. «Und wo genau ist das Problem? Schließlich hast du einen Vater, der auch Hufschmied ist. Evan kann bestimmt da und dort für dich einspringen.»

«Natürlich kann er das, darüber mache ich mir gar keine Sorgen. Es geht um dich und mich. Ich mag es nicht, wenn wir voneinander getrennt sind.»

«Das weiß ich, und mir geht es genau gleich. Aber das ist die Chance deines Lebens, Peter. Die kannst du nicht an dir vorbeiziehen lassen. Schließlich geht es um deine große Leidenschaft. Hör mal, du bist mir um die halbe Welt nachgereist, um mich bei der Verwirklichung meines Traums zu unterstützen. Wäre es nicht extrem egoistisch, wenn ich dir jetzt im Wege stehen würde?»

Peter war sichtlich erleichtert. Er umarmte sie und ließ dann seine Finger bis zur kleinen Vertiefung am Ende ihrer Wirbelsäule wandern, die nach der Arbeit mit den Pferden heiß und feucht war. «Danke, Casey. Es ist schön, dass du mir das sagst. Und ich verspreche dir, dass ich dich pausenlos anrufen, mit SMS volltexten und E-Mails bombardieren werde, dass du mich ins Pfefferland wünschst.»

Casey fuhr mit der Hand über die feinen Stoppeln an seinem Kinn. Peter war zwar kein Hingucker wie Kyle, aber für sie war er großartig und der liebenswürdigste, netteste junge Mann, den sie je kennengelernt hatte. Dass er mit seinem athletischen Körperbau auch auf die Titelblätter von Fitnessmagazinen gepasst hätte, störte sie natürlich auch nicht.

Sie küsste ihn nochmals. «Ich liebe dich.»

Nachdem sie letztes Jahr, als sie sich kennengelernt hatten, viel zu lange gezögert hatte, es ihm zu sagen, konnte sie es jetzt nicht oft genug wiederholen.

Er grinste. «Ich liebe dich auch. Und es macht dir wirklich nichts aus, dass ich zehn Wochen im Ausland sein werde?»

«*Zehn Wochen?*» Casey löste sich aus der Umarmung. «Von zehn Wochen hast du nichts gesagt. Ich hatte mit fünf oder sechs Tagen gerechnet. Wenn du zurückkommst, stehen gerade die Burghley Horse Trials auf dem Programm.»

Am liebsten hätte sie losgeschrien: *Das kannst du nicht tun. Ich brauche dich. Ohne dich an meiner Seite werde ich es niemals schaffen, in Burghley zu gewinnen.* Doch das ging nicht. Und sie hatte ihm bereits gesagt warum. In den letzten Wochen hatte sich Peter stets uneigennützig in den Dienst ihrer Karriere gestellt. Deshalb durfte sie ihm jetzt nicht im Weg stehen.

Stattdessen ergriff sie seine warmen Hände und sagte: «Nein, das ist Blödsinn. Wahrscheinlich ist es das Allerbeste, wenn du für ein paar Monate weggehst. Dann bleibst du wenigstens von dem Stress und der Panik verschont, die mich immer vor Wettkämpfen heimsuchen. Und du wirst genau zur richtigen Zeit zurückkommen, um Storm mit deinem neu erworbenen Wissen für den Grand Slam zu beschlagen. Eigentlich ist es perfekt. Klar, ich werde dich unendlich vermissen, aber es freut mich auch, dass du etwas unternimmst, was dich glücklich macht.»

«Wirklich? Wenn du das so siehst ...» Ein helles Lächeln flog über sein gebräuntes Gesicht. «Oh Casey, ich bin so aufgeregt. Seit Jahren schon brenne ich darauf, Alejandro Hall kennenzulernen. Ich ...»

Von den Pflastersteinen hallten Schritte zu ihnen herüber. «Hey Casey, du hast es auf Seite 5 der *Daily Mail* von heute geschafft», rief Renata, die wie ein mittlerer Wirbelsturm durch die Stallungen brauste. In der Hand hielt sie eine Zeitung. «Voll die Herzensbrecherin ... Oh, entschuldige, ich wusste nicht, dass du Gesellschaft hast. Hallo Peter. Aber egal, ich schau später noch mal vorbei.»

Peter griff nach der Zeitung. «Komm schon, Renata. Gib mir die Zeitung. Wenn Casey das Bild zuerst sieht, wird sie sich womöglich potthässlich finden und ich werde es nie zu Gesicht bekommen.»

«Okay, aber ich will nicht schuld sein.» Sagte es und verschwand ebenso rasch, wie sie gekommen war.

Peter blickte wie versteinert in die Zeitung. Casey unterdrückte einen Schreckensschrei.

Unter der Schlagzeile KUSCHELIGE CASEY war auf einem großen Bild zu sehen, wie Kyle Casey in Salperton Park vom Parcours trug. Casey schmiegte sich mit geschlossenen Augen an Kyles Schulter. Er trug den blauen Pullover, der jetzt diskret unter Caseys Kissen in ihrem Schlafzimmer versteckt war. Für einen Betrachter, der mit der Situation nicht vertraut war, zeigte das Bild ein Liebespaar in inniger Umarmung.

Spitzentrainer Kyle West (20) tröstet Jungstar Casey Blue (17) nach einem Sturz bei den Salperton Horse Trials. Gemäss einer zuverlässigen Quelle aus der Vielseitigkeitsszene sind die beiden «bloss gute Freunde».

Mit ruhiger Stimme fragte Peter: «Möchtest du mir etwas sagen, Casey?»

«Nein!», rief Casey. Sie riss ihm die Zeitung aus der Hand und warf sie durch die Stalltür auf den Hof. «Doch, natürlich möchte ich dir etwas sagen. Da ist nichts. Ich bin gestürzt. Ich habe keine Luft mehr bekommen. Während ich also am Boden lag und nach Luft schnappte, kam Kyle herbeigerannt, hob mich auf und trug mich davon, um den Parcours für Andrew Nicholson freizumachen. Mehr gibt es dazu nicht zu sagen. Typisch Boulevardpresse halt!»

Peter hatte seine Arme in Abwehrhaltung vor der Brust verschränkt. «Aber wieso gerade er? Neulich abends, als er dir eine SMS geschickt hat, hast du mir gesagt, du würdest ihn kaum kennen.»

«Das stimmt auch. Wir haben zwei oder drei Mal kurz miteinander gesprochen. Das war's. Was hätte ich denn tun sollen? Ich lag am Boden, hatte Schmerzen und bekam keine Luft. Er war so nett, mir zu Hilfe zu eilen, weil der Sanitätsdienst in seinen Augen nicht schnell genug handelte. Ich konnte nichts dagegen sagen, weil ich keine Luft kriegte.»

«Okay, okay – es ist nicht deine Schuld, aber du musst zugeben, dass die Story schon etwas seltsam anmutet. Das ganze Land wird meinen, dass da was läuft zwischen dir und Kyle West. Und es ist das Allerletzte, was ich gebrauchen kann am Tag, bevor ich für Monate verreise.»

Dann bleib hier, wollte Casey sagen. *Bleib hier und beschütze mich vor Kyle.*

Wogegen sie Schutz brauchte, wusste sie selbst nicht genau. Sie fühlte sich schuldig, allein schon, weil sie den blauen Pullover bei sich hatte. Als handle es sich dabei um ein kleines Stück von Kyle, das sie in ihrem Schlafzimmer versteckt hielt.

Sie legte die Arme um den Hals ihres Freundes. «Peter, das mit dem Foto tut mir leid. An deiner Stelle wäre ich auch wütend geworden. Aber ich liebe *dich*. Das ist alles, was du wissen musst.»

Nach Bestärkung lechzend, durchdrang er sie mit seinen

dunklen Augen. «Ich glaube dir. Ich vertraue dir auch. Daran darfst du nicht zweifeln. Aber du bist jetzt berühmt, Casey. Schau dir nur deinen neuen Transporter an. Alle wollen sie sich ein Stück von dir abschneiden. Man wird dich mit Geld und anderen Versuchungen zu ködern versuchen. Es wird dir nicht immer leichtfallen, Widerstand zu leisten.»

Kurz darauf war Peter weggefahren. Er wollte noch rasch nach Wales, seinen Koffer packen und dann direkt von Cardiff nach Dublin fliegen. Sie waren noch Arm in Arm zum Parkplatz gegangen. Das Lächeln war zurückgekehrt, sie neckten sich, aber beide wussten, dass sich seit dem Zwischenfall mit Kyle West ein Schatten über ihre Beziehung gelegt hatte.

Als Casey in den Stall zurückkehrte, traf sie auf Morag.

«Schöne Kutsche», sagte die und deutete mit dem Kopf auf Caseys neuen Transporter. «Passt zu Ihrer Majestät. Weckt aber auch Erwartungen. Aber ich bin sicher, du kannst mit dem Druck umgehen, vor allem, seit Kyle West sich in dich verguckt hat. Schade einfach, dass das alles etwas viel geworden ist für Mrs Smith. Ich habe gesehen, wie sie gestern Abend mit zwei Koffern in ein Taxi gestiegen ist.»

Casey gefror das Blut in den Adern.

Morag sah sie forschend an. «Seltsam, jetzt in den Urlaub zu fahren. So kurz vor Burghley und dem bevorstehenden Comeback von Storm.»

Casey fand ihre Stimme wieder: «Seit ich Mrs Smith kenne, hat sie sich nie eine Pause gegönnt. Die hat sie sich verdient. Und wenn Sie mich jetzt entschuldigen würden, ich habe Tausende von Dingen zu erledigen.»

Beim Gatter zur Koppel fing sie an zu laufen. Ihre Beine fühlten sich an wie Gummi. Sie dachte nur: *Bitte, lieber Gott, mach, dass das nicht wahr ist.*

Im Peach Tree Cottage angekommen, stürmte sie die Treppe hoch. Die Tür zu Mrs Smiths Schlafzimmer war immer noch geschlossen. Casey blieb keuchend stehen. In ihrer Lunge brannte ein Feuer. Sie wollte den letzten Moment festhalten, als noch alles war wie immer. Sie wollte, dass Mrs Smith nur einen ruhigen Tag im Bett verbrachte, im *Tao der Liebe* oder einer Dalai Lama-Biografie las. Sie würde sich bei ihr entschuldigen, sie umarmen, sie würden darüber lachen, wie unsinnig es war, sich wegen eines Pferdetransporters zu verkrachen. Sie würden zusammen frühstücken und den Tag planen.

Sie klopfte an die Tür. Keine Antwort. Mrs Smiths Zimmer war blitzsauber, das Bett abgezogen. Mrs Smith hatte keine Spur hinterlassen.

Auf dem Bett lag ein Zettel. Caseys Knie gaben nach. Sie ließ sich auf die nackte Matratze sinken: In der zitternden Hand hielt sie den Zettel.

Liebste Casey
Du bist nicht schuld daran, dass ich weggegangen bin. Wenn ich ehrlich bin, hat sich das seit einiger Zeit abgezeichnet. Auch wenn ich es mir nicht gerne eingestehe: Ich werde nicht jünger, und Dinge, die mir früher leichtfielen, werden jetzt zur Qual. Gestern fiel dann der Tropfen, der das Fass zum Überlaufen brachte. Es hatte nicht eigentlich mit unserem Streit zu tun, auch wenn ich natürlich verletzt war. Vielmehr bin ich zu dem für mich schmerzhaften Schluss gekommen, dass ich nichts mehr für dich tun kann. Du bist eine schöne, talentierte junge Frau, und ich bin sehr stolz auf dich. Aber du stehst für die Zukunft des Reitsports des 21. Jahrhunderts, und ich stehe für die Vergangenheit. Du brauchst einen dynamischen jungen Trainer, der dich auf die nächsthöhere Stufe bringen kann. Du brauchst

moderne und avantgardistische Methoden. Ich würde dich nur bremsen.

Einer deiner bewundernswerten Charakterzüge ist, dass deine Loyalität keine Grenzen kennt. Du würdest unsere Beziehung von dir aus niemals beenden, selbst wenn du einverstanden wärest mit dem, was ich oben geschrieben habe. Deshalb ist es am besten, wenn ich jetzt gehe, bevor du nach Hause kommst. Unsere gemeinsame Zeit war die wertvollste Zeit meines Lebens, und ich bin stolz, dass ich bei deiner Weiterentwicklung und Entfaltung eine Rolle spielen durfte. Als Gegenleistung bitte ich dich um einen Gefallen. Versuche nicht, mich zu finden. Konzentriere dich ganz auf dein eigenes Leben und die Vorbereitung von Burghley. Sei glücklich. Und vor allem: Bleibe dir selbst treu.

Deine Freundin für immer
Angelica Smith

Auf diese Nachricht hin saß Casey einfach nur da, umgeben von dröhnender Stille. Sie war zu niedergeschmettert zum Weinen. Als ihr Handy in der Hosentasche vibrierte, kam es ihr vor, als seien Stunden vergangen. Sie kannte die Nummer auf dem Display nicht. Sie sandte ein Stoßgebet zum Himmel: *Wenn es nur Angelica Smith ist!*

«Hallo Casey, ich bin's, Kyle.»

«Oh.»

«Was habe ich getan, dass du dich zu einem derartigen Begeisterungssturm hinreißen lässt?», sagte er lakonisch. «Es sei denn, du bist mir böse wegen des Fotos in der *Daily Mail*. Also mir persönlich gefällt es ganz gut. Ich habe es mir bereits an meine Bürowand gepinnt ... Scherz. Nein ehrlich, das war ein Scherz.»

«Kyle, was willst du?»

«Was ich *will?* Ich *will* nichts. Als ich dich zum letzten Mal gesehen habe, wurdest du gerade von den Equi-Flow-Haien in ein VIP-Zelt gezerrt. Ich rufe nur an, um mich zu erkundigen, ob du sicher nach Hause gekommen bist und deinen Sturz einigermaßen gut überstanden hast. Ich wollte dir auch sagen, dass du viel besser geritten bist, als die nackten Ergebnisse vermuten lassen, falls dich das tröstet.»

Casey riss sich zusammen. «Es tut mir leid, Kyle. Ich wollte dich nicht brüskieren. Danke, dass du mir deinen Pullover geliehen hast. Das war Hilfe in höchster Not. Leider ist hier etwas Schreckliches passiert.»

Und dann brach alles aus ihr heraus. Der Streit mit Mrs Smith. Der Zettel auf dem Bett.

Kyle hörte wortlos zu. Schließlich sagte er: «Soll ich dir helfen, sie zu suchen? Ich kenne einen Mann, der einen Mann kennt, der sie vielleicht aufspüren könnte.»

«NEIN!», entfuhr es ihr. Doch dann wurde ihr bewusst, dass sie sich hysterisch anhörte, und sie versuchte, sich zurückzunehmen. «Vielen Dank, Kyle. Aber das ist nicht nötig. Wenn sich Mrs Smith zurückziehen will, dann muss ich diesen Wunsch respektieren. Abgesehen davon geht es ihr besser ohne mich.»

«Vielleicht geht es *dir* besser ohne sie.»

«Was erzählst du da? Mrs Smith ist der beste Mensch, dem ich je begegnet bin. Ich habe sie immer mehr gebraucht als sie mich. Alles, was ich je erreicht habe, verdanke ich ihr. Ich bin vollständig von ihr abhängig. Ich weiß nicht, was ich tun soll. Ohne sie bin ich verloren.»

«Casey, du verdankst deine Erfolge deinem Talent, deiner Leidenschaft, deinem harten Einsatz, nicht Angelica Smith. Ich behaupte ja nicht, dass sie eine schlechte Trainerin ist, aber du darfst deine oder auch Storms Fähigkeiten nicht kleinreden.»

«Danke, aber …»

«Casey, ich weiß, dass es hart ist für dich. Aber du musst dir keine Gedanken machen. Ich werde für dich sorgen.»

«Sie haben das Ziel erreicht», flötete die Navi-Stimme und riss Casey aus ihrem Tagtraum. «Sie haben das Ziel erreicht.»

«Verdammte Quasselstrippe», brummte Mr Farley, nachdem er zwei Stunden geschwiegen hatte. «Die will mir immer weismachen, dass wir angekommen sind, auch wenn wir noch meilenweit vom Ziel entfernt sind. Ich sehe jedenfalls weit und breit keine Pferde.»

Farley hatte den Transporter auf einer schattigen Landstraße angehalten, die von einem dichten Geäst von Eichen, Edelkastanien und Eiben überdacht war. Links wand sich ein überwucherter Feldweg durch die Bäume und verlor sich dann im dunklen Wald. Als Casey den Kopf aus dem Fenster streckte, entdeckte sie einen verwitterten Holzwegweiser, an dem sich eine Kletterpflanze und ein giftiges Nachtschattengewächs mit seinen lilafarbenen Blüten hochrankten: RYCLIFFE MANOR.

«Ich hatte geglaubt, Ihr Mr West verfügt über einen der besten Reiterhöfe des Landes», grummelte der Fahrer. «Ich muss sagen, die Zufahrt sieht nicht gerade vielversprechend aus.»

Casey, der die gleichen Gedanken durch den Kopf gingen, sagte leicht gereizt: «Er ist nicht *mein* Mr West.»

Sie holperten über den Feldweg. Von unten streifte Gras am Fahrgestell des Transporters. Casey wurde immer nervöser.

Vielleicht sollten sie umkehren, bevor es zu spät war. Sie konnte immer noch sagen, sie habe es sich anders überlegt.

«Mr Farley ...», setzte sie an.

In diesem Moment bäumte sich der Transporter auf und rollte aus dem Wald aufs freie Feld. Die Kabine erstrahlte im Sonnenlicht. Vor ihnen erstreckte sich bis zum Horizont eine sanft gewellte, sorgsam gepflegte Parklandschaft. Mittendrin stand ein herrschaftliches Haus, das teilweise von einer Hecke und einer Baumgruppe verdeckt war. Ein Wegweiser aus Granit zeigte über eine perfekt planierte Kiesstraße zum Rycliffe Manor Equestrian Centre.

«So habe ich mir das eher vorgestellt», sagte Farley, während der Transporter über den Kies rollte, vorbei an weißen Koppelzäunen, hinter denen elegante Pferde mit glänzendem Fell auf smaragdgrünen Weiden grasten. «Was wollten Sie eben sagen?»

«Nichts.»

Casey krallte sich mit schweißigen Händen an den Rändern ihres Sitzes fest. Als Farley ihr Gefährt auf die Stallungen zusteuerte, sah sie, wie ein Mädchen mit kurzem braunem Haar einen Fuchs longierte. Die Sonnenstrahlen funkelten in seinem Fell. Dahinter lag eine Anlage mit Hindernissen, die dem berühmten Turnierplatz von Hickstead in nichts nachstand.

Auf dem Parkplatz angekommen, kletterte Casey steifbeinig aus der Kabine. Sie atmete einmal tief durch. Es roch nach Pferden, Holzspänen und Jasmin. Zögernd ging sie auf einen eisernen Torbogen zu. Plötzlich tauchte auf der anderen Seite Kyle auf. Als er sie sah, ging ein Strahlen über sein Gesicht. Er beschleunigte seine Schritte, schob den Verschlussbolzen des Tors zur Seite und ließ sie hinein. «Willkommen in Rycliffe Manor, Casey. Schön, dass du gekommen bist.»

«Es ist wunderbar hier.»

«Freut mich, dass es dir gefällt. Komm, wir zeigen Roxy ihr neues Zuhause, und dann machen wir beide einen kurzen Rundgang.»

Als sie die Stute zu ihrem hellen, luftigen Stall in einem cremefarbenen Kalksteingebäude führte, kam Casey aus dem Staunen kaum mehr heraus. Nie zuvor hatte sie ein derart perfektes Trainingszentrum gesehen. Die zwei Stallungen waren in L-Form um einen Innenhof mit perfekt geschnittenem Rasen angeordnet, in dessen Mitte ein Brunnen plätscherte. Rote Rosen leuchteten in sorgsam gepflegten Beeten.

Auf der dritten Seite des Hofs stand eine Reithalle, und Wegweiser zeigten zum Therapiebecken, zwei Reitplätzen und der Geländestrecke. Alles war ordentlich und sauber. Jeder Strohhalm hatte seinen Platz.

Kyle musterte Caseys Gesicht. «Und, wär das was?»

«Und ob das was wäre. Es ist umwerfend.»

«Habe ich nicht gesagt, dass ich für dich sorgen werde?», meinte Kyle und grinste.

9

Als Erstes wurde Caseys Trainingsroutine durch Kyles Arbeitsstil auf den Kopf gestellt. Mrs Smiths Methodik gründete auf Einfühlungsvermögen, Spiritualität und Intuition. Immer wieder hatte sie Erkenntnisse aus dem Buch *Der Pfad des friedvollen Kriegers* einfließen lassen oder auf ihre eigenen Erfahrungen als erfolgreiche Dressurreiterin zurückgegriffen. Kyle hingegen war nüchtern und rational.

«Ich habe eine eiserne Regel», sagte er zu Casey, als er sie in das Videostudio über seinem Büro führte. «Außerhalb der Trainingszeiten gibt es keine Diskussion und keine Ratschläge. Du musst mich gar nicht erst fragen, denn du bekommst keine Antwort. Schau mal, es ist so: Es würde niemandem in den Sinn kommen, einen Arzt oder einen Rechtsanwalt auf der Straße um kostenlose medizinische oder juristische Beratung zu bitten. Warum sollte sich ein Pferdeexperte anders verhalten? Du kannst mich gerne für ein Turnier buchen, dann stelle ich mich darauf ein. Aber ich muss es im Voraus wissen. – Ist das in Ordnung?», schob er mit einem Lächeln hinterher.

«Klar», gab Casey zurück. Sie musste an Mrs Smith denken, die ganz selbstverständlich immer rund um die Uhr verfügbar gewesen war, um über Techniken oder Strategien zu sprechen. Casey hatte sie mit zehn Prozent an ihren

Siegesprämien beteiligt und kam seit ihrem Triumph in Badminton selbst für die Miete des Peach Tree Cottage auf. Doch das war nichts im Vergleich zu dem Vermögen, das Mrs Smith klammheimlich aufgewendet hatte, um ihre Schülerin in den ersten Tagen ihrer Reitkarriere zu unterstützen. Casey hatte immer wieder versucht, sie dafür zu entschädigen, aber Mrs Smith hatte steif und fest behauptet, alle Zahlungsbelege verloren zu haben.

Kyle führte Casey zu einem kleinen Raum, der mit modernster Computer- und Videotechnik vollgestopft war. Als sie eintraten, schoss ein Mann von einem Stuhl auf. Er hatte schütteres Haar und die Haut seines seltsam entstellten Gesichts war von ähnlich blassgelber Farbe wie das Beige seiner Chinos und seines Poloshirts.

«Casey, darf ich dir meine rechte Hand, Ray Cook, vorstellen?», sagte Kyle, während er dem Mann liebevoll auf die Schulter klopfte. «Was Ray nicht über Pferde weiß, ist nicht wissenswert. Und ohne ihn würde dieses Zentrum in Chaos versinken. Ray, ich muss dir Casey Blue nach ihren Siegen in Badminton und Kentucky wohl kaum vorstellen. Sie gehört zweifellos zu den größten Talenten dieses Landes. Ich habe sie um achtundvierzig Stunden gebeten, um ihr zu beweisen, dass wir ihr helfen können, in Burghley zu gewinnen. Wir müssen uns also alle am Riemen reißen.»

Ray grinste nur, ohne etwas zu sagen.

«Es freut mich, Sie kennenzulernen», sagte Casey und streckte ihm die Hand entgegen. Irgendwie kam er ihr bekannt vor. Doch woher?

Ray schüttelte ihr die Hand, drehte sich um und verließ den Raum. Dabei murmelte er vor sich hin: «Großartig, ich geh dann mal.»

Kyle zuckte mit den Schultern. «Wie du siehst, habe ich ihn nicht wegen seiner schillernden Persönlichkeit eingestellt.»

Sie setzten sich an einen großen Eichentisch, der vollgestellt war mit einer Xbox, einer Profi-Videokamera, mehreren Rechnern sowie den Monitoren von Überwachungskameras, die Live-Bilder von der Reithalle, dem Reitplatz, der Geländestrecke und einigen Straßen der Parkanlage zeigten.

Kyle zog einen Laptop heran, auf dem drei Videofenster geöffnet waren, und drückte im ersten Fenster auf *Play*. Das Video zeigte Caseys Dressurprüfung in Salperton Park. Sie sah, wie sie versuchte, Roxy im Zaum zu halten. Doch die Stute schlug nach hinten aus, um wenig später anstelle des geforderten Trabs mit angelegten Ohren in einen wilden, unregelmäßigen Galopp zu verfallen.

Als Nächstes flimmerten die Bilder des Springens über den Bildschirm. Casey rutschte unruhig auf ihrem Stuhl herum, als Roxy seitlich ausbrach und sie aus dem Sattel flog. Glücklicherweise war die Szene, in der sie von Kyle davongetragen wurde, herausgeschnitten worden. Im dritten Video war Roxys Verweigerung des zweiten Hindernisses bei der Geländeprüfung zu sehen.

Kyle schob seinen Stuhl zurück. Das Schwarz seines Poloshirts, seiner Reithose und der hohen Stiefel brachte seinen goldenen Teint und das blonde Haar noch besser zur Geltung. Casey war dankbar, dass er so nüchtern und sachlich war. Das schmälerte zwar seine Attraktivität nicht, aber es half ihr, in Gedanken nicht von ihrer Arbeit abzuschweifen.

«Du hast jetzt diese Videos gesehen. Was meinst du, ist falsch gelaufen?»

«Alles», sagte Casey, ohne zu zögern.

«Überhaupt nicht. Du hast fast alles richtig gemacht.

Dein Problem sind die Konzentrationsschwächen. Sobald du unkonzentriert bist, merkt Roxy das sofort und reagiert entsprechend. Schau noch mal genau hin.»

Er startete das Video ein zweites Mal. Casey sah sofort ein, dass er recht hatte. Hier hatte sie an Storm gedacht. Da hatte sie sich entspannt und an Kyle und Peter gedacht. Und da wiederum hatte sie an das dritte Hindernis gedacht, dabei hätte sie sich auf Hindernis Nummer 2 konzentrieren müssen.

«Lass uns zu Roxy in den Stall gehen», sagte Kyle.

Auf der Treppe begegneten sie Ray, der auf dem Weg zurück in das Videostudio war. Casey lächelte ihm zu, aber er blickte an ihr vorbei, als habe er sie nicht bemerkt.

Roxy stand Heu mampfend in ihrem geräumigen Stall. Als sie sie wahrnahm, legte sie die Ohren an. Sie machte keinerlei Anstalten, näher zu kommen.

Kyle holte zwei kleine Dinger aus seiner Tasche, die aussahen wie Ohrstöpsel. «Das sind Hörgeräte», erklärte er. «Die sind ganz gut für das Training. Es ist besser, wenn meine Schüler nicht schreien müssen, um mit mir zu kommunizieren.»

Casey lächelte. «Das macht Sinn.» Sie öffnete die Stalltür. «In Salperton Park hast du mir gesagt, Roxy habe ein paar kleinere Macken, die man aber leicht korrigieren könne. Woran hast du da gedacht?»

Kyle lehnte sich lässig gegen einen Pfeiler. «Ich beginne mit einer Frage. Ich weiß, dass du dich unheimlich darum bemüht hast, Roxy kennenzulernen und ihr ein gutes Gefühl zu geben. Und dennoch hat sie weiter Probleme gemacht? Beißt sie, schlägt sie aus, buckelt sie, scheut sie? Meist ohne ersichtlichen Grund?»

Casey war platt. «Sag mal, bist du ein Medium? Genau so hat sie sich verhalten.»

«Und was hat dir Mrs Smith geraten?»

«Sie hat mir gesagt, ich müsse grenzenlose Geduld zeigen. Pferde wie Roxy seien wie japanische Trickschachteln. Sobald man eine Frage gelöst hat, muss man sich der nächsten stellen.»

Kyle lachte. «Ja, so kann man's auch sehen. Oder man sagt, dass es sich bei Roxy um ein Pferd mit enorm viel Potenzial handelt, das zwar höchst intelligent, aber ebenso unsicher ist. Ihre ‹Untugenden›, wenn ich es mal so sagen darf, entstehen aus Langeweile oder Angst. Deshalb hat sie auch so schlecht reagiert, als bei dir in Salperton Park die Konzentration nachgelassen hat. Sie hat so sensibel auf deine Stimmung angesprochen, weil sie sich verlassen fühlte. Wenn du damit umzugehen weißt, wirst du sie zum Meisterpferd machen.»

«Super. Und wie soll ich das anstellen?»

«Du kannst gleich hier beginnen. Roxy sollte tagsüber so wenig Zeit wie möglich im Stall verbringen. Ich habe Ray beauftragt, klassische Musik und BBC-Radio in den Stall einzuspielen, wenn sie sich in ihrer Box befindet. So hat sie das Gefühl, nicht allein zu sein. Wir werden ihr auch ein spezielles Heunetz in den Stall hängen, damit sie nur an ihr Fressen gelangt, wenn sie ihre Kreativität einsetzt. Aber im Sommer möchte ich eigentlich, dass sie so viel Zeit wie möglich im Freien verbringt, damit sie von der Natur ausreichend stimuliert wird.»

«Und beim Training?», fragte Casey. «Wie kann ich sicherstellen, dass sie sich beim Training nicht langweilt und meine Unterstützung spürt?»

«Dafür musst du neue Herausforderungen für sie finden und sie zum Denken anregen. Bei einem Pferd wie Roxy würde ich mich auf ein Minimum an lateraler Arbeit beschränken. Nimm dir ein paar wenige Aufgaben vor, lobe sie sehr, wenn sie gute Arbeit leistet, mach einen kleinen Ausritt mit ihr oder gönne ihr einen kleinen Canter im Gelände. Wie lange ist sie jetzt bei dir?»

«Fast einen Monat.»

«Gut. Du hattest also ausreichend Zeit, um eine Beziehung zu ihr aufzubauen. Geh rüber und zeig ihr, dass du ihr Aufmerksamkeit schenkst.»

Zögernd näherte sich Casey der Stute und strich ihr über den Nacken. Roxy zeigte das Weiß ihrer Augen und stampfte mit einem Vorderbein.

«Ist es normal, dass sie abweisend reagiert, wenn du nett zu ihr bist?»

Casey musste zugeben, dass es meistens so war. «Auf Turnieren verhält sie sich aber besser.»

«Wir müssen also davon ausgehen, dass du es bisher nicht geschafft hast, eine Beziehung zu ihr aufzubauen. Darauf werden wir uns jetzt konzentrieren. Solange ihr beide euch nicht nahe seid, wird sie keinen Einsatz zeigen. Im Gegenteil: Sie wird ihre Energie hauptsächlich darauf verwenden, dir zu schaden oder dich an der Nase herumzuführen. Leider bleibt uns fast keine Zeit mehr. Es muss etwas Einschneidendes geschehen, wenn wir ihr Verhalten rasch ändern wollen.»

Als er Caseys Reaktion bemerkte, grinste er. «Guck nicht so deprimiert aus der Wäsche. Wir schaffen das schon. Und wenn wir die Sache mit Roxy auf die Reihe gekriegt haben, wenden wir uns Storm zu.» Er blickte auf die Uhr. «Es ist Mittag. Holen wir uns ein Sandwich und einen Kaffee. Ich möchte mit dir über das Reiten sprechen.»

In jener Nacht schleppte sich Casey mit letzter Kraft ins Bett. Es war ein wunderbares Bett mit Laken aus ägyptischer Baumwolle und einer samtweichen Daunendecke, die sie ganz besonders zu schätzen wusste, fühlte sie sich doch, als sei sie mit einem Baseballschläger malträtiert worden.

Kyles erste Lektion war völlig abstrakt gewesen. Sie hatte nicht einmal ein Pferd besteigen müssen. Beim Mittagessen hatte er ihr gesagt, ihre größte Schwäche sei, dass sie praktisch keine Erfahrung mit anderen Pferden habe und dass sich das ändern müsse. Er legte ihr eine Liste mit zehn Pferden vor. Während ihrer zwei Tage in Rycliffe Manor sollte sie nun mit jedem dieser Pferde jeweils eine Stunde arbeiten.

«Soll ich auf irgendetwas besonders achten?», hatte sie ihn gefragt. Doch er hatte nur geantwortet, sie solle sich einfach etwas einfallen lassen.

Noch während sie beim Mittagessen waren, landete auf dem Feld vor dem Haus unter großem Lärm ein Hubschrauber. Kyle eilte hinaus, um einen vermögenden Kunden zu empfangen, der sich eigens für eine Trainingslektion einfliegen ließ. Gemäß Kyles Anweisungen arbeitete Casey zuerst vierzig Minuten mit Roxy und ließ die Stute anschließend auf eine Koppel. Dann ritt sie einen etwa 170 cm großen, eher gehfaulen Schecken, zwei quecksilbrige Ex-Rennpferde und einen schwarzen Wallach, der wie eine Lokomotive unterwegs war. Um sechs Uhr abends waren ihre Arme so geschwächt, dass sie es beim Abendessen kaum noch schaffte, die Gabel zum Mund zu führen.

Es war seltsam und aufregend zugleich, sich in Kyles Umgebung schlafen zu legen. Sein zweistöckiges Haus, das aus denselben honigfarbenen Steinen gebaut war wie die Stallungen, befand sich in unmittelbarer Nähe des Gästehauses.

Im Bett nahm Casey mit unguten Gefühlen ihr Mobiltelefon zur Hand. Eine SMS stammte von ihrem Vater, der ihr voller Begeisterung davon berichtete, sein Arbeitgeber Ravi Singh habe ihn kurzfristig zum Textileinkauf nach Florenz mitgenommen. Zwei Kurzbotschaften kamen von Peter. In der ersten teilte er ihr mit, er sei sicher in Dublin gelandet und vermisse sie bereits. Und in einer zweiten Botschaft schwärmte er von der atemberaubenden Landschaft des Lone-Pine-Gestüts in Mount Juliet, wo er die nächsten zwei Monate verbringen würde.

PS: *Hoffe, es war gut in Rycliffe Manor. Tu, was für dich das Beste ist, und mach dir keine Sorgen. Pxx*

In ihrer Antwort schilderte Casey ihren Tagesablauf, schloss die SMS mit zahlreichen Küssen ab und drückte auf *Senden*. Sie fühlte sich erleichtert. Vor seiner Abreise aus Wales hatte sie ihn angerufen, um ihm von Mrs Smiths Entscheidung zu erzählen. Peter war fassungslos gewesen. Er hatte Mrs Smith stets verehrt und konnte es kaum glauben, dass sie Casey so kurz vor einem möglichen Grand-Slam-Triumph wegen ein paar hitziger Auseinandersetzungen verlassen hatte.

Schwierig wurde das Telefongespräch aber, als sie ihm sagen musste, dass sie daran dachte, sich Kyle West zum Coach zu nehmen. Sie hörte, wie Peter seinen Ärger herunterschluckte und schließlich nur sagte: «Warum gerade er, Casey?»

Und so musste sie versuchen, ihm klarzumachen, dass sie keine Zeit hatte, sich nach Trainern umzusehen, zumal sich Roxy nach wie vor unmöglich verhielt und Storm schon bald wieder voll trainiert werden musste. Außerdem gehörte Kyle zu den Besten. Wenn er Interesse an ihr zeigte, konnte sie nicht Nein sagen. Und schließlich hatte sie auch Verpflichtungen ihren Sponsoren gegenüber.

Sie musste Peter zugutehalten, dass er sich nobel verhalten hatte, nachdem die Nachricht erst einmal verdaut war. «Ich verstehe deine Beweggründe für die Trainerwahl. Das heißt aber noch längst nicht, dass ich vor Begeisterung Purzelbäume schlagen muss. Ich würde mich sogar zu der Behauptung versteigen, dass Kyle als Trainer möglicherweise besser ist als Mrs Smith. Aber ich wäre einfach viel ruhiger, wenn der Kerl nicht so verdammt gut aussehen würde.»

In einer weichen Kissenlandschaft ruhend schmökerte Casey in der letzten Nummer des Pferdemagazins *New Equestrian*, auf dessen Titelseite ausgerechnet ein Bild von Kyle prangte. Auch ihr wäre es lieber gewesen, wenn er nicht so gut ausgesehen hätte, doch was konnte ihr Wunsch daran ändern? Zum Glück verhielt er sich im Reitsportzentrum ihr gegenüber rein sachlich, professionell. Erst als er sie zu ihrem Zimmer zurückbegleitet hatte, war er wieder ganz der alte Charmeur gewesen.

«Casey, es tut mir leid, dass hier im Zentrum heute die Hölle los war. Ich konnte dir nicht so viel Aufmerksamkeit schenken, wie ich gewünscht hätte. Aber ich hatte Ray gebeten, dich im Auge zu behalten, und er war beeindruckt. Und das will was heißen. Er sagte mir, du würdest wie ein echter Profi mit den Pferden umgehen.»

Als Casey ihm seinen frisch gewaschenen und sorgsam gefalteten Pullover zurückgab, sagte Kyle mit einem reumütigen Lächeln: «Ich hatte gehofft, du würdest ihn behalten. Mir gefällt es, wenn du ihn trägst.»

Damit hatte er sie derart in Verlegenheit gebracht, dass sie versucht war, ihn aus der Tür zu stoßen. Kyle war gefährlich. So sehr sie sich auch dagegen wehren mochte, Kyle ging ihr einfach unter die Haut.

Aufgrund des Artikels über Kyle, der den Titel *Der West-Effekt* trug, schien sie damit nicht allein zu sein.

Shakespeares geflügeltes Wort vom ‹Stoff, aus dem die Träume sind› wird oft genug strapaziert. Aber bei dieser Geschichte trifft es den Punkt genau: Ein Schulaussteiger, der in seiner Jugend höchstens einmal mit ein paar Strandeseln zu tun gehabt hat, wird noch im zarten Teenageralter zum Guru der internationalen Pferdessportszene. Kyle West gibt allen ein Rätsel auf, und selbst sein ehemaliger Reitlehrer Terry Bond kommt aus dem Staunen nicht mehr heraus.

«Ich hätte keinen Penny darauf gewettet, dass dieser Junge je das Trainerdiplom der British Horse Society erwerben würde. Doch heute ist er allgemein anerkannt und gilt in Reitsportkreisen als große Nummer», sagt Bond. «Als wäre er von einer Fee mit einem Zauberstab berührt worden, gelingt ihm plötzlich alles. Ich bin stolz auf ihn. Saudische Prinzessinnen und ehemalige Olympiasieger rennen ihm die Tür ein. Alle wollen sie von seinem magischen Können profitieren. Ich bin froh, dass ich ihm zu Beginn seiner Laufbahn zur Seite stehen durfte.»

Ein Grund für Kyles kometenhaften Aufstieg ist bestimmt sein hypermodernes Reitsportzentrum auf dem luxuriösen Landgut Rycliffe Manor von Multimillionär Steve Remington. Remington ist ein ehemaliger Geschäftspartner von Lionel Bing, dem Vater von Kyles früherer Starschülerin, der inzwischen vom Verband gesperrten Anna Sparks. Und auch Remington und Bing gehen mittlerweile getrennte Wege …

Casey ließ die Zeitschrift schockiert fallen. Anna Sparks war einst ihre Erzrivalin gewesen. In den Jahren vor ihrem eigenen Triumph in Badminton hatte die eitle, hübsche und überaus talentierte Anna Sparks die Vielseitigkeitsszene als beste Juniorin uneingeschränkt beherrscht. Als dann sie selbst auf den Plan trat, machte sich Anna ein Vergnügen daraus, sie herunterzuputzen und sie bei jeder Gelegenheit wegen ihrer Herkunft aus dem Londoner East End und ihrer billigen Kleidung auszulachen.

Nachdem Casey, allen Widerständen zum Trotz, den Weg an die Spitze geschafft hatte, hatte Anna versucht, ihr Storm wegzunehmen und damit ihre Erfolgschancen zu zerstören. Doch dieser grenzenlose Ehrgeiz war ihr schließlich zum Verhängnis geworden. Sie hatte ihr Schicksal selbst besiegelt, als sie in Badminton auf ihr Pferd einschlug, woraufhin sie für fünf Jahre gesperrt wurde. Millionen von Fernsehzuschauern hatten sich die grausame Szene live am Bildschirm ansehen müssen. Seither war Anna Sparks wie vom Erdboden verschwunden. Gerüchten zufolge war sie nach Dorset gezogen, wo sie angeblich bei ihrer Mutter, einer Musiklehrerin, lebte.

Casey warf die Zeitschrift in eine Ecke. Ihr war übel. Kyle hatte ihre Erzfeindin trainiert. Auf keinen Fall konnte sie mit einem Mann zusammenarbeiten, der in irgendeiner Weise mit Anna Sparks zu tun hatte. Er musste gewusst haben, was für ein schrecklicher Mensch sie war. Casey blickte auf die Uhr. Sie konnte immer noch ihren Koffer packen und verschwinden.

Doch wie? Farley, der Fahrer ihres Transporters, war über Nacht weggefahren. Die Chance, ein Taxi aufzutreiben, das sie um zehn Uhr nachts im abgelegensten Winkel von Wiltshire abholen und nach Kent zurückfahren würde, war verschwindend gering, vom astronomischen Fahrpreis ganz zu schweigen.

Noch immer unschlüssig, griff sie wieder zu der Zeitschrift. Vielleicht war es ganz interessant zu erfahren, was Kyle zu seiner Verteidigung zu sagen hatte.

Als sie weiterlas, erschien alles plötzlich in einem ganz anderen Licht. Kyles noch junge Karriere war von der Affäre Sparks beinahe im Keim erstickt worden.

«So ist der Mensch nun mal», sagt West heute. «Man braucht immer einen Sündenbock. Als Anna von der Bildfläche verschwand, war ich dran. Das ist auch in Ordnung. Ich kann das verstehen. Aber meine Kunden waren nicht begeistert, und ich habe Aufträge verloren. Einige wollten nichts mehr mit mir zu tun haben. Das hat mir wehgetan. Ich liebe Pferde, und ich konnte den Gedanken nicht ertragen, dass die Leute glaubten, ich hätte Annas Verhalten in irgendeiner Weise gefördert oder gar toleriert. Anna hat mich ebenso enttäuscht, wie sie andere Menschen enttäuscht hat.»

Doch noch bevor er sich vom Sparks-Skandal erholt hatte, schlug das Schicksal erneut zu. Philippa Temple, Leiterin des Reitsportzentrums von Rycliffe Manor, die West nach seinem zweiten Platz bei den jährlichen Trainerauszeichnungen als Assistenten eingestellt hatte, kam bei einem tragischen Autounfall ums Leben. Als sie nach einem Turnier allein nach Hause fuhr, versagten die Bremsen ihres Fahrzeugs. West war vom Tod seiner Chefin derart mitgenommen, dass er eigentlich seine Trainerlaufbahn an den Nagel hängen wollte. Schließlich konnten ihn Freunde und Kunden überzeugen, dennoch weiterzumachen.

«Das war ich ihr schuldig», sagt West.

Casey ließ sich in den Kissenberg sinken. Sie hatte damals von Philippa Temples Tod erfahren, doch da sie sie nicht gekannt hatte, war er ihr nicht so nahe gegangen. Kyle tat ihr leid. Das erklärte auch den verlorenen, jungenhaften Blick, der sich dann und wann mit seinem selbstbewussten und weltgewandten Auftreten mischte. Er hatte Schlimmes durchgemacht. Sie würde ihn auf jeden Fall nicht im Stich lassen. Er hatte Anna Sparks' Verhalten öffentlich missbilligt. Das reichte ihr.

Sie löschte das Licht, lag im dunklen Zimmer und lauschte den Geräuschen der Nacht. Der Schlaf übermannte sie mitten in ihren Gedanken. Doch es war kein ruhiger Schlaf. Sie wurde von Träumen heimgesucht, in denen Mrs Smith hinter dem Steuer eines Autos saß, das außer Kontrolle geraten war. Casey fuhr ihr mit dem Transporter hinterher und versuchte immer wieder, sie zu retten. Doch jedes Mal scheiterte sie kläglich.

10

Das fröhlichste Rotkehlchen der Welt weckte Casey bei Morgengrauen. Die Sonne warf einen orangefarbenen Lichtkegel über ihr Kissen. Verschlafen setzte sie sich im Bett auf. Ihre Muskeln schmerzten zwar noch von der gestrigen Tortur, aber sie hatte auch kein Bedürfnis weiterzuschlafen. Auf dem Nachttischchen lag die Liste der Pferde, die Kyle ihr gegeben hatte. Für heute hatte er ihr die Aufgabe gestellt, «mit jedem Pferd ein bisschen etwas anderes zu trainieren».

Wenig später, als sie steifbeinig zu den Stallungen stakste, fragte sie sich, ob sie sich eine Massage (für sich, nicht die Pferde) zur Erfüllung von Kyles Trainingsprogramm anrechnen lassen konnte.

Glücklicherweise erwies sich der erste Ritt als problemlos. Poetic war eine umgängliche zwölfjährige Braunstute. Sie wollte Casey gefallen und verhielt sich entsprechend. Ihre Besitzerin, ein junges Mädchen, liebte sie über alles. Casey fiel es schwer, das Pferd nach ein paar einfachen Dressurübungen ihrem Pfleger zurückzugeben. Sie sehnte sich nach Storm.

Als sie sich nach Roxy umsah, stellte sie fest, dass man sie bereits gefüttert und gestriegelt hatte. Die Stute streckte ihren Hals zufrieden durch die halb offene Stalltür. Aus dem Lautsprecher trällerte Taylor Swift einen Country-Song. Wie üblich nahm sie keine Notiz von Casey. Aber sie machte einen munteren Eindruck.

«Wir haben es mit Mozart und Beethoven probiert – ohne Erfolg», sagte das braunhaarige Mädchen, das bei ihrer Ankunft einen Fuchs longiert hatte.

«Das kann ich durchaus nachvollziehen», antwortete Casey lachend. «Ich kann mit Klassik auch nicht viel anfangen. Ich würde Dolly Parton jederzeit Wagner vorziehen. Nur Bach mag ich gerne. Wenn wir unterwegs zu Turnieren sind, hören wir manchmal die Matthäus-Passion. Die ist unheimlich beruhigend.»

Das Mädchen runzelte die Stirn. «Ich wusste gar nicht, dass Kyle auf klassische Musik steht.»

Casey lief puterrot an. «Nein, nicht Kyle – meine frühere Trainerin: Angelica Smith. Übrigens, mein Name ist Casey Blue.»

«Hier weiß jeder, wer du bist», sagte das Mädchen trocken, aber nicht unfreundlich. Sie schüttelte Casey die Hand. «Ich bin Hannah. Habe gerade erst als Hilfsreitlehrerin angefangen. Sorry, ich habe gemeint, das mit dir und Kyle sei gebongt. Auf rein beruflicher Ebene natürlich, nicht romantisch.» Kichernd fuhr sie fort: «Ich habe gehört, dass du einen Freund hast. Schön. Peter Rhys, wenn ich mich nicht irre. Der Junge, der Storm beschlägt.»

«Äh … ja», antwortete Casey, verwirrt über Hannahs direkte Art.

«Jedenfalls ist Kyle ganz begeistert von deinen Reitkünsten. Seit Wochen schon schwärmt er uns davon vor. Casey hin und Casey her. Ray war auch sehr beeindruckt, wie du gestern mit den Vollblütern gearbeitet hast. Und ich kann dir sagen, Ray lässt sich nicht so leicht beeindrucken.»

«Das hat mir Kyle auch schon gesagt. Wie ist er denn, dieser Ray?»

«Ray ist schon in Ordnung. Vielleicht etwas einsilbig, aber eigentlich ganz nett. Und vor allem versteht er es, das Geschäft zu führen. Kyle ist ein Genie in seiner Sparte, und deshalb ist es nur gut, dass er nicht durch die langweilige Alltagsarbeit aufgerieben wird. Ray sorgt dafür, dass hier alles reibungslos läuft, und das ist gut für alle.»

Mit einem erschrockenen Blick auf die Uhr sagte sie: «Das kann doch nicht sein. Ist es schon so spät? Ich hatte vor zehn Minuten einen Termin in der Reithalle. Ich muss gehen.»

Nach dem Frühstück und einem grauenhaften Versuch auf dem Springparcours mit einem überdrehten, schlagsahnefarbenen Araber machte sich Casey auf die Suche nach Kyle. Er war den ganzen Morgen über beschäftigt, wollte aber mit ihr noch die Trainingsvideos analysieren, auf denen sie mit Roxy und ein paar anderen Pferden zu sehen war.

Sie hatten sich um 10:00 Uhr im Videostudio verabredet. Doch Casey war zu früh. Da sie es nicht schaffte, den Araberhengst Adonis unter Kontrolle zu bringen, und daher einen Sturz und eine Verletzung des wohl wertvollsten Pferdes von Rycliffe Manor befürchtete, hatte sie das Training nach knapp dreißig Minuten abgebrochen. So traf sie schon um 09:48 Uhr im Bürogebäude ein. Als sie auf halbem Weg in den ersten Stock war, hörte sie von oben laute Stimmen.

«Nein», brüllte Kyle. «Nein, nein und nochmals nein. Ich habe noch nie so was Schwachsinniges gehört und ich will nichts damit zu tun haben.»

«Das sagst du nur, weil du mit deinen Gefühlen drinsteckst», gab Ray aalglatt zurück. «Es geht hier ums Geschäft. Punkt. Und wir wissen ja, dass es funktioniert.»

«So wie es mit Mouse funktioniert hat, meinst du?»

Einen Moment lang blieb es still. «Hatten wir uns nicht darauf geeinigt, nicht mehr darüber zu reden? Und das war nicht meine Schuld. Das Mädchen ist einfach völlig ausgetickt.»

«Genau wie du jetzt, Ray», bellte Kyle zurück. «Was ist, wenn etwas schiefläuft? Könntest du das mit deinem Gewissen vereinbaren? Und du und ich könnten echt in Schwierigkeiten geraten.»

Eine Diele knarrte. Casey riss die Tür zur Toilette auf und betätigte die Spülung. Dann ließ sie Wasser in das Waschbecken laufen. Als sie aus der Toilette trat, kam ihr ein missmutiger Ray entgegen. Sie lächelte ihn an und war überrascht, wie schnell er die Finsterkeit aus dem Gesicht wischte und durch ein Lächeln ersetzte.

«Guten Morgen, Casey. Wie ist es gelaufen mit Adonis?»

«Ein... äh ... ein sehr schönes Pferd», stotterte Casey.

«Stimmt, und er wird auch immer besser. In einem Monat wird er nicht mehr zu erkennen sein.»

Gesagt, und weg war er. Casey schüttelte verdutzt den Kopf und betrat das Studio. Über sein iPad gebeugt, drosch Kyle in einem Videospiel mit einer Machete wütend auf Früchte ein.

«Entschuldige», sagte er verlegen grinsend, als er sie sah. «Meine geheime Sucht.»

Casey zog sich einen Stuhl heran. «Zum Glück. Sonst wärst du zu perfekt.»

Er hörte auf zu spielen und sah sie schwermütig an. «Casey, das würdest du nicht sagen, wenn du mich wirklich kennen würdest.»

Später sollte sie sich fragen, ob sie sich das alles nur eingebildet hatte, denn plötzlich fasste er sich wieder und setzte das für ihn so typische herzerweichende Lächeln auf. «Okay, dann schauen wir uns jetzt etwas Material von gestern an.»

Er hatte drei kurze Videos zusammengeschnitten: eines mit Roxy, eines mit dem trägen Schecken und schließlich eines mit dem ersten Rennpferd.

«Wir beginnen mit Roxy», sagte Kyle.

Casey wartete gespannt.

«So, da wären wir. Du auf Roxy ... Sieht gut aus. Klar, wir müssen noch die Themen vertiefen, die wir gestern angesprochen haben, aber sonst ist alles gut. Besser als gut sogar.»

«Welche Themen?»

«Was ich dir gestern gesagt habe: Konzentration, Beziehungsaufbau und so weiter. Gut, jetzt aber das nächste Video. Hier mit Barnaby, dem Schecken ... Gemeinsam blickten sie auf den Bildschirm. «Super», sagte Kyle. «Perfekt, alles passt.»

Er klappte den Laptop laut zu. «So, und heute gegen Abend gehst du mit Roxy ins Gelände. Ich will, dass sie Bewegung bekommt und mental gefordert wird.»

Er war schon aus dem Videostudio, bevor Casey auch nur daran denken konnte, eine Frage zu stellen. Sie blieb völlig belämmert zurück und fragte sich, ob Kyle mit all seinen Schülern so Achterbahn fuhr wie mit ihr.

Es war fünf Uhr, als Casey mit den drei anderen Pferden fertig war. Mittags hatte sie sich nur eilig mit einem Sandwich verpflegt. Sie war todmüde, und alles tat ihr weh. Aber es herrschte ideales Galoppwetter: bewölkt, warm, doch nicht zu heiß.

Die Geländestrecke führte durch den schönsten Teil des Landsitzes. Roxy schien es ebenso zu gefallen wie Casey. Sie bewegte sich mit hoch erhobenem Kopf und war entspannt und lebhaft zugleich. Casey war vorsichtig, weil sie jederzeit damit rechnen musste, dass Roxy vor einem davonhoppelnden Kaninchen oder einer der in den vielen Hecken hausenden Amseln, Finken oder Rotkehlchen scheuen würde. Aber Roxy schien das neue Umfeld sehr zu interessieren. Sie hatte keine Angst. Ihre großen, glänzenden Augen wölbten sich vor.

Als Casey das Gatter zum Geländeparcours öffnete, musste sie sich beinahe kneifen. Die Hindernisse waren zwar kleiner als in Badminton, aber fast ebenso gut und originell. Hier waren offensichtlich Könner am Werk gewesen. Wenn sie abends Kyles Vertrag unterzeichnete, würde ihr das alles gehören. Natürlich nicht wirklich, aber sie könnte jederzeit hier trainieren.

Damit verflogen auch die Zweifel, die in ihr hochgestiegen waren, nachdem sie den Streit mitbekommen und Kyle die Videos derart oberflächlich kommentiert hatte. Ray war ein Sonderling und bestimmt nicht gerade leicht im Umgang. Nach der hitzigen Auseinandersetzung schien Kyle keine Lust gehabt zu haben, ihre Reitkünste auseinanderzunehmen. Aber ein einziger schlechter Tag machte ihn noch nicht zu einem schlechten Trainer. Zu neunundneunzig Prozent wurde er sicher seinem Ruf als Startrainer gerecht.

Von diesen Gedanken beflügelt, trieb sie Roxy an. Die Stute wechselte in einen leichten Galopp und nahm das erste Buschhindernis mit Leichtigkeit. Locker in den Steigbügeln balancierend, ließ sich Casey von Roxy über Blumenbeete, Baumstämme, Oxer und sogar einen kleinen Wassergraben tragen. Ein Glücksgefühl erfüllte sie, weil sie spürte, dass sich ihre Arbeitsbeziehung sichtlich verbessert hatte. Sie waren zwar immer noch nur geschäftlich und nicht freundschaftlich miteinander verbunden, aber sie erinnerte sich an Mrs Smiths Aussage, dass es Zeit und Geduld brauchte, um mit einem Pferd eine Beziehung aufzubauen. Es gab dafür kein Schnellverfahren.

Bei dem Gedanken an Mrs Smith zog sich ihr Magen zusammen. Sie wünschte sich, sie anrufen und sich erkundigen zu können, ob es ihr gut gehe. Sie hatte ein schlechtes Gewissen wegen all der schrecklichen Dinge, die sie ihr gesagt hatte. Außerdem befürchtete sie, dass Mrs Smith ihr ihren tatsächlichen Gesundheitszustand verschwiegen hatte und vielleicht schwer krank war. Vielleicht war sie krank, niedergeschlagen und einsam. Und sie, Casey, wusste nichts davon.

Mit tränenerfüllten Augen nahm sie das nächste Hindernis nur schemenhaft wahr. Roxy verlor ihren Schwung und verweigerte ein einfaches Rick. Casey ritt einen Kreis und brachte die Stute dazu, das Hindernis im zweiten Versuch zu überspringen. Doch dann ging sie mit sich selbst ins Gericht. Hatte ihr Kyle nicht gesagt, dass mangelnde Konzentration ihre größte Schwäche sei? Wie konnte sie von Roxy – aber auch von Kyle – Wunder erwarten, wenn sie als Reiterin versagte? Es lag einzig und allein an ihr.

Roxy hingegen war in bestechender Form. Als sie über das letzte Hindernis flogen, das mit dem ersten verbunden war, schien die Stute in keiner Weise angestrengt. Casey lobte und tätschelte sie über alle Maßen, während sie langsam in den Schritt fiel.

Beim Absitzen bemerkte Casey, dass das Gatter mit einem Vorhängeschloss verriegelt war. Das war aus zwei Gründen problematisch. Erstens hatte sie ihr Handy nicht dabei und konnte deshalb niemanden alarmieren. Und zweitens hatte ihr Hannah ausdrücklich gesagt, sie solle auf keinen Fall das einzige andere Gatter benutzen, das in der Nähe des zehnten Hindernisses lag. «Dort leben zwei pferdehassende Hunde, denen du besser nicht über den Weg laufen solltest.»

Deshalb bewegte sie sich mit der immer nervöser werdenden Roxy ungefähr zwanzig Minuten lang am Zaun hin und her in der Hoffnung, zufällig auf jemanden zu stoßen, der sie aus ihrer misslichen Lage befreien könnte. Außerdem musste es doch Kyle, Hannah oder einem der Pferdepfleger auffallen, dass sie lange ausgeblieben war. Sicher würde man nach ihr suchen. Aber abgesehen von einem Traktor in der Ferne und ein paar vereinzelten Pferden lag die Landschaft völlig verlassen vor ihr.

Schließlich blieb ihr nur noch das andere Gatter. In ihrer Verzweiflung war sie überglücklich, es unverschlossen vorzufinden. Bevor sie Roxy hindurchführte, lauschte sie aufmerksam. Sie blickte in eine friedliche, von moosbedeckten Bäumen bestandene Allee, die von fröhlichem Vogelgezwitscher erfüllt war. Sollte plötzlich einer der vierbeinigen Pferdehasser aus einem Busch preschen, würde sie versuchen, Roxy im Schritt zu halten und die Hunde auf keinen Fall zu provozieren. Und falls sie doch aggressiv würden, wäre Roxy schnell genug, um ihnen zu entkommen.

Dennoch schlug ihr das Herz bis zum Hals, als sie in den grünen Tunnel hineinritten. Hier hörte man den Gesang der Vögel nur noch gedämpft, und es roch nach verfaultem Laub und feuchter, fruchtbarer Erde. Je tiefer sie sich in die Allee hineinwagten, desto weiter entfernte sich die lebendige Flora und Fauna, in der sie sich vorher bewegt hatten. Roxy scheute vor jedem Eichhörnchen und raschelnden Blatt. Casey versuchte, sie zu beruhigen – ohne Erfolg, da sie selbst sehr angespannt war.

«In zehn Minuten sind wir zu Hause. Dann spritz' ich dich

ab und du bekommst was Leckeres zu essen», sagte sie zu Roxy. «Dann wird dir das alles wie ein schlechter Traum vorkommen.»

Hinter einer hohen Hecke war jetzt ein Haus zu sehen. An einem weißen Tor warnte ein Schild: *Vorsicht! Bissige Hunde! Betreten auf eigene Gefahr.* Casey legte ihre unruhige Hand auf Roxys Schulter. «Easy, Mädchen, es wird alles gut.»

Angestrengt lauschte sie nach einem Bellen oder Knurren. Das Einzige, was sie hören konnte, war das Klirren einer Kette. Doch dann tauchten wie in einem Albtraum plötzlich ein Rottweiler und ein Dobermann auf, sprangen mit einem Satz über den Zaun und kamen auf leisen Pfoten auf sie zu.

Der Rottweiler griff zuerst an. Mit gefletschten Zähnen sprang er der Stute an den Hals, verpasste ihn jedoch knapp. Roxy brüllte vor Schreck und bäumte sich so steil auf, dass sie beinahe das Gleichgewicht verlor. Irgendwie fing sie sich jedoch wieder auf und versetzte, als sie mit den Vorderhufen auf dem Boden auftraf, dem Dobermann einen heftigen Schlag. Casey klammerte sich verzweifelt an Roxys Hals, während diese sich im Kreis drehte und dann auf einen engen Pfad im Gehölz zuschoss.

Caseys einzige Hoffnung, dass die Hunde von ihnen ablassen würden, sobald sie die Grenze ihres Reviers erreichten, erwies sich als Trugschluss. Ihre Entschlossenheit, das wehrlose Pferd zur Strecke zu bringen, wurde nur noch stärker. Außerdem war der unebene Pfad voller Kaninchenlöcher und mit abgebrochenen Zweigen übersät, sodass mit jedem Schritt eine Katastrophe drohte.

Wir werden sterben, dachte Casey. *Wir werden bei einem fürchterlichen Unfall ums Leben kommen. Es ist zu spät, ich kann es nicht mehr abwenden.*

Roxy galoppierte auf ein Gatter mit fünf Querstangen zu. Sie zögerte, machte zwei Zwischensprünge, doch es war schon zu spät. Sie war zu dicht am Gatter, um den Sprung zu schaffen. Sie stoppte abrupt, und Casey sah, dass die Hunde sie fast schon eingeholt hatten.

Sie saßen in der Falle.

Casey sprang ab und packte den nächstbesten abgebrochenen Ast. Nur über ihre Leiche würde sie es zulassen, dass die Hunde Roxy verletzten. Mit dem Holzstock fuchtelnd lief sie ihnen entgegen. «Weg, fort mit euch», kreischte sie. «Lasst uns in Ruhe.»

Knurrend und zähnefletschend blieben die Hunde einen Moment lang stehen. Dann setzte der Rottweiler zum Angriff an, wich jedoch jaulend zurück, als ihn der Stock traf. Nun schoss der Dobermann an ihr vorbei auf die Stute zu. Wieder schlug Casey zu, aber sie verfehlte ihn. Er sprang direkt an Roxys Flanke, wo er eine blutende Wunde riss. Die völlig verängstigte Stute presste sich jämmerlich wiehernd gegen das Gatter.

Ein schriller Pfiff drang aus dem Wald. Auf einen Schlag wirkten die Hunde wie geknickt. Mit leerem Blick und winselnd verdrückten sie sich im Unterholz.

Casey rannte schluchzend zu Roxy zurück. Vorsichtig ergriff sie den Kehlriemen und fuhr mit der Hand beruhigend über den bebenden Hals der Stute. «Es tut mir leid. Es tut mir so leid. Es ist alles meine Schuld. Du hättest sterben können. Oh mein Gott, Roxy, es tut mir ja so leid.»

Eigentlich hatte sie erwartet, dass Roxy versuchen würde, sich ihr zu entwinden oder sie zu beißen. Doch nichts davon geschah. Wie ein schüchternes Kind vergrub die Stute ihren Kopf bis zu den Augen in Caseys T-Shirt. Casey umfasste ihren Hals mit beiden Armen und drückte sie an sich. Weißer

Schaum, vermischt mit Blut, tropfte von Roxys Fell. Sie hatte keine Ahnung, wie lange sie schon so am Zaun gestanden hatten, als eine Stimme sie aus ihrer Benommenheit riss.

«Alles in Ordnung bei euch?»

Sie fuhr ebenso erschrocken zusammen wie die Stute. Aus den Bäumen trat Ray auf sie zu.

«Ich ... äh ... glaube schon», presste Casey zittrig hervor. «Ich weiß nicht, Roxy wurde gebissen.»

Ray kam näher. «Das ist nichts. Nur eine Schramme. Die heilt sofort.» Seine mattbraunen Augen fingen seltsam an zu funkeln. «Was tut ihr hier? Ihr hättet umkommen können. Mit diesen Hunden ist nicht zu spaßen. Dabei habe ich Hannah gesagt, sie solle dich davor warnen, das zweite Gatter zu benutzen. Wenn sie es unterlassen hat, wird sie heute noch gefeuert.»

«Sie ist nicht schuld», warf Casey rasch ein. «Sie hat mich vor dem zweiten Gatter *und* den Hunden gewarnt.»

«Und warum in aller Welt ...»

«Weil das Hauptgatter verschlossen war», jammerte Casey und ihre Stimme überschlug sich, als ihr die Dramatik der Ereignisse bewusst wurde. «Ich hatte mein Handy nicht dabei und wartete endlos in der Hoffnung, dass jemand vorbeikommen würde. Vergeblich. Da habe ich es halt beim zweiten Durchgang probiert. Als sie mir von den Hunden erzählte, ahnte ich nicht, dass es sich gleich um Zerberus und den Hund von Baskerville handeln würde. Was ist? Warum sehen Sie mich so an?»

«Weil du und dein Pferd beinahe als Hundefutter hättet herhalten müssen. Du hast einen folgenschweren Fehler begangen. Das Hauptgatter stand offen. Es ist nie verschlossen.»

«Aber sicher war es verschlossen. Ich habe das Vorhängeschloss mit eigenen Augen gesehen. Ein dickes, fettes Schloss aus Metall.»

Ray, der bereits wieder die ersten Schritte in Richtung Rycliffe Manor gemacht hatte, drehte sich um und sagte: «Das musst du mir zeigen. Auf dem Weg zum Stall kommen wir ohnehin am Gatter vorbei. Dieses angebliche Vorhängeschloss will ich mit eigenen Augen sehen. Und keine Bange. Ich habe die Hunde angekettet.»

Aus lauter Wut, dass Ray ihr nicht glauben wollte, biss sich Casey auf die Lippen, um nicht etwas zu sagen, was sie nachher bereuen würde. «Gut, dann zeigen Sie mir den Weg!»

Als sie das Gatter beinahe erreicht hatten, kam Kyle in einem Pickup-Truck dahergefahren. Kaum war das Fahrzeug zum Stehen gekommen, stand er auch schon draußen. Sein Gesicht war von Panik verzerrt.

«Man hat mir gesagt, du seist noch nicht zurück. Bist du gestürzt? Was ist passiert? Ist alles in Ordnung? Warum blutet Roxy?»

«Casey hat trotz aller Warnungen das hintere Gatter benutzt», sagte ihm Ray. «Aber sie hat keine Schuld. Sie konnte nicht wissen, wie gefährlich es ist. Leider haben die Hunde ...»

Auf Kyles Gesicht stand die nackte Wut. An seinem Unterkiefer pulsierte eine Vene. «Die Hunde?»

«Es tut mir leid», jammerte Casey. «Das Hauptgatter war verschlossen. Ich konnte nicht raus. Ich war verzweifelt.»

Kyle starrte sie an. «Das Haupttor ist nie verschlossen. In den achtzehn Monaten seit ich hier bin, ist es nie verschlossen gewesen.»

«Ich denke schon, dass Casey ein verschlossenes von einem unverschlossenen Gatter unterscheiden kann», widersprach nun Ray. «Wir sollten mal nachsehen.»

«Ob das ‹angebliche› Vorhängeschloss noch hängt?», warf Casey, von seiner Bemerkung immer noch gekränkt, ein.

Erfreulicherweise wirkte Ray leicht beschämt, als er sagte: «Bitte entschuldige. Das ist mir nur so rausgerutscht.»

Zusammen gingen sie nun zum Gatter hinüber, wobei Roxy mit ihren Nüstern stets den Kontakt zu Caseys Arm suchte. Beim Tor angekommen, legte sich eine tiefe Stille über die Gruppe.

«Aber es war da!», beteuerte Casey. «Ein metallenes Vorhängeschloss. Es hat im Sonnenlicht gefunkelt. Ich habe mir das doch nicht eingebildet.»

Ray hob die Hände, als sei auch er völlig perplex. In Wirklichkeit dachte er wohl, dass sie einfach nur blöd sei.

«Vergiss es. Es ist ja gerade noch mal gutgegangen. Du hast richtig gehandelt. Und du hast dich für dein Pferd starkgemacht. Ich bin sicher, dass Roxy dir dafür dankbar ist.»

Die Stute stand ganz dicht bei Casey. Sie schien sich fast an sie zu lehnen.

«Danke, dass Sie mich gerettet haben, Ray», sagte Casey, die ein bisschen Freundlichkeit zeigen wollte. «Ich will gar nicht daran denken, was geschehen wäre, wenn Sie nicht genau zum richtigen Zeitpunkt aufgetaucht wären.»

Der Glanz war längst wieder aus Rays Augen verschwunden. Sie waren wieder finster und verhangen. «Kein Problem. Ich hoffe, es trübt deinen Eindruck von Rycliffe Manor nicht. Normalerweise ist es hier ganz friedlich.»

Er nickte Kyle kurz zu und ging dann, ohne sich noch einmal umzudrehen, über die Weide davon.

Casey sah mit einem flehenden Blick zu Kyle hinüber und sagte: «Das Schloss hing am Gatter. Ich schwöre es. Ich habe das nicht erfunden.»

Kyle legte einen Arm über ihre Schulter. Sie spürte die Wärme seiner Haut durch ihr T-Shirt. «Mach dir keine Sorgen, Casey, ich glaube dir. Ich gehe der Sache nach. Vielleicht hat eine der Aushilfen diese Pferdekoppel mit einer der Schafweiden verwechselt. Versuch, die Sache zu vergessen. Am wichtigsten ist doch, dass dir nichts passiert ist. So, und jetzt bringen wir Roxy in den Stall. Ich gehe mit dir zu Fuß und lasse jemanden den Pickup-Truck abholen.»

Casey rang sich ein gequältes Lächeln ab. «Das ist nicht nötig. Lass mich gehen. Wir treffen uns beim Stall.»

Sie versuchte, sich ihm zu entwinden, aber Kyle ging an ihrer Seite, ohne seinen Arm von ihrer Schulter zu nehmen. «Das ist ja wohl nicht dein Ernst. Du und Roxy, ihr seid hier unter meiner Obhut. Und trotzdem hat man euch halb zu Tode erschreckt. Ich fühle mich verantwortlich. Ich lasse euch nicht mehr aus den Augen, bis ich euch in absoluter Sicherheit weiß.»

11

Die nächsten beiden Nächte verbrachte Casey in Roxys Stall in White Oaks. Auf der Rückfahrt von Rycliffe Manor hatte sie Morag angerufen, um zu fragen, ob sie die Stute im Stall unmittelbar neben Storm unterbringen könne. Morag und Casey lagen in ihrer Einstellung gegenüber Pferden und Training ganz und gar nicht auf derselben Wellenlänge und sie waren sich keineswegs immer grün gewesen, aber die Betriebsleiterin von White Oaks besaß ein großes Herz. Casey hatte kaum mit der Schilderung des Zwischenfalls mit den Hunden begonnen, da unterbrach sie Morag bereits.

«Geht in Ordnung. Dein Wunsch ist mir Befehl, Schätzchen. Wenn du was brauchst, ruf mich einfach an. Ich meine es ernst. Rund um die Uhr. Dafür sind wir ja da.»

Casey war tief gerührt. Sie schaltete das Handy aus, ging zu Roxy und legte ihr die Arme um den Hals. Und so standen sie zusammen, bis sie in White Oaks waren.

Als der Transporter schließlich in der vertrauten Zufahrt von White Oaks stand und Mr Farley sich auf den Weg ins Pub des Dorfes machte, führte Casey die Stute in ihren neuen Stall. Die Box war schon gut eingestreut, ein Eimer frisches Wasser stand in der Ecke, und auch das Heunetz hing bereit.

Nachdem sie die Stute in ihrer Box untergebracht hatte,

schaute Casey nebenan bei Storm vorbei. Er war außer sich vor Freude, sie zu sehen, und sie klammerte sich an ihn, als wäre er ein rettendes Floß auf stürmischer See, was in gewissem Sinne auch stimmte. Außer ihm blieb ihr sonst niemand von ihrem ursprünglichen Team. Da war niemand, mit dem sie reden konnte, niemand, den sie um Rat fragen konnte, zum Beispiel wegen Rycliffe Manor. Peter war gegenüber Kyle nicht unvoreingenommen, ihr Vater hatte wenig Ahnung von Pferden, und Morag würde bestimmt einen beißenden Kommentar über «Schickimicki-Trainer» von sich geben.

Doch Storm schaffte es immer, ihre Stimmung zu heben. Er war so intelligent und seine Liebe zu ihr so beständig, dass allein schon seine Nähe sie daran erinnerte, mit seiner Rettung einmal in ihrem Leben etwas richtig gemacht zu haben. Und an jenem Tag hatte sie sich ganz auf ihr eigenes Urteilsvermögen verlassen. Damals hatte sie sich entschieden, ihn ohne Rücksicht auf mögliche Folgen zu retten, und damit ihrer beider Leben für immer verändert. Casey seufzte. Sie wäre gern länger geblieben, aber das Schwarz der Nacht vertrieb die lilafarbene Dämmerung, und sie wusste, dass sie im Moment Roxy Vorrang geben musste.

Roxy stand immer noch unter Schock und wurde unruhig, sobald sie allein gelassen wurde. So rannte Casey querfeldein zum Wohnhaus, um in aller Eile Schlafsack, Kissen und Wolldecke zu holen. Obwohl sie kaum achtundvierzig Stunden weg gewesen war, roch es im Haus schon abgestanden. Durch die offen stehende Tür von Mrs Smiths Zimmer sah sie das abgezogene Bett und ein paar einsame, im leeren Schrank hängende Kleiderbügel.

In der Küche fiel ihr ein, dass sie seit Mittag nichts mehr gegessen hatte. Aber da war kein Toastbrot, und die Milch war sauer. Normalerweise kümmerte sich Mrs Smith um den Einkauf, doch Mrs Smith war nicht mehr da. Aus lauter Verzweiflung rief Casey Peter an, doch an seiner Stelle meldete sich nur die Voicebox. Sie war nicht in Stimmung, eine Mitteilung zu hinterlassen, und sie wollte sich auch keine Gedanken darüber machen, wo er wohl sein mochte – und mit wem. Weil sie unbedingt eine tröstende Stimme hören wollte, wählte sie die Nummer ihres Vaters, doch er schien sein Handy ausgeschaltet zu haben. Wahrscheinlich war er noch in Italien. Sie freute sich für ihn. Aber gleichzeitig fühlte sie sich noch einsamer.

Roxy begrüßte sie mit einem Wiehern, als sie in den Stall zurückkehrte, und beobachtete mit Interesse, wie sie den Schlafsack auf dem Boden ausrollte. Bevor sich Casey darin verkroch, behandelte sie die kleine Wunde an Roxys Flanke noch einmal mit etwas Manuka-Honig, was die Stute ohne Weiteres über sich ergehen ließ. Weder schnappte sie nach ihr, noch versuchte sie, sie gegen die Wand zu drücken. Nein, sie stand einfach da und blickte sie schmachtend an.

Casey musste immer wieder darüber nachdenken, dass Kyle ihr gesagt hatte, für den Aufbau einer Beziehung zu Roxy müsse etwas Einschneidendes geschehen. Und genau das war passiert – und viel eher, als sie erwartet hatte. Doch dabei ließ sie es bewenden. An das in der Sonne funkelnde Vorhängeschloss wollte sie gar nicht erst denken. Und die Hunde mit ihren giftgelben Killeraugen und das Gemetzel, das es gegeben hätte, wenn Ray nicht aufgetaucht wäre, wollte sie auch aus ihrem Kopf verscheuchen. Ray, das hatte sie in der Zwischenzeit erfahren, war für die Fütterung und das Training der Wachhunde verantwortlich …

Casey kuschelte sich in ihren Schlafsack. Wenigstens hatte sie zwei Freunde in dieser Welt: Storm und Roxy. Vier sogar, wenn sie Peter und ihren Vater hinzuzählte, und fünf mit Mrs Smith. Sie wusste, dass Mrs Smith sich ihr gegenüber immer wie eine gute Freundin verhalten würde, was man von ihr selbst nicht gerade behaupten konnte.

Und wie stand es mit Kyle? Zählte er als Freund?

Egal. Er war ihr neuer Trainer. Kurz vor ihrer Abreise hatte sie in Rycliffe Manor den Vertrag unterzeichnet. Kyles Sekretärin, eine energische und effiziente Wasserstoffblondine namens Joyce, hatte ihr einen edlen Füllfederhalter gereicht. Damit hatte sie das Vertragsformular ausgefüllt, und als sie schließlich ihre Unterschrift darunter setzte, hatte sich ein Tropfen Tinte aus der Feder gelöst und war über das weiße Blatt gelaufen. Die Tinte war blau. Aber in Caseys Kopf hatte sie sich rot gefärbt und wie Blut ausgesehen.

Jetzt, in ihrem gemütlichen Schlafsack, wehrte sich Casey dagegen, die Augen zu schließen, weil sie Angst davor hatte, die Hunde würden sie in einem Albtraum heimsuchen. Aber als der Schlaf sie schließlich doch übermannte, blieb er traumlos. Auch Roxy träumte nicht. Die ganze Nacht wachte die Stute über Casey. Mit ihren zarten Nüstern atmete sie den Geruch des Mädchens ein, das sie gerettet hatte.

Am nächsten Morgen nahm Casey das Training mit Storm wieder auf. Nach der langen Pause war er putzmunter, auch wenn er ein paar Pfunde zugelegt hatte. Für Casey war es himmlisch, wieder mit ihm ausreiten zu dürfen. Da sie lediglich geplant hatte, im Schritt oder langsamen Trab durch die Gegend zu reiten, beschloss sie, auch gleich noch Roxy an einem Strick mitzuführen. Morag machte keinen Hehl daraus, dass sie dies für eine völlig verrückte Idee hielt. Aber es lief alles wie am Schnürchen. Storm und Roxy hatten über die Stalltür hinweg schon Blickkontakt miteinander aufgenommen und sich offenbar sofort sympathisch gefunden. Und noch vor Ende des Ausritts waren sie dicke Freunde.

Anfang Juli meldete Casey Roxy für das Westwood Classic in Winchester an. Die Stute und der Hengst waren mittlerweile unzertrennlich geworden, sodass Casey versucht war, Storm mitzunehmen, damit er ihnen Gesellschaft leisten konnte. Aber sie wollte ihn nicht durcheinanderbringen, sondern ihn wieder an einen geordneten Trainingsrhythmus gewöhnen und ihm so lange wie nur möglich einen entspannten und zufriedenen Alltag bieten. Der Wettkampfdruck würde früh genug wieder auf ihn zukommen.

Der neue Transporter war das Nonplusultra in Sachen Luxus. Er war spiegelblank, und die Sessel rochen nach neuem Leder. Die Bordküche ließ keine Wünsche offen, und das Schrankbett war so bequem, dass es Casey beim Testliegen fast verschluckte. Das Heck des Fahrzeugs bot Roxy mehr als genug Platz.

Nur der wortkarge Mr Farley verdarb ihr etwas die Freude. Sie kam sich vor wie ein Kind, das man in einem riesengroßen Spielzeugladen allein gelassen hat. Und selbst das schönste Spielzeug auf der ganzen Welt macht keinen Spaß, wenn man niemanden zum Spielen hat.

Dazu kam, dass sie Ed Lashley-Jones, ihren Sponsor, schon zwei Wochen nach Vertragsunterzeichnung nicht mehr ausstehen konnte.

«Herzlichen Glückwunsch zu deinem neuen Trainer», hatte er ihr am Telefon gesagt, nachdem er von Kyle Wests Verpflichtung erfahren hatte. «Clevere Entscheidung, muss ich sagen. Hübscher Junge, der was von seinem Geschäft versteht. Er passt auch viel besser zum Image des jüngsten Superstars der Vielseitigkeitsszene als diese Mrs Smith, die …»

«Moment mal, Ed. Darf ich Sie daran erinnern, dass ich ohne Mrs Smith niemals dort stehen würde, wo ich heute stehe.»

Als Lashley-Jones merkte, dass er sich auf ein Minenfeld begeben hatte, krebste er elegant zurück. «Natürlich, da hast du recht. Ich wollte nur sagen, dass West der Mann der Stunde ist und du keine bessere Entscheidung hättest treffen können.»

Bevor er auflegte, erinnerte er sie daran, gegenüber allen Reportern, Sponsoren oder Konkurrenten die Werbetrommel für Equi-Flow zu rühren. «Aber nur, wenn die Resultate stimmen. Wenn du floppst wie in Salperton Park, erwähnst du uns besser nicht …»

Mit diesem Vertrauenszuspruch in den Ohren traf Casey in Westwood Park ein. Auf dem Parkplatz tummelten sich Pfleger, die eingeflochtene Mähnen kontrollierten und dem Aussehen ihrer Pferde den letzten Schliff gaben, und Konkurrenten, die auf dem Weg zum Abreiteplatz waren. Casey kannte niemanden. Nie zuvor hatte sie sich bei einem Turnier so einsam gefühlt. Zwar grüßten sie viele Leute im Vorbeigehen oder sprachen sie gar an, aber bei den meisten handelte es sich um Fremde und entfernte Bekannte, die nur wegen ihres Erfolgs den Kontakt mit ihr suchten. Dabei hatte sie viele Freunde in der Szene, aber sie schienen alle woanders oder beschäftigt zu sein.

Um sich abzulenken, ließ sie sich Zeit und zog in aller Ruhe eine weiße Reithose, ein schickes Tweed-Jackett eines anderen neuen Sponsors und blank polierte braune Stiefel an. Wie immer steckte sie zum Schluss die Rosenbrosche ihrer Mutter in die Tasche. Doch diesmal drückte sie ihr zuerst einen Kuss auf. Von allen ihren Lieben war niemand auf dem Turnierplatz. Deshalb war es umso tröstlicher für sie, wenigstens ihre Mutter in ihrer Nähe zu wissen.

Dann schickte sie ihrem Vater eine SMS.

Hallo Dad. Wie gefällt's dir in Italien? Hoffe, du hast Spaß. Bin neidisch. Wann haben wir zum letzten Mal telefoniert? Wär schön, wenn du wieder mal mit auf ein Turnier kommen würdest. Du fehlst mir. Cxx

Kaum hatte sie sich gesetzt, war sie schon wieder auf den Beinen. Koffein machte sie immer nervös. Ihr Frühstück hatte aus einem Croissant in einer Autobahn-Raststätte und drei Cappuccinos aus der raffinierten Kaffeemaschine ihres Transporters bestanden. Es war genau die Art Frühstück, für die Mrs Smith sie schwerstens gerügt hätte. Aber Mrs Smith war nicht da.

Dafür war Kyle da.

Sie sah ihn, gerade als sie sich in den Sattel schwang. Sofort fiel ihr auf, dass er seine Ohrstöpsel montiert hatte. Und wieder trug er den blauen Pullover, dieses Mal mit einer ausgewaschenen schwarzen Jeanshose, die seine schlanke Hüfte betonte.

«Er soll dir Glück bringen», sagte er grinsend und deutete auf den Pullover. Die blonde Franse hing keck in seine Stirn.

«Da verlass' ich mich lieber nicht drauf», sagte Casey gequält. «Das letzte Mal, als ich ihn trug, musste ich einen ganzen Abend mit Ed Lashley-Jones und Mindy und Cindi im Champagnerzelt verbringen. Oder waren es Candy und Bambi?»

Kyle lachte. «Sagen wir's mal so: Du hast es überlebt. Das ist ja schon mal ganz gut. Und außerdem hast du einen neuen Trainer.»

«Apropos Trainer. Hast du einen Tipp für mich, woran ich bei der Dressur denken soll?»

«Eigentlich möchte ich, dass du dir Gedanken machst über die Zeit *vor* der Dressurprüfung. In Salperton ließ deine Strategie auf dem Abreiteplatz zu wünschen übrig. Du musst sicherstellen, dass dir Roxy hundert Prozent Aufmerksamkeit schenkt und dass sie entspannt ist. Versuch ein paar Übergänge – von Trab zu Galopp und umgekehrt – und bring sie dann wieder in den Schritt zurück. Das nächste Mal schließt du mit einer Parade ab. Mach es spannend für sie. Sie soll ruhig etwas raten müssen.

Was dich angeht, so musst du ganz im Hier und Jetzt sein. Mach dir keine Gedanken über einen Fehler, der dir vor dreißig Sekunden unterlaufen ist. Der ist längst vorbei und vorüber. Stattdessen solltest du dich darauf konzentrieren, die nächste Bewegung so geschmeidig und schön wie möglich zu gestalten. Und dann noch etwas ...»

«... das wäre?»

«Vergiss nicht, dass du bei der ganzen Sache Spaß haben solltest.»

12

Die intensive, elektrisierende Stimmung von Großevents wie Badminton oder Kentucky gehörte zum Aufregendsten, was Casey bisher in ihrem Leben hatte erfahren dürfen. Und so hatte sie vergessen, wie sehr ihr der gemächliche Betrieb der kleineren Veranstaltungen gefiel. Das Vielseitigkeitsreiten war kein Elitesport. Das strikte Qualifikationsverfahren sorgte dafür, dass die Stars der Szene ihre jungen Spitzenferde neben Tieren jeder Größe, Rasse und Farbe, geritten von Polizisten, Maurern und Krankenschwestern, antreten lassen mussten.

Die unzähligen Pferdeanhänger sorgten mitunter für Chaos auf dem Parkgelände und auf dem Abreiteplatz gab es auch mal Probleme wegen der vielen Amateure. Aber da bei Vielseitigkeitsturnieren auch immer das Risiko mitspielte, waren sie auch Tummelplatz für tollkühne Teufelskerle und furchtlose Amazonen. Alles in allem waren die Teilnehmer von Vielseitigkeitsturnieren ziemlich hart im Nehmen.

Trotz ihrer Erfolge wurde Casey vor jedem Start vom Lampenfieber erfasst. Heute spürte sie es noch ausgeprägter, da sie sich nicht auf Mrs Smith mit ihrer Notfalltasche verlassen konnte. An erster Stelle fehlten ihr Mrs Smiths selbst gemachte Müsliriegel. Das Croissant war keine gute Wahl gewesen. Sie fühlte sich nur voll und kraftlos.

Kyle sah zu ihr herüber und lächelte ihr aufmunternd zu. Er war belagert von hübschen jungen Mädchen, potenziellen Sponsoren, Verwandten oder Partnern von Reitern, die den «West-Effekt» einmal aus nächster Nähe begutachten wollten. Auch wenn er mit all seinen Fans höchst charmant umging, ließ er Casey nie aus den Augen und gab ihr das Gefühl, etwas Besonderes zu sein.

Nach und nach beruhigten sich ihre Nerven. Roxy war aufgeregt, aber aufmerksam, und Casey ritt voller Zuversicht in das Dressurviereck. Sie war entschlossen, ihr Bestes zu geben, aber wichtiger war, dass sie und Roxy als Team auftraten. Tag für Tag hatte die braune Stute gelernt, ihr mehr zu vertrauen, sie zu akzeptieren, genauso wie Storm vor ihr. Das allein fühlte sich an wie ein Sechser im Lotto.

In der Vorwoche hatte Casey Roxys Besitzerin, Jennifer Stewart, angerufen und sie gefragt, ob sie ihr die Stute verkaufen würde. Nachdem sie in Rycliffe Manor gemeinsam ein Trauma erlitten und in der Folge eine Beziehung aufgebaut hatten, wusste sie jetzt schon ganz genau, dass sie sich in zwei oder drei Monaten nicht von Roxy würde trennen können. Außerdem war sie überzeugt, dass in Roxy ein zukünftiger Star schlummerte und ihr Preis demnächst in eine Kategorie schießen würde, die ihre eigenen finanziellen Möglichkeiten überstieg – wenn das nicht jetzt schon der Fall war.

Doch Jennifer Stewart war eine gerissene Verhandlungspartnerin. Es stellte sich heraus, dass sie Rechtsanwältin war. Casey hatte das Gespräch mit einer Entschuldigung für ihre schlechte Leistung in Salperton Park eröffnet, aber auch angedeutet, dass Roxy vielleicht ein charakterliches Problem habe. Darauf fiel ihr Jennifer Stewart ins Wort und sagte leicht schnippisch: «Da Sie jetzt mit Kyle West arbeiten, gehe ich davon aus, dass sie sich sehr bessern wird. Es wäre falsch, mich jetzt von ihr zu trennen. Mit besseren Resultaten wird auch ihr Preis steigen.»

Nach dem Gespräch war Casey niedergeschlagen gewesen. Sie wollte Roxy nicht verlieren. Es musste einen Weg geben. Einen Moment lang dachte sie daran, bei den nächsten paar Einsätzen absichtlich schlecht zu reiten, damit Jennifer Stewart ihr Pferd abschreiben und nur allzu gerne verkaufen würde. Doch sie kam gleich wieder von dem Gedanken ab, weil er ihr egoistisch und Roxy gegenüber ungerecht erschien. Roxy war ein talentiertes Pferd. Es käme einem Verrat an Roxy und ihr selbst gleich, wenn sie die Stute nicht zu Höchstleistungen animieren würde.

Und Roxy sollte sie nicht enttäuschen. Die Feinheiten der Dressur bedeuteten zwar immer noch Neuland für sie, aber sie war hoch aufmerksam und enorm lernfähig. Außerdem verfügte sie über eine wunderbare natürliche Balance – eine entscheidende Vorbedingung für jedes erfolgreiche Dressurpferd. Diese Eigenschaften, gepaart mit ihrer neu entdeckten Zuneigung für Casey, trieben sie an diesem Vormittag zu einem selbstsicheren Auftritt in der Dressur an.

Rein zufällig fiel Caseys Blick etwa bei Halbzeit gerade noch rechtzeitig auf einen hechelnden Rottweiler in der ersten Zuschauerreihe. Er war angeleint, aber noch bevor Casey sie stoppen konnte, schoss Roxy diagonal durch das Dressurviereck.

Doch ihre Beziehung bestand diese Belastungsprobe mit Bravour. Casey konnte die Stute nach ein paar wenigen Sprüngen beruhigen und behutsam zum Weitermachen bewegen. Dann dachte sie an Kyles Rat, das Geschehene hinter sich zu lassen, und konzentrierte sich ganz darauf, den Rest der Prüfung fehlerfrei zu meistern. Ihr Herz schlug hart, aber sie schaffte es, ihre Hände zu entspannen und Roxy ein Gefühl der Ruhe zu vermitteln.

Kyle war ziemlich zufrieden.

«Da ist noch Luft nach oben, vor allem was die Hinterhand angeht, aber ihr habt euch beide enorm gesteigert. Was in Rycliffe Manor passiert ist, tut mir immer noch leid. Als ich sagte, es müsse etwas Einschneidendes passieren, um euch beide zusammenzubringen, hatte ich natürlich nicht an eine Hundeattacke gedacht. Übrigens haben wir seither unsere Sicherheitsmaßnahmen verstärkt. Wir haben das zweite Gatter jetzt mit Kette und Schloss gesichert, damit niemand in die gleiche missliche Lage geraten kann wie du.»

Casey wollte das Thema mit den Hunden nicht mehr aufwärmen und sagte es Kyle. Und tatsächlich schaffte sie es, den Zwischenfall aus ihren Gedanken zu verbannen, sodass Roxy das nun folgende Springen fehlerfrei – mit nur zwei leicht touchierten Stangen – hinter sich brachte.

Nachdem sie das Turnieroutfit fürs Springen abgelegt hatte, bereitete sie für sich und Kyle in der Küche des Transporters einen Cappuccino zu. Plötzlich ertönten draußen laute Stimmen.

«Das darf nicht wahr sein», hörte sie Kyle aufgeregt ausrufen. «Das ist unmöglich. Wenn das keine Verwechslung ist.»

Als Casey aus dem Wagen trat, sah sie, wie Kyle auf Marsha, die Pflegerin von Sam Tides Pferd, einredete. Er war ganz aufgebracht.

«Was ist los?»

Marsha zögerte, aber Kyle fauchte: «Komm, sag's ihr. Sie wird es über kurz oder lang selbst rausfinden.»

«Was rausfinden?»

«Anna Sparks», sagte Marsha. Die Züge ihres kleinen braunen Gesichts zuckten vor lauter Empörung. «Deine Erzfeindin. Du wirst es nicht glauben, aber sie ist hier. Hier in Westwood Park. Widerlich!»

«Ich bin schon überrascht, dass sie die Unverfrorenheit hat, sich bei einem Turnier zu zeigen, aber es gibt kein Gesetz, dass sie daran hindern würde», sagte Casey. «Sie ist zwar mit einer Sperre belegt worden, doch das heißt noch lange nicht, dass sie nicht zuschauen darf. Aber sie wird sich wie eine Ausgestoßene fühlen. Niemand wird mit ihr reden.»

Marsha sprang vor Empörung auf und ab. «Du checkst es nicht. Sie ist nicht als Zuschauerin hier, sondern als Teilnehmerin. Sie hat gegen die Sperre Berufung eingelegt und hat Recht bekommen. Auf Sky war die Rede davon, sie sei in Badminton wegen irgendwelcher Diätpillen unzurechnungsfähig und aggressiv gewesen. Sie hat vor der Berufungsinstanz ausgesagt, deshalb habe sie in Badminton auf Franz Müller armes Pferd eingedroschen.»

Casey blickte verdutzt. «Und die haben ihr geglaubt?»

«Die Leute sind entrüstet, aber das Urteil ist rechtskräftig. Ich weiß nicht, ob du das hören willst, Casey, aber sie startet in derselben Kategorie wie du. Es ist wie mit dem Bösewicht in der Seifenoper. Sie ist wieder da. Anna Sparks ist wieder da.»

Als Roxy wenig später aus der 10-Minuten-Box auf den Geländeparcours schoss, hatte Casey nur ein einziges Ziel: Anna Sparks zu besiegen. Sie ritt wie eine Besessene. Jede Kränkung, die Anna ihr je zugefügt hatte, jeder Hohn, jeder Spott, mit dem sie von Anna wegen ihrer schlecht sitzenden Kleidung aus dem Secondhandladen, wegen ihres falschen Zaumzeugs, ihres schäbigen Pferdeanhängers oder ihres «Gauls» vom Schlachthof übergossen worden war, hatte ihren Hass gegen Anna Sparks geschürt.

Am meisten jedoch verabscheute sie Anna Sparks wegen des Leids, das sie Storm angetan hatte. Annas wohlhabender Vater Lionel Bing hatte Storm auf unlautere Weise in seinen Besitz gebracht. Es war zwar Geld im Spiel gewesen, für Casey lag jedoch klar Diebstahl vor. In der Folge war Anna bei dem Versuch, Storm zu reiten, kläglich gescheitert. Dabei hatte er sich verletzt, was ihm Höllenqualen bereitete und Anna beinahe um ihre Karriere brachte. Und jetzt war diese Anna Sparks wieder im Rennen, als ob nichts geschehen wäre.

«Eines ist klar», hatte ihr Kyle mit grimmigem Blick gesagt. «Du musst sie heute besiegen. Mir ist egal, ob du auf dem vierzigsten Rang landest und sie auf dem zweiundvierzigsten. Hauptsache, du lässt sie hinter dir.»

«Das werde ich tun. Darauf kannst du wetten.»

Vielleicht hatte der Rottweiler in Roxy Erinnerungen an die Attacke von Rycliffe Manor geweckt. Vielleicht hatte sie aber auch Caseys Verwegenheit gespürt und sich davon anstecken lassen. Auf jeden Fall gab Roxy alles, was sie konnte. Gemeinsam flogen sie über den Geländeparcours, als wären sie in Badminton. Obsttische, Schmalsprünge, Gräben und ein Wasserhindernis mit echten Flamingos – Roxy übersprang sie alle frisch wie ein Fohlen auf einer Frühlingswiese. Manchmal sprang sie so hoch und tollkühn, dass Casey, die einen zahmeren Sprung erwartet hatte, beinahe aus dem Sattel flog.

Einmal hatte sie das Gefühl, im Halbdunkel einen ernst dreinblickenden und diskret gekleideten Ray mit einer

Videokamera gesehen zu haben. Doch als sie sich nach ihm umdrehte, war er verschwunden. Ihre Fantasie musste mit ihr durchgegangen sein. Wenn er hier gewesen wäre, hätte Kyle ihr bestimmt davon erzählt.

Im Vergleich zu Badminton oder Kentucky war der Publikumsandrang verschwindend gering. Dafür waren die Zuschauer umso begeisterungsfähiger. Casey und Roxy wurden auf ihrem Ritt von tosendem Applaus begleitet. Wenn sie bei Roxy ein Zögern ausmachte, trieb Casey die Stute mit fast unglaublicher Leidenschaft an. Und ehe sie sich's versahen, hatten sie die Ziellinie hinter sich gelassen. Noch vollgepumpt mit Adrenalin, sprang Casey aus dem Sattel und umarmte ihr Pferd. Roxys Beine schlotterten vor lauter Aufregung, aber ihre Ohren waren steil aufgestellt und es war, als würde sie in die Menge lächeln.

«Haben wir's geschafft?», fragte Casey den herbeieilenden Kyle und umarmte ihn. «Haben wir Anna Sparks demontiert?»

Kyle lächelte. «Habe ich dir nicht gesagt, dass der blaue Pullover Glück bringt? Du hast sie gedemütigt, Baby. Aber das ist nicht alles. Wenn mich nicht alles täuscht, hast du gewonnen. Haben *wir* gewonnen – wir, das *Team West*. Zwei Reiter können dich immer noch überholen, aber ich weiß aus zuverlässiger Quelle, dass das Gelände nicht gerade ihre Stärke ist.»

Er sollte recht behalten. Das Team West gewann das Turnier in der mittleren Leistungsklasse. Casey war überglücklich, als sie ihren Preis unter dem Jubel der Zuschauer entgegennahm.

Als sie zu ihrem Transporter zurückkehrte, stellte sie mit Erstaunen fest, dass es sich dabei offensichtlich um das populärste Fahrzeug auf dem ganzen Parkgelände handelte. Der Aufenthaltsbereich war nach außen erweitert worden, die

Minibar stand offen, und aus der Lautsprecheranlage plärrte laute Musik. Mitten in einer aufgekratzten Menschenmenge stand Kyle und schenkte Drinks aus. Casey kannte praktisch niemanden. Als sie ankam, ertönten freche Pfiffe und noch mehr Jubelschreie. Michael Edge, ein ehemaliger Badminton-Sieger, gratulierte ihr zu ihrem Erfolg. Immer wieder musste sie Autogramme geben.

Dauernd summte das Telefon. Zuerst war ihr Vater dran, dem sie mit einer SMS von ihrem Sieg berichtet hatte. «Casey, ich bin ja so stolz auf dich. Ich kann aber leider nicht lange reden. Ich bin immer noch in Italien. Morgen fliege ich zurück. Aber was ist das für eine Geschichte mit dem Trainerwechsel? Warum hast du dich bloß von Mrs Smith getrennt?»

Casey ärgerte sich, dass er automatisch zu dem Schluss gekommen war, sie habe Mrs Smith den Laufpass gegeben. So gab sie vor, ihn fast nicht zu verstehen, und versprach, bei nächster Gelegenheit zurückzurufen.

Der nächste Anruf kam von Ed Lashley-Jones. «Hey, Prinzessin! Ich wusste immer schon, was in dir steckt. Du weißt, dass du verpflichtet bist, die Marke Equi-Flow zu nennen, wenn du mit Journalisten sprichst. Ich will dir ja nicht vorschreiben, was du zu sagen hast, aber etwa so sollte es sich anhören: ‹Equi-Flows sind ganz einfach die besten Transporter auf dem Markt. Ohne meinen Equi-Flow hätte ich den Sieg heute wohl kaum geschafft.› Das wäre wirklich nett von dir.»

«Mr Lashley-Jones …», setzte sie zu einer Erklärung an.

«Casey, nenn mich doch bitte Ed! Und würdest du bitte in deinem Terminkalender nachsehen, wann du Zeit hättest für ein Paintball-Event und ein Polo-Match? Ich hatte dir eine E-Mail geschickt, aber du hast mir noch nicht geantwortet. Du weißt bestimmt, dass du vertraglich verpflichtet bist, an einer

Reihe von Veranstaltungen von Equi-Flow teilzunehmen. Dort musst du dich nett mit unseren Kunden unterhalten, Reitstunden erteilen und Tipps zum Besten geben. Was eine Markenbotschafterin halt so machen muss.»

Dann meldete sich Jackson Ryder von der Fachzeitschrift *New Equestrian*. «Herzlichen Glückwunsch, Casey. Das war ja wie Tag und Nacht im Vergleich zu Salperton Park. Hat die Leistungssteigerung vielleicht mit dem Trainerwechsel zu tun?»

Kyle reichte ihr ein Glas Sekt. Casey trank selten bis nie Alkohol. Doch diesmal nahm sie dankbar an. Schon nach ein paar Schlückchen fühlte sie sich unbesiegbar.

«Ob die Leistungssteigerung mit dem Trainerwechsel zu tun hat?», sprach sie in ihr Handy. «Absolut. Kyle ist ein Magier. Was er mit uns in ein paar wenigen Wochen vollbracht hat, ist unglaublich.»

«Die beste Entscheidung, die du je getroffen hast», flüsterte Kyle ihr ins Ohr.

«Die beste Entscheidung, die ich je getroffen habe», sagte Casey dem Journalisten mit einem Lachen. Doch kaum hatte sie diese Worte ausgesprochen, bereute sie sie schon. Wie konnte sie so etwas sagen, nach allem, was Mrs Smith für sie getan hatte? Es war wie beim Sekt – der Ruhm schien ihr in den Kopf zu steigen.

«Und wie sehen Sie denn Ihre Chancen bei den Burghley Horse Trials in zwei Monaten?», fragte Ryder nach.

Eigentlich hätte sie ihm gerne gesagt, er solle ihre Aussage von eben nicht publizieren, aber Kyle stand so dicht bei ihr, dass sie beinahe die Wärme seines Körpers spüren konnte. Natürlich wollte sie ihn nicht beleidigen. «Burghley? Da habe ich ein Supergefühl. Storm Warning hat das Training wieder aufgenommen. Wenn er fit bleibt, werden wir alles daran setzen, den Grand Slam zu holen.»

«Sie haben bestimmt gehört, dass Anna Sparks mit der Berufung gegen ihre Sperre durchgekommen ist», fuhr Ryder fort. «Was fällt ihnen dazu ein?»

Casey wollte gerade den Mund aufmachen und loslegen. Doch dann besann sie sich eines Besseren. Sie sagte bloß «Nichts!» und klickte den Journalisten weg, bevor dieser weitere peinliche Fragen über Mrs Smith stellen konnte.

Kyle lächelte.

«Reporter. Die sind doch überall gleich. Prosit, Casey! Genieß deinen Erfolg. Du hast es verdient. Du hast Anna Sparks regelrecht vorgeführt. Du bist tausend Mal besser als sie. Hallo Burghley, wir kommen!»

«Danke Kyle!», sagte Casey, hob ihr Glas und lächelte zurück. «An dieses Highlife könnte ich mich gewöhnen!»

Kyle entfuhr ein Seufzer. «Rat mal, wer uns gleich in die Suppe spuckt.»

Das Partyvolk verstummte, Gläser wurden abgesetzt, alle standen regungslos da und starrten auf eine einsame Gestalt, die wie ein geprügelter Hund über den belebten Parkplatz schlich. Sie trug ein weißes mit Grasflecken übersätes Poloshirt und führte einen gescheckten Wallach neben sich her.

Casey war verdutzt. «Wer ist das? Warum glotzen alle?»

Kyle konnte es nicht glauben, dass sie das fragen musste. «Erkennst du sie nicht? Das ist Anna Sparks, deine Erzrivalin.»

Halb lachend sagte Casey: «Das ist wohl nicht dein Ernst.»

«Jetzt kriegt Anna Sparks die Quittung. Als sie auf der Erfolgsstraße war, hat sie alle nach Strich und Faden fertiggemacht. Jetzt ist sie auf dem absteigenden Ast und bekommt es gleich knüppeldick zurück.»

Als die junge Frau näher kam, erkannte auch Casey ihre Widersacherin. Aber sie hatte zugenommen. Ihr herzförmiges Gesicht war aufgedunsen. Sie war immer noch hübsch und modisch gekleidet. Aber sie war nicht mehr die hinreißende Schönheit von damals, als sie die Vielseitigkeitsszene dominiert und als eine der besten Nachwuchsreiterinnen weltweit gegolten hatte.

Ihr Schecke war fit und schlank – zweifellos ein sehr gutes Pferd. Doch einem Vergleich mit Rough Diamond, seinem Vorgänger, konnte er nicht standhalten. Er wirkte auch etwas ungepflegt und war mit Dreck bespritzt. Aber er schritt mit erhobenem Kopf neben Anna her und schien mit sich und der Welt ganz zufrieden zu sein.

«Anna Sparks war wohl vor allem erfolgreich, weil ihr Daddy Millionär ist», sagte nun Marsha, die sich mit einem Bier in der Hand neben Casey gestellt hatte. «Seit die beiden verkracht sind und sie sich nicht mehr die teuersten Pferde und das beste Team leisten kann, merkt sie wohl, dass das Vielseitigkeitsreiten kein Zuckerschlecken ist. Heute ist sie als Letzte gestartet und auf dem letzten Platz gelandet.»

Annas goldblondes Haar, früher einmal eine stolze Mähne, war auf Schulterlänge zurückgestutzt und hing in wirren Strähnen in ihr Gesicht. Auf der Höhe von Caseys Transporter angekommen, hob sie müde die Hand zum Gruß. Niemand grüßte zurück. Dafür ging ein Kichern durch die Menge, und ein Reiter rief: «Ist das nicht die großartige Anna Sparks? Wer ruft den Tierschutzverein?»

«Keine Sorge. Sieht ja wohl ein Blinder, dass sie die Diätpillen abgesetzt hat», sagte Marsha laut. «Es ist also nicht mit Gewaltausbrüchen zu rechnen. Wenigstens heute nicht.»

Alle lachten, auch Kyle. Casey wollte gerade mit einstimmen, als Anna aufsah und ihre Blicke sich trafen. Doch Anna schaute gleich wieder zu Boden und machte sich, ihren Schecken im Schlepptau, über den Parkplatz davon.

«Das Beste war», sagte Casey später zu Peter am Telefon, «dass sie zu diesem ulkigen kleinen Pferdeanhänger rüberging, einem hässlichen, unpassenden Gefährt. Wir konnten uns kaum mehr einkriegen vor Lachen. Erinnerst du dich, als sie in diesem megagroßen Transporter unterwegs war? Es war dieselbe Marke wie der Bus von Andrew Nicholson. Hochmut kommt vor dem Fall.»

Von der anderen Seite kam nur Schweigen.

«Bist du noch dran, Peter?», fragte Casey. «Hallo Peter?»

«Ja, ich bin noch dran.»

«Und was sagst du? Ist das nicht zum Totlachen?»

«Ob ich es zum Totlachen finde, dass ein Mädchen, dem es offensichtlich schlecht geht, zum allgemeinen Gespött wird? Ehrlich gesagt, nein. Merkst du denn nicht, dass du dich heute Abend gegenüber Anna Sparks genauso verhalten hast, wie sie dir gegenüber vor zweieinhalb Jahren in Brigstock, als sie sich über dich, Storm und deinen Eseltransporter lustig gemacht hat?»

«Nein», sagte Casey kühl. «Das ist was anderes.»

«Und was soll da anders sein?»

«Es ist einfach anders. Sag mal, auf welcher Seite stehst du eigentlich? Du hast mich nicht einmal beglückwünscht. Wir haben gewonnen. Eigentlich solltest du glücklich sein.»

13

Barbara Macclesfield, Oberschwester im Primrose Valley Hospice, folgte Mrs Smith auf Zimmer 312 und sah zu, wie die neueste Heimbewohnerin ihr karges Gepäck auf die Kommode legte. Abgesehen von einem als Handtasche zweckentfremdeten Ethno-Rucksack bestanden Angelica Smiths weltliche Besitztümer aus einer übergroßen Teppichtasche, die aus Kaschmir stammte und über die Jahre ausgebleicht war. Mrs Smith kam daher, als sei sie vor kurzer Zeit einem Handelsfrachter aus dem Fernen Osten entstiegen. Ihre Kleidung war nicht weniger exotisch. Trotz der Sommerhitze trug sie über ihrem indischen Baumwollkleid einen Mantel, der sie aussehen ließ, als wolle sie für eine Rolle im Musical *Joseph and the Amazing Technicolor Dreamcoat* vorsingen.

«Der ist aus Tibet», erklärte sie. «Mein Vater hat mich früher einmal dorthin mitgenommen. Einfach paradiesisch.»

Unter dem Fenster stand ein mit weißem Laken und rosafarbener Wolldecke bezogenes Bett, dazu passend eine rosa Chenille-Daunendecke. Alles war mit militärischer Genauigkeit angeordnet. Ansonsten befanden sich im kleinen Zimmer eine Kommode, ein Schrank, ein Stuhl und ein blasser, hellblauer Teppich. An einem Schwenkarm ragte ein Fernseher in den Raum.

Die einzige persönliche Note ging von einem einsamen, frisch gepflückten Gänseblümchen aus, das in einem Glas auf der Kommode stand. Auf der kleinen Fußmatte vor dem Bett lag ein Paar in Zellophan verpackter Wegwerfpantoffeln.

«Sie haben sich ganz schön zurückgenommen beim Packen», sagte die Oberschwester. «Von der Küchenspüle einmal abgesehen, bringen die meisten Leute alles mit, was sie besitzen: Standuhren, Katzen und Bücher, mit denen sie eine ganze Stadtbibliothek bestücken könnten.»

Mrs Smith lächelte. «Das genügt. Mehr brauche ich nicht.»

Die Schwester deutete auf das Bild eines Schiffes, das sich auf hoher See durch einen Sturm kämpfte. Schon der Anblick machte Mrs Smith seekrank. «Das Einschlagen von Nägeln ist verboten. Aber wenn Sie das Bild durch ein anderes ersetzen wollen, kein Problem.»

Mrs Smith öffnete ihre Teppichtasche und holte eine Fotografie von Casey hervor. Als sie sich entscheiden musste, welches Bild sie mitnehmen wollte, hatte sie die Qual der Wahl gehabt: Casey beim Geländeritt, Casey bei der Dressur, Casey bei der Siegerehrung in Badminton. Doch sie hatte ein Schwarzweißfoto eingepackt, das etwa ein Jahr, nachdem sie Casey in ihre Obhut genommen hatte, aufgenommen worden war. Storm war immer noch ziemlich mager, praktisch ohne Muskeltonus. Der Kragen von Caseys Jackett stand schräg, und ihr Haar war ziemlich wirr. Aber Mrs Smith gefiel das Bild gerade, weil es eine gewisse Unschuld ausstrahlte.

Peter hatte das Foto damals geschossen, als er und Casey nur Freunde waren, aber seine Gefühle für sie kamen in dem gewählten Bildausschnitt klar zum Ausdruck. Auf dem Bild waren das Pferd und das Mädchen Stirn an Stirn zu sehen. Casey wusste offensichtlich nicht, dass Peter dabei war, sie zu fotografieren. Sie hielt ihre Augen geschlossen und hatte ihre Arme um Storms Hals gelegt.

Es war ein mit Liebe geschossenes Bild über die Liebe.

Auf dem Foto kam Casey Mrs Smith unglaublich jung vor. Sie legte es auf das Nachttischchen und fragte sich wohl zum tausendsten Mal, ob es wohl ein Fehler gewesen war, ein naives junges Mädchen in die Elite eines derart gefährlichen Sports zu führen. Vielleicht war alles einfach zu viel auf einmal gewesen für Casey.

«Was für ein wunderhübsches Bild», rief Schwester Barbara aus. «Ist das Ihre Enkelin?»

«Nein, das ist Casey, meine beste Freundin. Das Pferd heißt Storm Warning. Der Hengst und das Mädchen waren die jüngsten Gewinner von Badminton.»

«Klar, Badminton – ich spiele auch gerne Badminton», sagte die Schwester, die offensichtlich keine Ahnung vom Vielseitigkeitsreiten hatte und vermutlich ein Vollblutpferd nicht von einem Ackergaul unterscheiden konnte. «Ich mag eigentlich keine Ballspiele, aber so ein Federball ist gut zu sehen und bewegt sich auch viel langsamer. Bei den Olympischen Spielen natürlich nicht, aber im Freizeitsport bestimmt.»

Als sie merkte, dass sie vom Thema abgekommen war, sagte sie: «Sie müssen ein unheimlich spannendes Leben geführt haben.»

Mrs Smith wandte sich ab. «Casey und Storm waren mein Leben.»

«Denken Sie, Ihre Freundin wird sie mal besuchen?»

«Sie weiß nicht, dass ich hier bin. Ich wollte sie nicht beunruhigen. Sie ist beschäftigt. Sie muss sich auf Burghley vorbereiten, was ziemlich viel Stress bedeutet.»

Schwester Barbara schürzte die Lippen. «Klar, so ist das

heute. Heutzutage sind die Jungen dauernd beschäftigt. Aber dennoch bin ich sicher, dass sie gerne wüsste, wo sie von jetzt an wohnen. Ich kann ihr in Ihrem Namen eine E-Mail schicken, wenn Sie wollen.»

«Nein», sagte Mrs Smith mit einer Bestimmtheit, die diese Diskussion ein für alle Mal beendete.

Schwester Barbara, die ihren Schützling nicht gleich am ersten Tag aus der Fassung bringen wollte, sagte vorsichtig: «Ich hoffe, es wird Ihnen bei uns gefallen. Wir werden alles daran setzen, Ihren Aufenthalt hier so angenehm wie möglich zu gestalten.»

Von einer plötzlichen Müdigkeit ergriffen, ließ sich Mrs Smith auf den Stuhl fallen. Sie wollte das makellos hergerichtete Bett nicht zerknittern. «Kommen alle Patienten in das Primrose-Hospiz, um zu ...»

«Wir sprechen eigentlich lieber von Bewohnern als von Patienten», schob die Krankenschwester dazwischen.

«Gut, Bewohner, wenn Sie wollen. Kommen alle Bewohner hierher, um zu sterben? Warten sie alle hier, bis der große Vorhang fällt?»

«So würde ich das jetzt nicht ausdrücken. Wir tun unser Bestes, damit sie ihr Leben so lang wie möglich genießen können. Wie lang das ist, hängt vom Einzelnen ab. Ab und zu erleben wir auch Wunder, was ein ganz besonderes Geschenk ist. Aber ansonsten ist es besser, wenn man sich vorbereitet. Für einige gibt es leider Gottes keine Hoffnung.»

«Hoffnung gibt es immer, vielleicht nicht für den Körper, aber für den Geist», sagte Mrs Smith gefühlvoll.

Schwester Barbara hob den Kopf. «Natürlich. Das ist auch die Philosophie des Hauses. Deshalb bieten wir ja ein reichhaltiges Beschäftigungsprogramm an. Tanzen, Kartenspiele,

Pilates, Schach und den allseits beliebten Strickklub. Vielleicht fällt es Ihnen im Moment schwer, daran zu glauben, aber Sie haben noch ein ganzes Stück Leben vor sich.»

Als die Tür hinter der Schwester ins Schloss fiel, durchfuhr Angelica Smith ein Frösteln.

Irgendwie überstand sie das deftige Abendessen, die Vorführung des Filmklassikers *Ist das Leben nicht schön?*, die Nacht und das darauffolgende Frühstück, bestehend aus wässrigen Rühreiern und Dosenpilzen. Doch um 10:38 Uhr war sie mit den Nerven am Ende, nachdem sie eine frühmorgendliche Pilates-Lektion, zwei Skatrunden und die Einladung zu einem Strickkurs abgelehnt hatte, bei dem es darum ging, einen Highland-Terrier zu stricken.

Mrs Smith konnte sich eines zynischen Gedankens nicht erwehren: *Für Menschen, die auf ihr Lebensende warten, haben die Bewohner des Primrose Valley Hospice viel zu viel Energie.*

Immer wenn sie vorübergehend von den Schmerzen befreit war, die sie gelähmt hatten, musste sie an Storm und Casey denken. Casey war schon weitergezogen. Das wusste sie. Eigentlich verabscheute sie ja jede Form von Technik und war kaum in der Lage, ein Mobiltelefon zu bedienen. Aber aus einem Schuldgefühl heraus, Casey verlassen und damit ihre Karriere gefährdet zu haben, hatte sie sich vor Kurzem in ein Internet-Café geschleppt und sich mit etwas Hilfe Zugang zur Online-Ausgabe des *New Equestrian Magazine* verschafft. Was darin geschrieben stand, hatte ihr den Rest gegeben.

Natürlich hatte sie gehofft, beim Abrufen der jüngsten Ergebnisse im Reitsport auf ansehnliche Leistungen ihrer ehemaligen Schülerin zu stoßen. Als sie dann aber las, dass Casey es auf Roxy nur einen Monat nach ihrem Rücktritt als Trainerin gleich auf das Siegerpodest geschafft hatte, verstand sie die Welt nicht mehr. Noch schlimmer aber waren Caseys Worte. Es war schon verletzend genug, dass sie ihren Erfolg diesem arroganten Kyle West zuschrieb und ihn als «Magier» bezeichnete. Doch ihr abschließendes Statement, dieser Trainerwechsel sei die beste Entscheidung gewesen, die sie je getroffen habe, kränkte Mrs Smith zutiefst.

Der Schmerz, den die indirekte Aussage, sie habe in Caseys Leben eine negative Rolle gespielt, in ihr auslöste, war schlimmer als alles, was der Krebs bisher mit ihr angestellt hatte.

Und ja, es war Krebs. Das hatte ihr der Onkologe Dr. Andrew Mutandwa bestätigt, als sie sich einen Tag nach ihrem Streit mit Casey in seine Praxis begeben hatte.

«Warum?», hatte er sie immer wieder gefragt, nachdem er ihr mit sichtlicher Mühe die Diagnose eröffnet hatte. «Warum haben Sie sich bloß so verhalten?»

Mrs Smith zuckte nur mit den Schultern und sagte: «Ich hatte keine Wahl.»

«Wir alle haben eine Wahl. Ich kann einfach nicht verstehen, warum Sie sich gegen Ihre eigene Gesundheit und stattdessen für diesen halsbrecherischen Pferdesport entschieden haben. Wenn Sie vor fünf Monaten in eine Chemo- oder Radiotherapie eingewilligt hätten, sähe die Sache jetzt ganz anders aus. Ich behaupte ja nicht, dass wir Sie hätten retten können. Aber mit der richtigen Behandlung hätten wir ihr Leben um Jahre verlängern können. Nun bleiben Ihnen nur noch wenige Monate.»

«Wie viele?», fragte Mrs Smith ruhig. Sie war nicht wirklich erstaunt über das, was der Arzt ihr sagte.

Dr. Mutandwa sah kränker aus als sie selbst. Für den aus Sambia stammenden Arzt waren diese Gespräche oft schwerer zu ertragen als für seine Patienten. Bevor er ihr antwortete, zog er sich hinter seinen Schreibtisch zurück und ließ seinen Blick für ein paar Sekunden auf dem holzgerahmten Bild seiner Frau und seiner Kinder ruhen.

«Ich will nichts beschönigen, Mrs Smith. Es bleibt Ihnen nicht viel Zeit. Das hier ist keine exakte Wissenschaft. Deshalb kann ich Ihnen keine Zahlen nennen. Aber an Ihrer Stelle würde ich anfangen, mich von meinen Liebsten zu verabschieden.»

Nach diesem Arztbesuch hatte sie sich seltsamerweise fast erleichtert gefühlt. Monatelang hatte sie nicht gewusst, welches Ungeheuer dabei war, sie langsam von innen her aufzufressen. Jetzt besaß sie Gewissheit. Und eine Einkaufstasche voller Pillen, die ihr den schlimmsten Schmerz nehmen sollten. Ihr ganzes Leben lang hatte sie die Schulmedizin verschmäht und stattdessen auf alternative Heilmethoden gesetzt. Von einem Tag auf den anderen war jetzt alles anders. Als sie die Tabletten schluckte, um die Krämpfe zu lindern, die ihren Körper manchmal mit der Wucht von Stoßwellen erschütterten, wusste sie, dass keine Wagenladungen von Gold die hochverdienten Wissenschaftler würden entschädigen können, die diese Schmerzmittel entwickelt hatten.

«Sie haben meine Briefe nicht zur Kenntnis genommen und wollten der Wahrheit nicht ins Auge sehen. Damit haben Sie in Ihrem Bauch eine Bombe gezündet», hatte ihr Mr Mutandwa schonungslos gesagt. «Jetzt müssen Sie die Folgen akzeptieren.»

Damals war sie zu der Ansicht gekommen, dass sie den Arzt nicht mochte. Ein bisschen Beschönigung konnte doch jeder vertragen.

Jetzt saß sie auf dem kuschelig weichen Bett im Primrose Valley Hospice und blätterte in ihrem roten Notizbuch. Sie besaß fünf Notizbücher, die jede Einzelheit ihrer Arbeit mit Casey enthielten – seit der ersten Trainingseinheit im Hope Lane Riding Centre, als Storm nicht mehr gewesen war als ein klappriges Knochengerüst und Casey ein staksiges fünfzehnjähriges Mädchen in einer ausgeleierten Reithose.

Mrs Smith schlug eine leere Seite in ihrem roten Notizbuch auf. Während der Nacht war ihr eine Eingebung gekommen. Seit einiger Zeit fühlte sie sich zu jenen Experten der Vielseitigkeitsszene hingezogen, die der Meinung waren, dass die Streichung des Hindernisrennens und der Wegstrecken aus den CCI****-Wettbewerben unbeabsichtigte Folgen für die Pferde mit sich brachte. Es stimmte, dass die Langform zu lang war. Aber die Kurzform war eindeutig zu kurz. Und so hatte sie während ihrer schlaflosen Nacht an einer Zwischenlösung herumgeknobelt, die das Gleichgewicht wiederherstellen würde. Jetzt fühlte sie sich so lebendig wie schon Wochen nicht mehr und brachte die wichtigsten Punkte ihres Konzepts gleich zu Papier.

Doch dann legte sie mitten in einem Satz den Stift zur Seite.

‹Was soll das, Angelica?›, fragte sie sich. ‹Casey braucht dich und deine exzentrischen Ideen längst nicht mehr. Du bist eine traurige alte Hexe. Lies ein Buch, fange wieder an zu stricken. Vergiss das Vielseitigkeitsreiten. Das ist alles längst passé.›

Vom Flur her drang ein Quietschen in ihr Zimmer. Obwohl sie noch keine vierundzwanzig Stunden im Primrose Valley Hospice war, erkannte sie den Sauerstoffwagens ihrer Zimmernachbarin schon am Geräusch. Jetzt klopfte es leise an der Tür.

Mrs Smith klappte das Notizbuch zu. Wenn sich ihr Zimmer

nicht im zweiten Stock befunden hätte, wäre sie aus dem Fenster gesprungen und hätte das Weite gesucht.

«Wie wär's mit einer Partie Monopoly um drei Uhr?», krächzte Irma Irving, die mit ihren ganzen Schläuchen im Gegenlicht wie ein Oktopus aussah.

Mrs Smith zögerte einen Augenblick. Aber eigentlich hatte sie nichts anderes zu tun. Gesellschaftsspiele waren ihr neues Badminton. «Klar, ich komme gerne», antwortete sie. «Danke für die Einladung.»

14

Es war eine warme Sommernacht in Gloucestershire. Casey saß auf einer Gartenbank und bewunderte ein rauschendes Feuerwerk, das gerade eine Fülle von roten Fächern an den sternenklaren Himmel warf. Der Mann, der für die Party und die Show am Firmament bezahlte, war Casper Leyton, seines Zeichens Multimillionär und Besitzer eines der besten Gestüte für Vielseitigkeitspferde in Großbritannien. Seine Tochter war eine Schülerin von Kyle, und so war auch Casey zum großen Sommernachtsfest eingeladen worden. Sie hatte keinen Moment gezögert, denn Leytons Partys waren legendär.

«Du Glückspilz!», hatte Marsha, Same Tides Pferdepflegerin, ausgerufen, als Casey ihr davon erzählte. «Letztes Jahr habe ich Sam derart bearbeitet, mich mitzunehmen, dass er schließlich weich wurde und mich als seine Freundin ausgab, damit ich dabei sein konnte. Ich habe drei Hollywood-Größen gesehen, ein halbes Dutzend Stars aus der Pferdeszene, die über die Stränge gehauen haben, den süßen Jungen, der bei *The X Factor* gewonnen hat, zwei olympische Ruderer und einen russischen Turner. Ich konnte mich vor Glück kaum einkriegen.»

Die Rauchschwaden des Feuerwerks mischten sich mit den Rauchschwaden des Grills und hingen schließlich wie eine

Wolke über den Schönen und Reichen, die sich tanzend und plaudernd auf der Terrasse amüsierten. Über eine Steintreppe gelangte man zu einem geheizten Pool, in den bereits ein paar Bikini-Girls gehüpft waren. Das Grillbüffet befand sich auf einer erhöhten Plattform hinter dem Pool und war mit Hummern und Scampi reich bestückt. Daneben gab es Spanferkel am Spieß und jede nur erdenkliche Gemüse- und Salatvariante, vom reichhaltigen Dessertangebot ganz zu schweigen. Eine in der warmen Sommernacht langsam dahinschmelzende Eisskulptur in Form eines Einhorns wachte majestätisch über der ganzen Szene.

Vor ihrem Sieg in Badminton hatte sich Casey immer gefragt, wie es sich wohl anfühlen würde, zur Elite des Pferdesports zu gehören und zu den schicksten Partys und gefragtesten Events eingeladen zu werden. Sie hatte von diesem Leben in Glanz und Gloria geträumt. Und nun stand sie mittendrin. Es war nicht etwa so, dass viele der Gäste sie gekannt hätten. Ein paar wenige Leute hatten ihr zu ihrem Erfolg gratuliert, und ein Betrunkener hatte ihr eine unanständig hohe Geldsumme für Storm geboten. Doch die meisten Gäste behandelten sie wie Luft. Die Frauen waren durchwegs schlank, braun gebrannt und extravagant frisiert. Die Männer mit ihren funkelnden Rolex-Uhren am Arm strahlten Macht und Sicherheit aus. Eine Frau, die Casey offenbar für eine Kellnerin hielt, bat sie, ihr doch einen Drink zu holen.

Mit Kyle hatte sie seit ihrer Ankunft praktisch kein Wort gewechselt. Immer wenn sie ihn sah, stand wieder eine neue junge Frau neben ihm, eine hinreißender als die andere. «Lass dir bloß von Kyle nicht den Kopf verdrehen», hatte Hannah sie gewarnt. «Er wird dir das Herz brechen. Er wird dauernd von Mädchen umgarnt und ist immer höflich und charmant zu ihnen. Doch sie fassen das falsch auf und meinen, er sei an ihnen interessiert. Bitte glaube mir, dem ist nicht so!»

Casey hatte Hannahs Warnung damals mit einem Lachen abgetan, zumal für sie ziemlich klar war, dass Hannah selbst unsterblich in Kyle verliebt war. Jetzt allerdings war sie plötzlich nicht mehr so sicher. Wenn sie ihn so beobachtete, schien er es ganz schön aufs Flirten abgesehen zu haben.

Sie versuchte sich einzureden, dass ihr das alles nichts ausmachte. Sie hatten eine rein berufliche Beziehung. Streng genommen waren sie nicht einmal Freunde. Sie verdrängte, dass es schon etwas geknistert hatte zwischen ihnen, als er sie am frühen Abend in seinem offenen Cabrio zur Party gefahren und der Fahrtwind durch sein Haar geweht hatte.

Überhaupt lag eine Woche hinter ihr, wie sie sie sich auch in ihren kühnsten Träumen nicht vorgestellt hätte. Dank Equi-Flow war sie zum Duke of Essex Polo Grand Prix in Hylands Park eingeladen worden, wo sie ein Gourmet-Picknick genießen durfte. Ed Lashley-Jones war von ihrem Sieg am Wochenende so angetan gewesen, dass er sie einer ganzen Reihe von gestylten Aristokraten und Prominenten vorgestellt hatte, die sie alle gar nicht kannte, was durchaus auf Gegenseitigkeit beruhte. Lashley-Jones jedenfalls ritt dermaßen auf seiner Begeisterungswelle, dass die feinen Leute der Pflicht gehorchend mitspielten und ihre glänzend weißen Zähne zu einem aufgesetzten Lächeln entblößten. Problematisch war es erst geworden, als sie sich weigerte, Candis Sohn – einem weinerlichen Teenager – eine Reitstunde zu geben.

«Es tut mir echt leid», hatte sie gesagt. «Ich würde es wirklich sehr gerne tun, aber ich stecke mitten in den Vorbereitungen für Burghley, was mich praktisch Tag und Nacht beansprucht. Ich darf meine Konzentration nicht verlieren.»

Darauf war von Lashley-Jones die schnippische Bemerkung gekommen: «Aber wenn du zu Partys eingeladen wirst, hast du plötzlich Zeit. Ich möchte dich daran erinnern, dass eine Sponsorenbeziehung immer ein Geben und Nehmen ist. Du kannst nicht immer nur nehmen, sondern musst auch mal geben. Sonst fragen sich unsere Investoren dann irgendwann, warum sie so viel Geld für dich lockermachen.»

Obwohl er sich später dafür entschuldigt hatte, war Casey genervt. Mrs Smith hatte recht gehabt. Ed und seine Kollegen waren Parasiten.

Sie blickte einer Feuerwerksrakete hinterher, die sich mit einem Knall in einen pinkfarbenen Sternenregen auflöste, und fragte sich, was Peter wohl gerade machte. Vermisste er sie so sehr wie sie ihn? Oder war vielleicht auch das irische Mädchen Orla in seinem Kurs, von dem er einmal gesagt hatte: «Die Leute konnten es kaum fassen, dass ein so bildhübsches Mädchen ein Pferd beschlagen kann.» Vielleicht leistete Orla ihm in diesem Moment Gesellschaft.

Sicher nicht. Das passte nicht zu Peter. Sie vertraute ihm blindlings. Er liebte sie. Mit Peter würde sie sich nie so fehl am Platz fühlen wie jetzt gerade. Genau umgekehrt. In seiner Nähe konnte sie wirklich immer sie selbst sein und brauchte sich nicht zu verstellen.

Meistens. Sie hatte schlechte Gefühle, seit er sie wegen der Geschichte mit Anna Sparks angefahren hatte. Warum er sich ausgerechnet für Anna so stark machte, konnte sie nicht verstehen. Als er noch Rough Diamond und die anderen Pferde aus ihrem Stall beschlug, hatte sie ihn wie Dreck behandelt. Aber vielleicht war es gerade das, was sie selbst an Peter so schätzte: dass er immer das Gute in den Menschen suchte.

Wie dem auch sei: Auf dieser Party hätte es ihm bestimmt

nicht gefallen. Das war nun einmal nicht seine Welt. Peter war der Enkel eines walisischen Schafzüchters und stand mit beiden Beinen auf dem Boden. Wenn er sie zur Party begleitet hätte, würde er längst schon wieder wegwollen. Sie hörte ihn schon sagen: «Was ist bloß in dich gefahren, Casey? Das sind doch genau die Leute, die du früher verabscheut hast.»

«Und, amüsierst du dich?»

Unerwartet tauchte Kyle aus der Dunkelheit auf und ließ sich neben ihr auf die Bank gleiten. Er trug ein weißes Hemd mit offen stehendem Kragen, eine schwarze Hose und italienische Schuhe. Er war mit Abstand der attraktivste Mann der ganzen Party. Casey rückte verstohlen von ihm weg. Je näher er ihr kam, desto schneller pochte ihr Herz.

«Klar, ich amüsier' mich prächtig», antwortete Casey und versuchte krampfhaft, überzeugend zu wirken. «Du bestimmt auch. Dein Stern leuchtet gerade am hellsten auf dieser Party.»

Kyle lehnte sich vor, die gebräunten Unterarme auf die Oberschenkel gestützt. Sein Blick glitt zu dem immer lauter werdenden Trubel beim Pool hinüber.

«Mein Stern leuchtet gerade am hellsten? Willst du damit sagen, dass demnächst ein neuer Stern aufgehen und meiner verblassen wird?», sagte er scheinbar gefasst, jedoch nicht ohne einen Schuss Bitterkeit in der Stimme.

«Tut mir leid, das ist mir einfach so rausgerutscht.»

«Nein, du hast schon recht. Ein Ausrutscher, und ich bin weg vom Fenster.»

Er setzte sich auf und legte einen Arm auf die Rückenlehne der Bank. Casey spürte ein Prickeln, als seine Hand über ihre Schulter strich. Im Mondlicht sah er jungenhaft und verletzlich aus. «Leidest du manchmal auch unter dem Hochstapler-Syndrom, Casey?»

«Wenn du damit meinst, dass ich Angst davor habe, dass mir eines Tages jemand auf die Schulter tippt und sagt, ich hätte mir das alles nur eingebildet – dass Mädchen wie ich Stars in diesem Sport werden können –, dann ja. Nicht nur manchmal, sondern dauernd. Ich blicke zu Reiterinnen wie Mary King auf, und dann sage ich mir: *Was stellst du dir eigentlich vor, jemals in ihrer Liga mitzureiten?* Auf diesem Niveau zu reiten, war schon immer mein Traum. Doch jetzt habe ich das Gefühl, es nicht verdient zu haben.»

Wieder explodierte eine Feuerwerksrakete und zeichnete knisternd ein champagnerfarbenes Graffiti an den Nachthimmel.

«Natürlich hast du es verdient», versicherte ihr Kyle. «Deine Erfolge sind der Beweis. Aber ich kann dich schon verstehen. Ich wache auch manchmal in Angstschweiß gebadet auf und bin überzeugt, dass meine Schüler andere, bessere Lehrer finden werden und dass mich einer nach dem anderen verlassen wird.»

Casey lachte. «Vielleicht sollten wir uns darauf einigen, dass wir hier sind, weil wir es wollen, und es genießen, solange wir es genießen können. Wie dem auch sei: Du willst mir und Storm dabei helfen, den Grand Slam zu erobern. Wenn du das schaffst, kann dir dieses Jahr niemand mehr den *Golden Horseshoe* wegnehmen.»

Er grinste, und plötzlich sprach wieder die alte Überheblichkeit aus ihm, als hätte er einen Mantel übergezogen. «Stimmt, dann habe ich ihn auf Nummer sicher. Ich habe nur gerade einen schwachen Moment erwischt. Das kann's geben. Wie wär's – wollen wir weg hier?»

Zwei Tage später fuhr Casey mit Storm zu einer Woche Intensivtraining nach Rycliffe Manor. Bei der Intervallarbeit in White Oaks hatte sie mit Erstaunen festgestellt, wie schnell ihr Silberpferd abgespeckt und wieder an Fitness zulegt hatte.

Selbst Morag zeigte sich beeindruckt. «Das muss mit dem Muskelgedächtnis zu tun haben. Da zeigt sich die kontinuierliche Arbeit der letzten Jahre. Bei einem Pferd wie Storm sind sechs Wochen Pause offenbar gar nichts. Als hätten seine Supergene einen Winterschlaf gemacht, und jetzt aktiviert er sie wieder.»

So sehr Casey auch versuchte, sich von ihrer eigenen Entscheidung zu überzeugen, sie hatte doch Bedenken, Storm nach Rycliffe Manor zu bringen. Das Landgut war zwar atemberaubend schön und die Trainingsanlagen suchten ihresgleichen. Aber der Zwischenfall mit den Hunden hing wie ein Schatten über dem Reitzentrum. Immer wenn sie an den Geländeparcours dachte, stürmten die Hunde in ihre Fantasie und gingen mit gefletschten Zähnen auf Storm los.

Dennoch zog sie nach Rycliffe Manor, denn Kyle war ihr Trainer, und der Trainer und das Reitzentrum waren nur im Paket zu haben. Sie wollte auch wieder mehr mit Storm arbeiten, um sich von Roxy abzulenken. Eine Woche nach dem Westwood Classic hatte Jennifer Stewart angerufen, um ihr zu sagen, dass sie die Stute verkauft habe und sie am nächsten Morgen abholen würde. Casey war am Boden zerstört gewesen. Sie hatte Roxy wirklich lieb gewonnen und sich irgendwie eingeredet, Jennifer würde einsehen, dass Storm und Roxy zusammengehörten. Sie konnte sich nicht vorstellen, sich von ihr zu trennen.

Leider aber verhielt sich Jennifer wie so viele Menschen, die Pferde nur als Anlageobjekte sehen statt als intelligente, sensible Wesen und sich ein gutes Geschäft niemals durch Gefühle vereiteln lassen.

«Aber wir stehen einander sehr nah», sagte ihr Casey, als sie Jennifer zu Roxys Stall führte und ihr zeigte, welchen Wandel die Stute durchgemacht hatte. «Sehen Sie nur, wie zutraulich sie geworden ist. Es ist kaum zu glauben. Es macht mir so viel Spaß, mit ihr zu arbeiten. Als sie zu uns kam, war sie noch ein beißendes, ausschlagendes Monster. Sie hat mich fast an der Stallwand erdrückt, als ich sie satteln wollte. Und jetzt ist sie ein Engel.»

Sie gab Roxy ein paar Polo-Mints. «Sie hat sich gerade erst bei uns zurechtgefunden. Es wäre so schade, sie gleich wieder aus ihrer neuen Umgebung herauszureißen. Außerdem ist sie in mein Pferd Storm vernarrt. Die beiden sind wie zwei Turteltäubchen. Geben Sie mir bitte zwei Monate, damit ich das nötige Geld aufbringen kann, um Ihnen einen besseren Preis bieten zu können.»

Jennifer, die direkt aus dem Büro angereist war und ein grau-cremefarbenes Businesskleid trug, strich prüfend mit der Hand über Roxys glänzend braunes Fell. Dann gab sie ihr einen Klaps gegen den Rumpf, woraufhin die Stute erschreckt zusammenfuhr.

«Ich kann dich verstehen, aber es geht leider nicht, Casey. Ich habe einen Käufer. Und auch hier gilt: Lieber ein Spatz in der Hand als eine Taube auf dem Dach. Aber du hast schon recht, Roxy ist fast nicht mehr wiederzuerkennen, so sehr hat sie sich verändert. Wieder einmal hat Kyle West Wunder gewirkt. Wie hat er das bloß geschafft in so kurzer Zeit? Danke ihm bitte in meinem Namen dafür, wenn du ihn siehst.»

Aus Ärger darüber, dass Jennifer Roxys Wandel ganz selbstverständlich als Kyles alleiniges Verdienst wahrgenommen hatte, verabschiedete sich Casey mit großem Aufwand von Roxy. Immer wieder umarmte und küsste sie die Stute, nachdem sie sie in den Hänger geladen hatte.

«Sie war schon immer etwas speziell, diese Lady Roxanne», sagte Jennifer, als sie die Rampe hochklappten und verriegelten. «Das habe ich auch der Journalistin gesagt, die mich angerufen hat, weil sie einen Artikel über dich schreiben wollte. Ich erzählte ihr, dass Roxy im Gestüt, wo sie aufgewachsen ist, viel gelitten hat. Die Besitzer hatten große Hunde. Ich erinnere mich nicht an die Rasse. Ich weiß nur, dass sie furchterregend waren. Auf jeden Fall war es den Leuten entgangen, dass sich diese Köter immer wieder durch ein Loch unter dem Zaun auf die Koppel der Jährlinge gezwängt und Roxy terrorisiert hatten.

Die Besitzerfamilie hatte einen Sohn, ein Teenager, der nichts für Pferde übrig hatte und sich damit amüsierte, Roxy zu ängstigen. Er soll auf dem Zaun gesessen und sich halb totgelacht haben. Als die Eltern davon erfuhren, wurden sie fuchsteufelswild. Sie verkauften Roxy, die dann noch zwei Mal den Besitzer wechselte, bevor ich sie kaufte. Für mich war sie eine Investition. Ich wusste damals noch nichts über ihre Vergangenheit und habe mir viel von ihr versprochen. Aber ich wurde mit ihren Problemen nicht fertig. Ich habe einen anstrengenden Beruf und hatte keine Zeit, mich mit ihr zu beschäftigen. Ich wusste weder ein noch aus, und da hörte ich, dass du auf der Suche nach einem Ersatzpferd für Storm Warning warst. Ich bin froh, dass alles so gut geklappt hat.»

Weil sie so in ihre eigene Geschichte vertieft war, merkte sie gar nicht, dass Casey ihr längst nicht mehr zuhörte. Bösartige Hunde hatten Roxy als Jährling missbraucht, und bösartige Hunde hatten die Ereignisse ausgelöst, die schließlich ihren

Wandel ermöglichten. Sie konnte beinahe nicht glauben, dass es sich dabei um einen Zufall handelte.

«Und wer war die Journalistin?», fragte Casey beiläufig. «Für wen schrieb sie?»

Jennifer Stewart klimperte mit den Autoschlüsseln. «Weißt du was? Ich kann mich nicht erinnern. Vielleicht *Horse and Hound*? Ich bin aber nicht sicher. Das ist ja auch schon Wochen her.»

Obwohl es ein warmer Tag war, überlief es Casey heiß und kalt. Sie versuchte sich an die genaue zeitliche Abfolge zu erinnern. Was war wann geschehen? «War es vor meinem Sieg beim Westwood Classic?»

«Ganz bestimmt, viel früher. Ich erinnere mich auch nicht an den Namen der Frau. Sie hatte sich vorgestellt, aber ich habe ihn vergessen.»

Dann fuhr sie mit der verzweifelt wiehernden Roxy davon, die nicht verstehen konnte, warum man sie von Casey und Storm, ihren neuen besten Freunden, trennte. Und Casey weinte eine Stunde lang ununterbrochen.

An diesem Abend fühlte sich Casey im Gastzimmer von Rycliffe Manor einsam und verlassen. Also versuchte sie, Peter anzurufen. Sie brauchte seine Nähe. Er befand sich zwar nur ein paar hundert Meilen von ihr entfernt in Irland, aber es fühlte sich an, als sei er auf dem Mond.

Peter würde ihr sagen, dass die Fantasie mit ihr durchgegangen sei. Auch wenn er Kyle nicht mochte, wäre er doch imstande, diese Rivalität auszublenden und sie zu beruhigen. Er würde sie darin bestärken, dass es richtig war, Storm nach

Rycliffe Manor zu bringen, dass niemand Hundeattacken als Trainingsmethoden inszenieren würde – außer vielleicht ein Wahnsinniger.

Beim zweiten Klingeln meldete sich nicht Peter, sondern die rauchig-sinnliche Stimme einer jungen Frau mit irischem Akzent.

Verwirrt stammelte Casey: «Ähh … ich glaube, ich habe mich verwählt. Eigentlich wollte ich mit Peter Rhys sprechen.»

Die Stimme hauchte zurück: «Das ist Peters Handy. Er hat vergessen, es mitzunehmen, als er wegging. Kann ich ihm etwas ausrichten?»

«Ja, sagen Sie ihm, Casey hat angerufen», antwortete sie, um dann gleich noch nachzuschieben: «Seine Freundin.»

Kichernd kam es jetzt zurück: «Seine *Freundin*? Wie süß ist das denn? Davon hat er mir gar nichts erzählt. Übrigens, ich bin Orla. Peter und ich besuchen beide Alejandro Halls Kurs.»

Casey versuchte, erst einmal die Information zu verarbeiten, dass es Peter nach einem ganzen Monat in Irland nicht für nötig befunden hatte, dem hübschesten Mädchen in seinem Kurs zu sagen, dass er eine feste Freundin hatte.

«Er ist bestimmt gleich zurück», hauchte die Schlafzimmerstimme jetzt. «Er ist nur schnell über die Straße gegangen, um uns eine Pizza zu holen.»

Uns?

«Alle anderen sind ins Pub gegangen, aber Peter und mir stand der Sinn eher nach einem gemütlichen, ruhigen Abend zu Hause. Ich sage ihm gerne, dass Sie angerufen haben.»

Casey schaltete ihr Handy aus. Für einen kurzen, wütenden Augenblick fragte sie sich, warum sie eigentlich nach Kräften versuchte, Kyle zu widerstehen, wenn sich ihr Freund gerade einen gemütlichen, ruhigen Abend mit Orla gönnte.

15

HILF MIR, CASEY! Hilf mir!

Casey saß aufrecht in ihrem Bett in Rycliffe Manor. Sie hatte vergessen, das Fenster zuzumachen, und jetzt war es eiskalt im Zimmer. Trotzdem war sie schweißgebadet. Nein, es war kein Traum gewesen. Da war sie sich ganz sicher. Sie hatte Mrs Smiths Hilferufe so deutlich gehört, als hätte sie neben ihr gestanden.

Mit zittrigen Fingern wählte sie Mrs Smiths Nummer. Ihre ehemalige Trainerin ging selten bis nie ans Handy, und nichts lag ferner, als dass sie dies mitten in der Nacht um 02:45 Uhr tun würde, es sei denn, sie war wirklich so verzweifelt, wie sie sich angehört hatte. Doch Caseys Hoffnungen lösten sich in Luft auf, als ihr Anruf direkt auf Voicemail ging.

Sie überlegte, ob sie ihren Vater anrufen sollte, der aus Italien zurückgekehrt war, doch schließlich entschied sie sich dagegen. Wenn sie ihn mitten in der Nacht anrief, um ihm zu sagen, sie höre Stimmen, würde er bestimmt meinen, sie sei verrückt geworden. Vielleicht sollte sie mit diesem Anruf bis nach seinem Frühstück warten.

Also legte sie sich wieder hin und versuchte, sich einzureden, die Stimme sei nur das Produkt ihres schlechten Gewissens gewesen. Das jähe Ende ihrer Beziehung mit Mrs Smith hatte sie traumatisiert, zumal sie keine Ahnung hatte, wie es ihr ging. Mrs Smith war ein völlig unberechenbarer Mensch und konnte sich in diesem Augenblick in einer Yoga-Klausur in den Bergen von Kerala befinden, aber auch irgendwo krank und einsam in einem Bett liegen – und genau das war Caseys Extremszenario.

Das Schrillen des Weckers vertrieb den Gedanken aus ihrem müden Kopf. Um ihr mehr Wettkampferfahrungen zu verschaffen, hatte Kyle sie für die Aston-le-Walls Horse Trials in der Grafschaft Northamptonshire angemeldet. Er hatte Assassin's Code, einen kräftigen Rappen, für sie ausgesucht. Casey hatte den Wecker auf 03:00 Uhr gestellt, obwohl es für sie eigentlich gar nichts zu tun gab. Die betuchten Kunden von Rycliffe Manor mussten ihre Pferde frühmorgens nie auf ein Turnier vorbereiten. Assassin würde, von einem Helfer gestriegelt und mit perfekt eingeflochtener Mähne, um Punkt 05:00 Uhr abfahrbereit im Transporter stehen.

Casey war zuerst derart überrascht gewesen, nicht wie anderswo so früh aus den Federn zu müssen, dass sie es dankbar angenommen hatte – allerdings mit leicht schlechtem Gewissen. Mrs Smith war eine Verfechterin der Theorie, dass sämtliche Turniervorbereitungen zur Beziehungspflege zwischen Reiter und Pferd gehörten. Jetzt war sie froh, den Wecker dennoch gestellt zu haben, denn so blieb ihr eine Stunde, um mit Storm Seitengänge zu trainieren, sodass sie ihn gut auf den Tag eingestellt wusste, bevor sie zum Turnier aufbrach. Die Arbeit mit Storm lenkte sie auch von ihrer Besorgnis um Mrs Smith ab, bis sie ihren Vater anrufen konnte. Sie wollte ihn fragen, ob in der Gerüchteküche irgendwelche Informationen über den Aufenthaltsort von Mrs Smith hochgekocht waren.

«Das ist wirklich beunruhigend», sagte Roland Blue, der gerade dabei war, sich Rühreier zum Frühstück zuzubereiten, als sie ihn von einer Raststätte in Northamptonshire anrief. «Es ist schlimm genug, dass ihr beide euch getrennt habt, und meine Meinung zu diesem Thema kennst du ja. Aber ich hatte keine Ahnung, dass ihr gar keinen Kontakt mehr habt.»

«Mach's mir nicht noch schwerer, als es schon ist, Dad. Bitte tu mir einen Gefallen und versuche herauszufinden, wo sie ist. Ich mache mir Sorgen um sie.»

Im Hintergrund war das Klappern von Bratpfannen zu hören. «Ich werde mich mal umhören, Schatz, aber es ist schon besorgniserregend, dass sie einfach so verschwunden ist. Ich wollte dir ohnehin eine SMS schicken, um dich zu fragen, wo ich sie erreichen kann. Ich habe nämlich vor ein paar Tagen gesehen, dass im Fenster ihrer Wohnung ein Schild mit der Aufschrift «Zu verkaufen» hängt. Sag mal, was ist eigentlich genau vorgefallen zwischen euch beiden? Ich hatte immer geglaubt, ihr seid die besten Freunde.»

Casey spürte, wie sich in ihrem Magen ein Klumpen bildete. Wo war Mrs Smith? Irgendwie hatte sie sich selbst eingeredet, sie sei bestimmt in ihrer viktorianischen Wohnung im Londoner East End und würde herumstreunende Katzen durchfüttern und im Tea Garden, wo sie sich kennengelernt hatten, Chai-Tee trinken. «Wir waren Freunde. Wir *sind* Freunde, Dad. Aber ich muss jetzt aufhören. Wir sind unterwegs nach Aston-le-Walls, und alle warten auf mich.»

«Entschuldige», sagte sie zu Kyle, als sie wieder in den Transporter stieg. «Ich musste mit meinem Vater etwas Dringendes besprechen.» Als Kyle ihr eröffnet hatte, dass er sie zum Turnier begleiten würde, war sie zuerst begeistert gewesen über die Aussicht, auf der Fahrt Gesellschaft zu haben. Aber bisher war er sehr einsilbig gewesen. Wenn er mit ihr sprach, war er zwar unheimlich nett, aber im Ganzen schien er eher verstimmt und irgendwie abwesend zu sein.

Jetzt blickte er sie erstaunt an. «Dein Vater? Kommst du klar mit ihm?»

Casey war ganz überrascht, dass ihn das überraschte. «Ich liebe meinen Papa. Ich habe sonst überhaupt keine Familie. Abgesehen von Mrs Smith. Und die gehört streng genommen nicht zur Familie, und sie ... äh ... « Hier brach Casey ab. Sie wollte das Thema nicht anschneiden.

Kyle schien das gar nicht zu bemerken. «Darf ich dir eine persönliche Frage stellen?», fuhr er fort.

«Je nachdem.»

«Du musst nicht antworten, wenn du nicht willst. Dein Vater ... war doch wegen Diebstahl im Gefängnis?»

Casey verkrampfte sich. «Ja, das stimmt. Aber er hat seine Strafe abgesessen, und jetzt arbeitet er als Schneider, sehr zur Zufriedenheit seines Chefs.»

«Darf ich dich fragen, was er getan hat?»

Casey atmete tief durch. Sie sprach nur selten darüber, und wenn sie es tat, fiel es ihr nicht leicht.

«Vor rund fünf Jahren geriet er in schlechte Gesellschaft. Und so wurde er dazu überredet, bei einem Überfall auf einen Multimillionär mitzumachen. Wir mussten uns damals mächtig nach der Decke strecken, und seine Kumpel hatten leichtes Spiel mit ihm, als sie ihm sagten, dem Multimillionär würden ein paar Tausender weniger nicht wehtun. Aber in der Nacht des Coups lief alles aus dem Ruder. Der Besitzer des Hauses wachte auf und ging mit einem Schürhaken auf meinen Vater los. Gerade als er sich dann mit einer Lampe wehren wollte, traf die Polizei am Tatort ein. Seine ‹guten› Freunde hatten sich in der Zwischenzeit aus dem Staub gemacht, und

Dad musste für acht Monate ins Gefängnis. Meine Arbeit als Pferdehelferin auf einem Reiterhof und die Freundschaft mit Mrs Smith waren das Einzige, was mich durchgebracht hat.»

Kyle musterte sie mit kritischem Blick. «Und du hast ihm verziehen?»

Casey fragte sich, worauf er eigentlich hinauswollte. «Er ist mein Vater. Jeder Mensch macht nun mal Fehler, und er hat dafür gebüßt. Klar, eine Zeitlang war ich echt sauer auf ihn, vor allem nachdem die Boulevardpresse von der Sache Wind bekommen und die Geschichte überall breitgetreten hatte. Aber schließlich habe ich ihm verziehen. Er hat dann wirklich versucht, sein Leben in den Griff zu bekommen und die Sache mir gegenüber wiedergutzumachen. Außerdem hat er mir geholfen, Storm vor dem sicheren Tod im Schlachthof zu retten. Und dafür werde ich ihn immer lieben.»

Kyle ließ das Fenster auf seiner Seite herunter, um etwas kühle Luft in die Kabine strömen zu lassen. «Du bist schon was Besonderes, Casey Blue. Ich hätte das nicht gekonnt. Wenn ich herausgefunden hätte, dass mein Vater ein Verbrechen begangen hat – ich hätte ihm niemals verziehen. Das bedeutet nicht, dass ich mit ihm gebrochen hätte oder so. Ich wäre mit ihm in Kontakt geblieben, wäre vielleicht nicht einmal ausgezogen. Aber der Mist, den er gebaut hat mit seinem Verbrechen, die zerstörten Leben, das würde ich ihm niemals verzeihen.»

Casey hatte schon angenehmere Gespräche geführt, und so war sie denn auch erleichtert, dass sich Kyle kurz nach ihrer Ankunft in Washbrook Farm entschuldigte, um einen Kunden zu treffen. Sie bereitete sich einen ersten von mehreren Cappuccinos zu und ging gerade die Startliste durch, als sie ein unterdrücktes Schluchzen hörte.

Draußen sah sie niemanden, von dem das verzweifelte Geräusch hätte stammen können. Es war ein windiger Tag unter blauem Himmel, perfektes Reitwetter eigentlich, und der Parkplatz war bereits gut besetzt mit makellos vorbereiteten Pferden und Reitern und Helfern, die das Turnier teils entspannt, teils aufgeregt erwarteten. Casey wollte sich einen nächsten Schluck Cappuccino genehmigen, als sie das Schluchzen wieder hörte.

Der neben ihr geparkte Transporter wirkte leer. Als Casey suchend um das Fahrzeug herumging, traf sie zu ihrer großen Überraschung auf eine in Tränen aufgelöste Anna Sparks. Der Grund dafür war klar. Die eingeflochtenen Zöpfe ihres Schecken standen in allen Richtungen von seiner Mähne ab. Er sah aus wie ein Punkpferd.

Als Anna aufsah und Casey direkt ins Gesicht blickte, war sie wie erstarrt. Sie fasste sich, wischte sich die Augen trocken und starrte ihr wütend entgegen. «Macht's Spaß? Bestimmt doch! Es ist für dich wohl der Gipfel der Genugtuung, zu sehen, wie Anna Sparks endlich mal unten durch muss. Sie, die sich so sehr an ihr Team gewöhnt hatte, kann ihrem Pferd nicht einmal die Mähne einflechten. Casey Blue, das ist dein Glückstag. Du wirst gleich etwas sehr Amüsantes erleben. Gleich werde ich wegen Nichterscheinens disqualifiziert, weil ich es nicht rechtzeitig zur Dressur schaffe. Die Hilfe, die ich angefordert hatte, ist einfach nicht aufgetaucht. Na, bist du jetzt zufrieden?»

«Ach hör doch auf», sagte Casey, ging direkt auf sie zu und nahm ihr die Gummis und den Zopf aus der Hand, ohne dass

Anna Widerstand leistete. «Wenn ich dich fertigmachen wollte, müsste ich einfach beim Turnier besser abschneiden als du. Jetzt geh mal zur Seite und lass mich diesen Zopf neu einflechten. Du machst das völlig falsch. Schau mir zu. Vielleicht kriegst du ja was mit. Ich hab' das von Mrs Smith gelernt. Sie ist eine wahre Könnerin. Aber auch eine Perfektionistin. Als ich zum ersten Mal versucht habe, Storms Mähne einzuflechten, ließ sie mich bestimmt achtzig Mal neu anfangen. Danach waren meine Hände so wund, dass ich kaum noch die Zügel halten konnte.»

Sie löste die verpfuschten Zöpfe, kämmte die Mähne des Pferdes neu und fing noch einmal ganz von vorn an. «Wie heißt er?», fragte sie in etwas freundlicherem Ton.

«Chocolate.»

«Das soll wohl ein Scherz sein», rutschte es ihr mit einem Kichern heraus. Anna war ein gemeines Mädchen, das Storm verletzt und sie selbst bei jeder Gelegenheit lächerlich gemacht hatte. Sie konnte ihr nicht trauen.

«Wenn du willst, dass ich das hier für dich erledige, muss ich mich konzentrieren können», sagte sie unwirsch. «Mach doch mal etwas Stretching. Mrs Smith hat immer gesagt, wie wichtig es ist, dass nicht nur das Pferd, sondern auch der Reiter richtig aufgewärmt ist.»

Wenn ihr jemand vor einer Stunde gesagt hätte, dass sie gleich die Mähne des Pferdes ihrer Erzrivalin einflechten und ihr darüber hinaus noch Ratschläge geben würde, hätte sich Casey mit einem Lachkrampf am Boden gewälzt. Eher noch würde sie barfuß über glühende Kohlen gehen, hätte sie gesagt. Aber nachdem sie Anna gerade in ihrer ganzen Verzweiflung gesehen hatte, konnte sie einfach keine schlechten Gefühle für sie haben. Kurioserweise spürte sie sogar noch einen völlig absurden Stolz, als Anna trotz der nur fünf Minuten Aufwärmzeit eine beachtliche Dressurprüfung hinlegte.

Kyle war nicht erfreut, dass Casey sich wegen der Geschichte beinahe selbst für ihre Dressur verspätet hatte.

«Wo hast du gesteckt?», fragte er sie. «Ich habe nach dir gesucht, und du warst einfach weg. Wenn Assassin in der Dressur schlecht abschneidet, werde ich echt wütend. Das ist seine beste Disziplin. Also sag, wo warst du?»

«Es tut mir leid», sagte Casey, die nicht mit der Wahrheit herausrücken wollte. «Ich habe mit jemandem geredet und ganz einfach die Zeit vergessen.»

Glücklicherweise lief es für sie in der Dressur gut. Sie ließ ihre ehemalige Gegenspielerin einige Plätze hinter sich. Das Springen geriet dann jedoch etwas daneben. Assassin hatte die Angewohnheit, nach jedem Sprung zu beschleunigen. Dabei warf er seinen Kopf so sehr nach hinten, dass er Casey beinahe einen Nasenstüber versetzte, woraufhin sie ihn wiederum kaum auf Kurs halten konnte. Dann schätzte er die Mauer völlig falsch ein und polterte, weil er nicht mehr bremsen konnte, mitten durch das Hindernis.

«Ein paar wenige gute Ansätze waren zu erkennen, aber im Großen und Ganzen war das nichts wert», sagte Kyle nach dem Springen zu Casey. «Und schieb die Schuld nicht auf Assassin, der Fehler lag eindeutig bei dir. Bei Pferden wie Assassin muss man auf dem Abreiteplatz an den Problemen arbeiten. Wenn du Volten reitest, dann musst du das mit äußerster Disziplin tun und nicht nach außen driften. Du musst dafür sorgen, dass das Pferd den Kopf senkt. Mit der Zeit wird er den Kontakt an das Gebiss vorwärts-abwärts finden, womit er seinen Rücken befreit. Das verleiht ihm Sicherheit, und das zeigt sich dann in einem viel angenehmeren Galopp.»

Casey war erleichtert, dass sich Kyles Ärger über ihre Verspätung vor der Dressur gelegt hatte. Deshalb verkniff sie sich auch die Bemerkung, es wäre gut gewesen, wenn er ihr diesen Tipp vor der Prüfung gegeben hätte und nicht danach, wenn es nichts mehr zu korrigieren gab.

Kyle war ein guter, aber unbeständiger Lehrer. Es verunsicherte sie, dass er einmal ganz klare Gedanken und Einblicke vermitteln konnte und sich dann wieder völlig blind und stur verhielt. Ein Beispiel dafür war ein Zwischenfall, der sich in der Mittagspause ereignet hatte. Casey hatte für sich und Kyle im Heck des Transporters einen Cappuccino zubereitet und sich Gedanken darüber gemacht, wie sie ihre Leistung bei der Geländeprüfung verbessern könnte. Sie hatte zwar vorhin Anna Sparks geholfen, doch inzwischen lag sie sechs Plätze hinter Anna zurück, weil diese im Springen nur vier Fehlerpunkte gesammelt hatte, und nun war Casey fest entschlossen, Annas Vorsprung beim Geländeritt wieder aufzuholen.

«Hast du dir schon mal überlegt, Assassins Gebiss auszuwechseln?», fragte sie Kyle, der lässig auf dem Sofa herumlümmelte. In seiner schwarzen Reithose, den schicken Ariat-Stiefeln und dem weißen Poloshirt sah er unwiderstehlich gut aus. Das blonde Haar fiel ihm in die Stirn. Er war in die letzte Ausgabe von *Eventing* vertieft.

Ohne aufzublicken, sagte er: «Casey, können wir zu Hause darüber sprechen? Ich mag nicht mitten in einem Turnier alles über den Haufen werfen.»

«Aber was hältst du davon? Ich habe das Gefühl, er ist nicht glücklich mit diesem Gebiss. Deshalb zieht er auch dermaßen stark. Er will es offensichtlich loswerden.»

Kyle legte die Zeitschrift zur Seite und nahm ihr die Cappuccino-Tasse ab. Als er sich neben sie hinsetzte, wischte er sich seine Haarsträhne aus dem Gesicht und blickte sie mit seinen blauen Augen so an, dass ihr beinahe das Herzflattern kam. «Habe ich dir eigentlich je schon gesagt, dass du schön bist?

«Nein, aber ...»

«Klar, ich weiß. Du hast einen Freund. Aber wo steckt er eigentlich? Das frage ich mich schon die ganze Zeit. Wenn ich dein Freund wäre, würde ich dich keine Sekunde aus den Augen lassen.»

Casey sprang auf und gab vor, den Zucker zu suchen. Sie wollte nicht, dass Kyle ihr bohrende Fragen über Peter stellte, zumal Peter immer noch nicht zurückgerufen hatte. Er wusste genau, dass sie in Aston-le-Walls an den Start gehen würde, hatte ihr aber nicht einmal eine SMS gesendet, seit sie der umwerfenden Orla eine Mitteilung für ihn hinterlassen hatte. Ja, genauso stellte sich Casey ein irisches Mädchen vor. Sie war *umwerfend* mit ihren seidigen dunkelbraunen Zöpfen, dem natürlichen, gebräunten Teint und ihrer hinreißenden Figur. Zusammen mit der sinnlichen Stimme und dem irischen Akzent war sie einfach unwiderstehlich – vor allem an einem gemütlichen, ruhigen Pizzaabend zu Hause.

«Peter besucht gerade in Irland einen Workshop für Hufschmiede von Alejandro Hall. Er musste dort hin. Er konnte nicht anders.»

«Jeder kann anders. Wenn er nur will», sagte Kyle. «Aber keine Angst. Ich baggere dich nicht an. Oder besser gesagt: nur ein bisschen. Ich wollte dir nur sagen, dass ich dich hübsch finde. Und dass du ein guter Mensch bist, was eigentlich viel wichtiger ist.»

Mit einem Blick auf seine Armbanduhr sagte er: «Mann, ist es schon so spät? Fast hätte ich mein Lunchdate verpasst. Bis gleich, Casey. Wir sehen uns vor der Geländeprüfung.»

Erst nachdem er schon weg war – den Cappuccino hatte er unberührt auf dem Beistelltisch zurückgelassen –, merkte Casey, dass er dem Gespräch über das Gebiss aus dem Weg gegangen war.

Mit unverändertem Gebiss wurde die Geländeprüfung zu einem noch größeren Reinfall als das Springen. Assassins Besitzer war ein Farmer, der über mehr Autorität und vor allem kräftigere Oberarmmuskeln verfügte als Casey. Auf jeden Fall schaffte es Casey nur mit größter Mühe, den Hengst über den Parcours zu lenken. Assassin preschte davon, als ginge es um den Sieg beim Grand National. Casey war am Schluss so fertig, dass sie wie eine Stoffpuppe im Sattel hing.

Sie hatte gehofft, dass Kyle am Ziel auf sie warten würde. Doch weit gefehlt. «Wahrscheinlich verfolgt er das Turnier auf einem Bildschirm in einer Funktionärskabine», tröstete sie Assassins Pferdepfleger. «So kann er mehrere Konkurrenten auf einmal sehen.»

Eigentlich hatte Casey beabsichtigt, Assassin gleich selbst abzuspritzen, doch der Pferdepfleger schickte sie fort. «Hol dir lieber ein eiskaltes Getränk. Ich glaube, du kannst es gebrauchen.»

An einem Stand kaufte sie sich einen Erdbeer-Milchshake und studierte die Ergebnistafel. Fünf oder sechs Reiter mussten noch auf die Strecke. Aber wenn nicht einer von ihnen vollständig floppte, würde sie Neunundzwanzigste werden, zwei Plätze vor Anna Sparks.

Als sie auf der Suche nach Kyle über den Parkplatz ging, kam Anna auf sie zu gelaufen. «Casey, warte. Ich weiß gar nicht, wie ich dir danken soll. Ich würde es voll verstehen, wenn du mich bis aufs Blut hassen würdest, nach allem, was ich dir angetan habe.»

Casey blieb stehen. «Lass mich mal klarstellen. Was ich getan habe, habe ich für dein Pferd getan, nicht für dich. Dir helfen? Das würde mir nicht im Traum einfallen.»

Anna blickte sie betreten an. «Klar. Ich kann dich verstehen. An deiner Stelle würde es mir genauso gehen.»

«Gut», sagte Casey. «Dann hätten wir das schon mal geklärt.» Als Anna keine Anstalten machte weiterzugehen, schob sie nach: «Weißt du, es gibt Dinge, die vergisst man nicht so schnell. Tschüss.»

Anna ging ihr hinterher. «Casey, bitte, etwas muss ich dir noch sagen. Das mit Storm tut mir leid. Du kannst dir gar nicht vorstellen, wie sehr es mir leid tut. Mein Vater hat ihn ohne mein Wissen gekauft. Klar, das ist keine Entschuldigung. Ich wusste, dass es dir das Herz brechen würde, ihn zu verlieren, aber ich habe nichts dagegen unternommen. Schlimmer noch. Ich habe ihn geritten und ich bin schuld daran, dass er sich verletzt hat.»

Casey traute ihren Ohren nicht. Seit langer Zeit hatte sie Anna als Feindbild mit sich herumgetragen. Niemals hätte sie gedacht, dass sich ihre einstige Rivalin persönlich bei ihr entschuldigen und dabei echte Reue empfinden würde.

«Ich möchte mich bei dir revanchieren. Und es gibt nur eine Art, wie ich dies tun kann. Ich muss dich warnen.»

«Warnen? Wovor?»

«Bring Storm unter keinen Umständen nach Rycliffe Manor. Dort ist nichts so, wie es scheint. Nicht einmal Kyle.»

Ein heißer Zorn durchfuhr Casey. Sie musste sich zurückhalten, um Anna nicht an den Schultern zu packen und durchzuschütteln. «Weißt du, einen kurzen Moment lang hast du mich wirklich getäuscht. Und ich Idiotin habe sogar angefangen zu glauben, dass du dich verändert hast. Wie ich mich doch getäuscht habe! Du bist immer noch die gleiche arrogante, neidische Lügnerin wie zuvor. Einmal Zicke, immer Zicke!»

Anna wurde kreideweiß. «Casey, ich meine es wirklich ehrlich. Ich habe miterlebt, was sie Mouse angetan haben. Als er zurückkam, war er nicht mehr der Alte.»

Wie im Film lief in Caseys Kopf eine Rückblende ab. Sie stand auf der Treppe in Rycliffe Manor und hörte Kyles Stimme, der Ray beschuldigte: *So wie es mit Mouse funktioniert hat, meinst du?* Darauf hatte Ray geantwortet: *Das war nicht meine Schuld. Das Mädchen ist einfach völlig ausgetickt.*

«Casey, ich sage dir dies nicht, weil ich neidisch bin. Du musst mir glauben.»

Bevor Casey darauf reagieren konnte, spürte sie das Handy in ihrer Reithose vibrieren. In der Hoffnung, Peter würde endlich zurückrufen, fischte sie es aus der Tasche. Überglücklich sah sie Mrs Smiths Nummer auf dem Display.

«Ich freue mich so, von Ihnen zu hören», japste sie fröhlich.

Doch die Stimme, die aus dem Handy kam, gehörte nicht Mrs Smith. «Spreche ich mit Miss Blue?»

Ein kalter Schauer lief ihr über den Rücken. «Ja, und wer sind Sie?»

«Mein Name ist Barbara Macclesfield. Ich bin Oberschwester im Primrose Valley Hospice in North London. Bitte entschuldigen Sie die Störung. Aber ich wusste nicht, wen ich sonst anrufen könnte. Es geht um Mrs Angelica Smith. Sie hat keine Verwandten und hat sie als ihre beste Freundin bezeichnet.»

«Wirklich? Hat sie das?»

«Ja, aber leider habe ich keine guten Nachrichten. Mrs Smith ist schwer erkrankt und hat in der Nacht auf heute einen Kollaps erlitten. Leider spricht sie auf keine Behandlung an.»

«Behandlung? Was für eine Behandlung?»

«Gegen Krebs. Sie wissen doch, dass sie Krebs hat.»

Plötzlich sah Casey den Parkplatz wie durch einen Schleier. Verschwommen nahm sie wahr, dass Anna auf sie zu trat und einen Arm um ihre Schulter legte.

Mit schwacher Stimme sagte sie: «Ich bin gerade in Northamptonshire. Aber sobald ich jemanden finde, der mich zum nächsten Bahnhof fahren kann, mache ich mich auf den Weg. Ist sie im Krankenhaus?»

«Dafür ist es leider zu spät. Es tut mir leid, aber ich muss offen reden. Wenn Sie kommen wollen, Casey, dann muss es sofort sein. Angelica Smith liegt im Sterben.»

Casey ließ das Handy fallen. Dann brach sie zusammen und blieb schluchzend am Boden liegen.

Plötzlich war Kyle zur Stelle, nahm sie in die Arme und hob sie auf. «Und du, lass sie endlich in Ruhe», fuhr er Anna an. «Hast du nicht schon genug Unheil angerichtet? Casey, Schätzchen, was ist los? Es tut mir leid, dass ich nicht eher kommen konnte. Aber mach dir keine Sorgen. Ich bin ganz für dich da.»

16

Die reglose Gestalt, die im Primrose Valley Hospice unter einem rosafarbenen Federbett lag, war wachsbleich und zerbrechlich wie ein verletzter Vogel. Nichts mehr war von der Frau mit der dynamischen Ausstrahlung zu sehen, die ein mausarmes Mädchen und ein mit knapper Not dem Abdecker entwundenes Pferd zu Meisterehren geführt hatte. In ihrem Arm steckte eine Infusion, und sie stand unter starken Beruhigungsmitteln. Auf dem Nachttischchen lag ein Schwarzweißfoto von Casey und Storm.

Als sie Angelica Smith so daliegen sah, brach Casey beinahe in Tränen aus. Aber sie wusste, dass sie stark bleiben musste. Das war sie ihrer Freundin schuldig. «Wie lange ist sie schon bei Ihnen?»

Schwester Barbara hatte in ihrem Leben schon viel gesehen. Aber das schlanke, sportliche Mädchen, das sie mit ihren ernsten, gewittergrauen Augen ansah, hatte nichts zu tun mit allen anderen Teenagern, denen sie bisher begegnet war. Sie war von einem verblüffend gut aussehenden jungen Mann, der eine schwarze Reithose und teure Stiefel trug, in das Hospiz begleitet worden. Schwester Barbara war hin und weg von dieser Figur, die direkt einem Jane-Austen-Roman hätte entspringen können. Dennoch war sie froh, dass Casey ihn kurz nach ihrer

Ankunft weggeschickt hatte, ohne sich nach ihm umzudrehen. Schließlich hatten einige Hospizbewohnerinnen ein schwaches Herz.

«Zehn Tage», sagte sie. «Angelica ist seit zehn Tagen bei uns. Anfangs versuchte sie, sich am gesellschaftlichen Leben zu beteiligen, machte beim Kartenspielen und bei Pilates mit, doch dann wurde sie immer rastloser. Sie schien es darauf abgesehen zu haben, alle Buchhandlungen und Büchereien der Region durchzuforsten. Ich hatte befürchtet, dass sie sich dabei überanstrengen würde, aber sie wollte nicht auf mich hören. Primrose Valley ist kein Gefängnis. Mit Ausnahme von Alzheimerpatienten und Demenzkranken dürfen alle unsere Bewohner kommen und gehen, wann sie wollen. Eine Frau wie Angelica hat selbstverständlich das Recht, ihre letzten Tage nach eigenem Gutdünken zu verbringen.»

Casey blickte sie unverwandt an. «Ihre letzten *Jahre*, wollten Sie wohl sagen.»

«Nein, unser Hospiz ist für Menschen, die sich im Endstadium einer Krankheit befinden. In den meisten Fällen geht es dabei um Monate oder Wochen.»

Casey starrte sie immer noch an. Sie schien nicht zu verstehen. «Heißt das, dass Mrs Smith, als sie zu Ihnen kam, bereits wusste, dass sie bald sterben würde?»

Casey tat Schwester Barbara leid. Es war nicht das erste Mal, dass sie so etwas erlebte. Oft waren Verwandte und Bekannte derart in ihrem eigenen hektischen Alltag gefangen, dass sie erst viel zu spät wahrnahmen, wie es den Menschen in ihrem nächsten Umfeld ging. «Ja, damals wusste sie bereits, dass sie sterben würde.»

Casey ließ sich in einen Stuhl fallen. «Ich verstehe nicht, warum sie mich nicht angerufen hat.»

«Sie hat gesagt, du seist zu beschäftigt und müsstest dich auf ein Turnier vorbereiten. Die Burghley Horse Trials. Stimmt das?»

Jetzt wurde es Casey schwarz vor Augen. Sie hatte Mrs Smith angeschrien und ihr gesagt, sie habe sie nie als Trainerin unter Vertrag genommen. Wie ein ungezogenes, selbstsüchtiges Kind hatte sie getobt: «Ich nehme den Transporter!» Gedankenlos hatte sie Mrs Smiths schwächelnde Gesundheit gegen Kyles jugendliche Energie ausgespielt, dabei musste Mrs Smith auch damals noch die Kraft von zehn Löwen gehabt haben, arbeitete sie doch weiterhin als engagierte Trainerin, obwohl ihr Körper von einer tödlichen Krankheit zerfressen wurde.

Casey ging zu dem Bett hinüber und blickte auf die Frau hinunter, die sie liebte, als wäre sie ihre eigene Mutter. Sie ergriff Angelicas Hand. Zu Schwester Barbara gewandt, fragte sie: «Wie viel Zeit hat sie noch?»

«Das ist schwer zu sagen. Ihr Facharzt, Dr. Mutandwa, hat von Monaten gesprochen, aber vielleicht sind es nur Wochen oder gar Tage. Wenn du mich fragst, so wäre ihr am ehesten geholfen, wenn sie einen Grund zum Weiterleben hätte.»

In diesem Moment entdeckte Casey das rote Notizbuch, das aus Mrs Smiths Rucksack herausragte. Sie wusste sofort, worum es sich handelte. Während der ganzen Zeit, die sie zusammen verbracht hatten, hatte Mrs Smith stets Tagebuch geführt. Peinlich genau hatte sie alle Einzelheiten des Trainingsprogramms von ihr und Storm, die Futterrationen und andere wichtige Informationen aufgezeichnet. Oft hatten sie gemeinsam diese Logbücher durchgeblättert, Trainingseinheiten nachgeschlagen oder Skizzen und Distanztabellen von Geländestrecken überprüft. Deshalb hatte Casey jetzt auch nicht das Gefühl, Mrs Smiths Privatsphäre zu verletzen.

Als sie das Notizbuch aufschlug, erwartete sie als letzten Eintrag das Datum, an dem Mrs Smith White Oaks verlassen hatte. Doch sie fand sich nicht zurecht. Das Buch war fast komplett vollgeschrieben. Auf jeder Seite standen detaillierte Angaben über Storms Trainingsplan bis hin zu den Burghley Horse Trials im September. Das war an sich schon erstaunlich. Doch was Casey kaum fassen konnte, waren die radikal neuen Trainingsmethoden, die sie als Vorbereitung auf CCI****-Bewerbe entwickelt und niedergeschrieben hatte.

Sie klappte das Buch zu. «Schwester Barbara, wie viel Zeit brauchen Sie, um Mrs Smiths Sachen zu packen? Ich nehme sie mit nach Hause.»

«Es tut mir leid, aber das kann ich nicht zulassen. Mrs Smith ist nicht reisefähig. Casey, ich weiß, es ist schwer zu akzeptieren, aber Mrs Smith liegt im Sterben.»

«Genau deshalb will ich sie in meiner Nähe haben. Wenn sie hier bleibt, wird sie langsam vor sich hin sterben, umgeben von Fremden. Wenn sie mit mir kommt, werde ich ihr einen Grund zum Weiterleben geben. Was auch immer passieren mag, sie wird bei mir und Storm sein. Und wir sind die zwei, die sie am meisten liebt.»

Schwester Barbara wollte ihr widersprechen, doch als sie die stählerne Entschlossenheit in Caseys Augen sah, wusste sie, dass sie auf verlorenem Posten war. Außerdem hatte sie in der kurzen Zeit, seit sie Angelica Smith kannte, gelernt, dass diese ein Freigeist war, dessen Flamme jeweils am hellsten loderte, wenn sie von ihren Erlebnissen in der Welt des Reitsports mit Casey und Storm erzählen durfte. Falls sie wirklich eine Chance zum Überleben hatte, musste diese von einem Wunder wie Casey und Storm kommen.

«Ich brauche zehn Minuten», sagte sie zu Casey. «Ich

spreche mit dem diensthabenden Arzt und organisiere ein Fahrzeug. Und bevor du mir jetzt noch aus den Galoschen kippst, musst du etwas trinken. Wie wär's mit einer Tasse Kaffee mit viel Zucker?»

17

Das rostige Eisentor hatte einen frischen Anstrich erhalten, und eine blühende Kletterrose rankte sich am Spalier vor dem Betriebsbüro empor, doch ansonsten sah es im Hope Lane Riding Centre – das von allen außer Mrs Ridgeley als *Hopeless Lane* bezeichnet wurde – so aus wie immer schon. Dieselbe kunterbunte Schar von Reitschülern holperte auf denselben lahmen Gäulen durch dieselbe Anlage. Auch Patchwork, der gedrungene Schecke, war noch da. Viel Zeit war vergangen, seit Casey versucht hatte, ihn zum Sprung über einen Haufen Gerümpel zu verleiten, wobei sie sich vorstellte, gerade mit ihm über den Geländeparcours von Badminton zu fliegen. Sie schob ihm ein paar Polo-Mints ins Maul. Vielleicht würde er sich an sie erinnern? Doch er kaute nur lustlos auf den Bonbons herum und glotzte unbeteiligt ins Leere.

«Irgendwie schon ernüchternd, wie sie einfach weitermachen und einen vergessen», sagte Mrs Ridgeley in ihrer gewohnt burschikosen Art. Die stämmige, gelbblonde Besitzerin des Reiterhofs hatte sich unbemerkt von hinten an Casey herangeschlichen, als sie die Pferdeboxen abschritt. «Ruhm ist für sie ein Fremdwort. Für mich übrigens auch.»

Casey blickte Mrs Ridgeley in die Augen, ohne eine Miene zu verziehen. Sie kannte niemanden, der es besser als Mrs

Ridgeley verstanden hätte, in einem der härtesten Stadtviertel von London einen Reiterhof zu betreiben, und dafür zollte sie ihr Hochachtung. Aber Mrs Ridgeley hatte Casey damals für verrückt gehalten, als sie Storm retten wollte, und ihnen das Leben über Gebühr schwer gemacht. Gleichzeitig war Casey ihr für immer dankbar. Hätte sie ihr nicht ihre alte Rumpelkammer zur Verfügung gestellt, die als behelfsmäßiger Stall für Storm herhalten musste, wäre Storm bestimmt vom Tierarzt eingeschläfert worden oder wieder beim Abdecker gelandet, vor dem Casey ihn gerettet hatte.

Casey setzte ein Lächeln auf. «Ob sie's glauben oder nicht, ich bin nicht hergekommen, um mich in meinem Ruhm zu sonnen. Ich wollte einfach wieder mal sehen, wie es hier so läuft, und sie fragen, ob Sie vielleicht etwas Hilfe gebrauchen können. Ich bin für ein oder zwei Wochen bei meinem Vater zu Besuch. Ich kann gerne ein paar Gratisstunden geben oder auch die Boxen ausmisten.»

«Casey Blue!» Das war Gillian, eine der besten Reitlehrerinnen der Hopeless Lane und eine gute Freundin von damals. «Du hast uns also nicht vergessen! Du hast uns so gefehlt! Vor allem hat uns die Unterhaltung gefehlt, die Storm und du uns immer wieder geboten habt. Weißt du noch, als er dich abgeworfen hat und dann über ein Paar auf einem Haufen liegende Hindernisse und einen Wassertrog geflogen ist? Wie ein spindeldürrer Pegasus?»

«Genau diese Tage fehlen uns nicht», sagte Mrs Ridgeley mit Nachdruck. «Gillian, die gute alte Casey meint, unsere Kunden würden gerne ihre kostenlosen Dienstleistungen in Anspruch nehmen. Sie hat sich sogar zum Ausmisten angeboten. Was hältst du davon?»

Gillian stieß einen Freudenschrei aus. «Meinst du das ernst?

Etwas Besseres kann ich mir gar nicht vorstellen. Casey, das ist gebongt. Wann kannst du anfangen?»

Die Erfahrung, wieder zu ihren Wurzeln zurückzukehren, war für Casey angenehm und verunsichernd zugleich. Sie schämte sich, dass sie keine einzige Nacht in der Wohnung ihres Vaters, 414 Redwing Towers, einem trist-grauen Sozialbau verbracht hatte, seit sie und Mrs Smith im vergangenen Frühling nach White Oaks in der lieblichen Landschaft von Kent gezogen waren.

Als sie durch die Straßen ihrer Kindheit ging – und dazu gehörte auch die berühmt-berüchtigte, chaotische und zuweilen sogar tödliche *Murder Mile* – fiel alles von ihr ab, was sie seither erlebt und geleistet hatte. Plötzlich war sie völlig anonym. Keiner der Einwanderer, Künstler oder Straßenarbeiter, die sich tagaus, tagein durch Hackney bewegten, hatte je von Badminton oder dem Kentucky Three-Day Event gehört, geschweige denn sich dafür interessiert. Für Casey war es eine Befreiung.

Ihr Vater war außer sich vor Freude, sie wieder bei sich zu Hause zu haben, auch wenn er sich dauernd um Mrs Smith Sorgen machte, die sie in Caseys Zimmer untergebracht hatten. Umgeben von Caseys alten Pferdepostern, dämmerte sie praktisch den ganzen Tag vor sich hin. Casey brachte ihr hausgemachte Minestrone und versuchte, mit ihr zu reden, doch Angelica rührte sich nicht und starrte schweigend zur Decke. Entweder konnte sie nicht sprechen, oder sie wollte es nicht.

«Sie muss ins Krankenhaus», sagte Roland Blue immer

wieder. «Sie ist völlig niedergeschlagen und todkrank. Sie braucht professionelle Hilfe.»

«Lass ihr Zeit», entgegnete ihm Casey. «Wir sind genau die Hilfe, die sie benötigt. Gut, Pferde könnten ihr auch helfen. Aber zuerst müssen wir sie so aufpäppeln, dass sie wieder einigermaßen mobil wird.»

Als es Mrs Smith am fünften Tag noch schlechter zu gehen schien, fuhr Casey mit dem Bus nach Dalston. Es war eine Weile her, seit sie Mrs Smiths gute alte Freundin Janet, eine Heilerin, zuletzt besucht hatte, aber sie erinnerte sich vage an die Adresse. Janet hatte Storm zwei Mal vor dem sicheren Tod gerettet.

«Krebs?»

Janet, eine üppige Frau in einem bestickten Kaftan, klimperte aufgeregt mit ihren Armspangen. Sie war traurig, wenn auch nicht überrascht, als sie von Mrs Smiths Diagnose und ihrem Leiden erfuhr.

«Angelica hat nie auf andere gehört. Immer musste sie übertreiben. Konnte nicht Maß halten. Aber ich darf sie nicht kritisieren, denn ich bin genau wie sie. Dennoch ist es tragisch, dass gerade sie, die so offen war für das pralle Leben, nun den höchsten Preis dafür bezahlen muss.»

Casey kämpfte mit den Tränen. «Bitte helfen Sie ihr. Wenn es jemand gibt, der sie retten kann, dann sind Sie es.»

«Oh nein, sicher nicht», sagte Janet. «Krebs ist eine Nummer zu groß für mich. Es tut mir wirklich leid, Casey. Es ist hart für dich, aber am besten bringst du Angelica wieder ins Primrose Valley Hospice. Die kennen sich aus mit derartigen Problemen.»

Casey sprang auf. «Das glauben Sie doch selbst nicht», sagte sie wütend. «Sie sind doch vom Gegenteil überzeugt. Sie wagen es einfach nicht, etwas zu unternehmen, weil sie Angst haben, es könnte schiefgehen. Sie glauben, ich erwarte, dass Sie sie heilen. Das ist falsch. Aber ich möchte, dass Sie sich in ihre Lage versetzen. Wenn Sie wählen könnten zwischen einem langsamen, schleichenden Tod in dem deprimierenden Zimmer eines Sterbehospizes, wo eine müde Partie Scrabble zum absoluten Höhepunkt des Tages wird, und einem fulminanten Abgang – wofür würden Sie sich entscheiden?»

Sie holte das rote Notizbuch aus ihrer Tasche und gab es der älteren Frau. Janet blätterte es schweigend durch. «Und das hat sie alles in der Zeit aufgeschrieben, seit ihr beide euch getrennt habt?»

«Ja, und es ist absolut genial. Ich möchte damit arbeiten. Ich will mit ihrer Strategie nach Burghley.»

Janets Augen wurden riesengroß. «Was du jetzt gerade gesagt hast – habe ich das richtig verstanden?»

«Yep.»

«Es liegt mir fern, deinen Geisteszustand infrage zu stellen. Oder doch. Ich muss es tun. Bist du verrückt geworden?»

Casey grinste. «Vielleicht. Aber Sie müssen zugeben, dass ich recht habe.»

«Riskantes Spiel.»

«Ich weiß.»

«Du musst aber wissen, dass ich den Krebs weder heilen noch seine Verbreitung verhindern kann. Das Einzige, was ich anbieten kann, ist ... ein Trank, der ihr für eine Weile zu etwas mehr Kraft verhilft.»

«Bei Storm hat's funktioniert», sagte Casey. «Hat ihn zum Champion gemacht. Ich sehe nicht ein, warum es nicht auch bei Mrs Smith helfen sollte.»

Wie in jeder Nacht seit einer Woche legte sich Casey auch heute Abend in einem Schlafsack neben Mrs Smiths Bett. Doch in dieser Nacht fand sie keinen Schlaf. Sie blickte mit offenen Augen in die Dunkelheit, sorgte sich um Mrs Smith, die Janets Heiltrank kommentarlos geschluckt hatte und sofort danach in einen komaähnlichen Schlaf gesunken war. Doch sie sorgte sich auch um Storm, der allein in Rycliffe Manor war.

Dort ist nichts so, wie es scheint. Nicht einmal Kyle.

Was, wenn Anna nicht aus Neid und Bitterkeit gesprochen hatte? Was, wenn sie sie aufrichtig davor bewahren wollte, einen schrecklichen Fehler zu begehen?

Doch was auch immer hinter Annas Aussage stehen mochte, sie hielt es kaum aus, von ihrem geliebten Pferd getrennt zu sein. Seit sie Storm damals vor dem Abdecker gerettet hatte, waren immer entweder sie selbst, Mrs Smith oder gelegentlich Jin, eine chinesische Freundin aus Zeiten der Hopeless Lane, in seiner Nähe gewesen. Jetzt war er allein an einem für ihn fremden Ort, betreut von dem für Assassin zuständigen Pferdepfleger, der zwar kompetent, aber eher uninspiriert war. Die ganze Situation war nicht gerade vertrauenerweckend.

Zweimal hatte sie schon Kyle angerufen, um sich nach Storm zu erkundigen. Kyle hatte beide Male beteuert, er sei in prächtiger Verfassung.

«Aber es geht ihm so wie mir. Du fehlst ihm. Abgesehen davon geht es ihm prima. Wir lassen ihn oft auf die Weide, damit er sich bewegen kann. Aber wenn wir eine Chance haben wollen, die Burghley Horse Trials zu gewinnen, muss er baldmöglichst das Training wieder aufnehmen. Ray hat sich angeboten, ihn zu reiten oder zu longieren. Er hat das Gefühl, Storm sei etwas verwöhnt und er setze etwas zu oft seinen Willen durch. Vielleicht bringt es ihn weiter, wenn er während deiner Abwesenheit mit jemandem trainiert, der einen anderen Ansatz hat als du.»

Casey musste sich enorm zurückhalten, um nicht ins Telefon zu brüllen: «Ich will nicht, dass dieser Wahnsinnige mein Pferd berührt.» Stattdessen sagte sie so ruhig wie möglich: «Ich will unter keinen Umständen, dass Storm von jemandem geritten oder trainiert wird. Vorerst darf er nur gepflegt und gefüttert werden. Wenn ich in ein paar Tagen zurückkomme, werden wir das Training wieder aufnehmen.»

«Alles klar. Und wenn ich dir in der Zwischenzeit irgendwie helfen kann, sag es mir. Übrigens, wie geht's Angelica?»

«Sie macht große Fortschritte», log Casey. Sie konnte es nicht ausstehen, wenn Kyle Mrs Smiths Vornamen benutzte und so tat, als sei er ein alter Vertrauter ihrer Lehrerin.

«Das ist erfreulich. Je früher du wieder im Sattel sitzt, desto besser. Übrigens, meine Sekretärin Joyce lässt ausrichten, dass Peter angerufen hat. Sie wusste nicht, dass er dein Freund ist, und so hat sie ihm gesagt, du seist ein paar Wochen weggefahren und unerreichbar. Aber in der Zwischenzeit hast du ihm bestimmt gesagt, wo du dich aufhältst.»

Casey murmelte irgendetwas Unverständliches und beendete das Gespräch. Ja, auch wegen Peter machte sie sich Sorgen. Sie hatte ihm zwei SMS über Mrs Smiths Zustand geschickt und eine Mitteilung hinterlassen, sie sei in der Wohnung ihres Vaters zu erreichen. Doch es war keinerlei Reaktion von ihm gekommen. Allerdings hatte er versucht, sie in Rycliffe Manor anzurufen, was bedeutete, dass er sie immer noch liebte. Oder doch nicht?

Sie hatte Peters Nummer im Adressbuch ihres Telefons angetippt. Der Anruf war direkt auf seiner Voicebox gelandet und die Temperatur in ihrem Herzen auf null gesunken.

Auf dem Boden neben Mrs Smiths Bett wand sich Casey in ihrem Schlafsack, um sich in eine bequeme Lage zu bringen. Alles tat ihr weh. Als sie schließlich in den Schlaf fiel, jagten Traumbilder durch ihren Kopf: Orla, die sich mit ihren langen roten Fingernägeln an Peter festklammerte, und Ray, der einen total verängstigten Storm longierte.

Und immer wieder geisterte Annas Warnung in ihrem Kopf herum: *Bring Storm unter keinen Umständen nach Rycliffe Manor. Ich habe miterlebt, was sie Mouse angetan haben. Als er zurückkam, war er nicht mehr der Alte.*

Aber wer war Mouse?

Sie wurde von einem schmalen Sonnenband geweckt, das sich unter der Jalousie hindurchgeschoben hatte. Noch bevor sie ihre Augen geöffnet hatte, wusste sie, dass etwas anders war. Die Energie im Zimmer fühlte sich anders an.

Sie stemmte sich hoch. Mrs Smith saß im Lehnstuhl und beobachtete sie. Ihre Wangen schimmerten wieder rötlich. Sie war schrecklich mager, aber ihre Augen leuchteten hell.

«Himmel, habe ich dich vermisst, Casey Blue.»

Casey musste laut lachen. Sie schlüpfte aus dem Schlafsack und warf ihre Arme um Mrs Smith. «Nur halb so doll, wie ich Sie vermisst habe.»

Dann wich sie zurück und blickte sie ernst an. «Das dürfen Sie nie mehr mit mir machen. Einfach so verschwinden, ohne mir zu sagen, wo Sie hingehen.»

«Das werde ich nie mehr tun. Versprochen.»

«Es tut mir leid», sagte jetzt Casey. «Es tut mir leid, dass ich so egoistisch und eigensinnig gewesen bin und nicht gemerkt habe, dass Sie krank sind. Ich kann es immer noch nicht fassen, dass Sie es geschafft haben, Ihre Krankheit so lange vor mir zu verbergen. Sie müssen furchtbare Schmerzen ausgestanden haben. Und dann habe ich mich wie eine richtige Tussi aufgeführt. Irgendwie war ich völlig von der Rolle. Der Ruhm ist mir in den Kopf gestiegen.»

«Jetzt übertreibst du aber», murmelte Mrs Smith. «Casey, es tut mir auch leid. Ich habe meine Krankheit vor dir – und übrigens auch vor mir – versteckt, weil ich nicht wollte, dass sie zum Hindernis wird für das, was du dir sehnlichst erträumt, wofür du so hart trainiert hast. Ich wusste, dass du genau so handeln würdest, wie du jetzt gehandelt hast. Dass du alles hinschmeißen und dich nur noch um mich kümmern würdest. Dass ich die Krankheit vor dir geheim gehalten und mir gegenüber verdrängt habe, hat für dich und mich aber alles nur noch schwerer gemacht. Ich komme fast nicht klar mit der Schuld, die ich auf mich geladen habe, weil ich dir so viel Sorgen und Stress gemacht habe – ausgerechnet zu so einem entscheidenden Zeitpunkt in der Saison. Wegen mir sind deine Erfolgschancen um ein Vielfaches gesunken. Das werde ich mir selbst nie verzeihen.»

«Dann machen Sie es wieder gut», flehte Casey sie an. «Zeigen Sie mir, wie es geht.»

«Casey, ich kann das nicht. Mit diesem Leben habe ich abgeschlossen. Dank Janets Heiltrank fühle ich mich heute Morgen besser als je zuvor in den letzten sechs Monaten. Aber du weißt so gut wie ich, dass das nicht von Dauer ist. Nein, ich muss jetzt dringend zurück nach Primrose Valley. Es ist gar nicht so schlecht dort, wenn man sich erst einmal daran gewöhnt hat. Das Essen ist zwar nicht gerade lecker, aber sonst ...»

«Wenn Sie davon überzeugt sind, dann werde ich nicht versuchen, Sie daran zu hindern», sagte Casey. «Aber darf ich mir in diesem Fall Ihr rotes Notizbuch ausleihen? Das brauchen Sie bestimmt nicht in Primrose Valley.»

Mrs Smith fuhr zusammen. «Und wofür brauchst du das?»

«Ich möchte es als Trainingshandbuch für Burghley benutzen.»

«Casey, diese Notizen sind nichts als die Hirngespinste einer exzentrischen alten Frau.»

«Nein, das stimmt nicht. Sie sind hervorragend.» Und mit einem schelmischen Seitenblick auf ihre Lehrerin fügte sie hinzu: «Also was gilt jetzt, Angelica? Wollen Sie vernünftig und verantwortungsvoll sein und in ihr Zimmer im Hospiz zurückkehren oder wollen sie unvernünftig und verantwortungslos handeln und mit mir die wilde Fahrt ins Ungewisse antreten? Sie wissen bestimmt, dass ich ohne Sie null Chance habe, Burghley zu gewinnen.»

«Natürlich hast du eine Chance mit dem gut aussehenden Mr West an deiner Seite. Hast du dem *New Equestrian* nicht gesagt, der Trainerwechsel sei die beste Entscheidung gewesen, die du je getroffen hast? Ich muss gestehen, dass mich diese Aussage verletzt hat.»

Casey stieg die Schamröte ins Gesicht. «Das kann ich nur zu gut verstehen. Aber glauben Sie mir, dass ich es nicht so gemeint habe. Das war ein blöder, unbedacht hingeworfener Satz. Kyle hat ihn mir eingeflüstert, und ich war immer noch wie berauscht von meinem Sieg mit Roxy, deshalb habe ich ihn einfach nachgeplappert. Ich streite gar nicht ab, dass ich Kyle großartig finde. Er ist ein guter Typ und – wie Sie selbst sagten

– auch gut aussehend. Aber seine Methoden funktionieren bei mir nicht. Wenn Sie mich für Burghley nicht trainieren wollen, ziehe ich meine Meldung zurück.»

«Das wirst du nie tun.»

«Aber sicher würde ich das tun.»

«Das ist unfair. Du kannst doch eine kranke Frau nicht erpressen», sagte Mrs Smith empört. Doch gleichzeitig blitzte auch ein klein wenig Schalk aus ihren Augen.

Casey grinste. «Und ob ich das kann, vor allem, wenn ich mir überlege, dass Ihnen die Herausforderung, den Grand Slam zu gewinnen, zu neuer Lebenskraft verhelfen wird.»

«Bist du dir da so sicher?»

«Nie in meinem Leben bin ich mir über etwas so sicher gewesen.»

Mrs Smith zog den Seidenmantel über ihren schmalen Schultern zusammen. Mit bebender Stimme sagte sie: «Du weißt, dass ich meinen Fuß nicht in diesen schrecklichen Transporter setzen werde.»

«Keine Bange, das müssen Sie gar nicht. Ab nächster Woche ist der Transporter Geschichte. Ed Lashley-Jones holt ihn wieder ab. Außerdem will er mir eine Klage anhängen. Er ist fuchsteufelswild, weil ich am letzten Montag die Team-Challenge von Equi-Flow, ein Paintball-Event, geschwänzt habe. Eigentlich hätte ich am Morgen über meinen kometenhaften Aufstieg zur Badminton-Gewinnerin sprechen und am Nachmittag durch die Gegend robben und mich von Equi-Flow-Kunden mit Paintball-Kanonen beschießen lassen sollen. Ich hatte Ed am Vortag eine SMS geschickt und mich wegen eines ‹Notfalls in der Familie› entschuldigt. Das hat er als Entschuldigung nicht akzeptiert, und deshalb will er jetzt nichts mehr mit mir zu tun haben.»

«Er wird bestimmt darüber hinwegkommen», sagte Mrs Smith. «Wendy und Cindy oder wie die Girls auch immer heißen mögen, können ihm ja seine fiebrige Stirn mit einem kühlen Lappen abtupfen.»

«Sie sind also dabei? Sie trainieren mich wieder?»

Mrs Smith strahlte sie an. «Versuch mal, mich daran zu hindern.»

18

Am nächsten Tag frühmorgens nahm Casey den Zug nach Wiltshire. Für sie war es ein Gebot der Fairness, Kyle so bald wie möglich und persönlich mitzuteilen, dass sie seine Dienste nicht mehr in Anspruch nehmen wollte. Es war schwer abzuschätzen, wie er darauf reagieren würde. Jedenfalls hatte sie ein ungutes Gefühl. Sie hoffte, sich zu täuschen, denn sie mochte ihn gern und wollte ihn nicht unnötig verunsichern, zumal er ihr ja von der Angst, seine Kunden zu verlieren, erzählt hatte. Aber es stand zu viel auf dem Spiel. Klar, Kyle bedeutete ihr schon viel, aber nicht ein Bruchteil dessen, was ihr Mrs Smith und die Chance bedeuteten, ihrer Freundin neue Lebenskraft zu verleihen.

Doch während der Zug durch die Landschaft von Wiltshire schoss, musste sie immer wieder an die Unterzeichnung des Vertrags mit Kyle und die Tinte denken, die wie Blut über das weiße Papier geflossen war. Was, wenn er auf der Einhaltung des Vertrags bestand? Was, wenn er seine Anwälte einschaltete und ihr den Ausstieg so unangenehm und kostspielig wie möglich machte?

Am Bahnhof nahm sie ein Taxi nach Rycliffe Manor. Beim ersten Besuch hatte sie Mr Farleys Navigationssystem zum selten benutzten Hintereingang gelotst. Der Haupteingang war viel imposanter. Schmiedeeiserne Tore, flankiert von bronzenen Hengsten, öffneten sich wie von Geisterhand, als sich das Taxi dem Reitzentrum näherte. In einer roten Backsteinmauer war ein Schild eingelassen, auf dem in großer Schrift geschrieben stand: *Rycliffe Manor Estate – Kyle West Reitsportzentrum.*

Die erste Person, auf die Casey stieß, als sie den Hof betrat, war Hannah. Die Hilfslehrerin saß auf dem Brunnenrand und schmökerte in einem Thriller. «Ich mache Pause zwischen zwei Unterrichtsstunden», sagte sie, als müsse sie sich rechtfertigen.

Dabei hatte Casey sie gar nicht darauf angesprochen. Seit einiger Zeit waren im Reiterhof Gerüchte kursiert, dass Hannah die am wenigsten beliebte Lehrerin sei und Mühe habe, ihre Kunden zu halten. Eigentlich konnte Casey dies nicht so richtig verstehen, auch wenn ihr klar war, dass Hannah einen ausgeprägten Hang zur Eifersucht hatte. Die völlig in ihren Chef verschossene Hannah hatte ihr anfangs eher gleichgültig gegenübergestanden, als sie dann aber Kyles wachsendes Interesse an ihr wahrnahm und ihr angeblicher Freund Peter nicht in Rycliffe Manor auftauchte, kühlte sich ihr Verhalten blitzschnell von lauwarm auf eiskalt ab.

«Wenn du auf der Suche nach Kyle bist, kannst du lange warten», sagte Hannah jetzt spitz. «Er ist gerade beschäftigt.»

Innerlich rollte Casey mit den Augen. Gleich würde Farley mit dem Transporter vorfahren, und sie wollte noch mit Kyle sprechen, bevor sie sich dann so schnell wie möglich mit Storm davonmachte. Aber sie hatte nicht die Absicht, Hannah in ihre Pläne einzuweihen.

«Kein Problem. Ich warte im Büro auf ihn», sagte sie nur. Sie konnte es kaum erwarten, ihren geliebten Storm wiederzusehen, wollte aber das Gespräch mit Kyle zuerst hinter sich bringen.

Auf halbem Weg in das kühle Steingebäude, in dem das Videostudio, die Büros und die Gastzimmer untergebracht waren, erinnerte sie sich an Anna Sparks' Worte. Als sie sich umdrehte, sah sie, wie Hannah ihr mit einem seltsamen Gesichtsausdruck hinterherblickte.

«Alles in Ordnung, Hannah?»

«Was? Ja klar. Ich war meilenweit entfernt. Vertieft in die Handlung meines Romans, einen Krimi, der in einem Rennpferdestall spielt.» Sie verstaute das Buch in ihrer Tasche, als würde er dadurch weniger unheimlich. «Kann ich dir helfen?»

«Wer ist Mouse? Ein Bekannter hat mir erzählt, dass er oft hier war.»

Hannah lachte. «Ja, so kann man es auch sagen. Mouse war der Stallname von Anna Sparks' Pferd. Du erinnerst dich bestimmt. Der Hengst, den sie in den Wahnsinn getrieben hat – Rough Diamond.»

Casey bedankte sich und ging rasch weiter über den Hof ins Bürogebäude, bevor Hannah sie mit der unangenehmen Frage löchern konnte, welcher Bekannte ihr denn von Mouse erzählt habe. Sie war völlig verunsichert. Die meisten Leute, die Anna Sparks' Schläge gegen Best Man in Badminton mitbekommen hatten, waren, wie Hannah auch, überzeugt davon, dass Anna an Rough Diamonds Zusammenbruch schuld war.

In Aston-le-Walls hatte Anna aber behauptet, Rough Diamond sei nicht mehr der Alte gewesen, nach dem, was *sie* ihm angetan hätten. Doch wer waren *sie*? Kyle und Ray oder vielleicht sonst jemand?

Auf der Treppe, die zu den Büros hinaufführte, ging Casey zögernd langsamer. Sie hörte, wie Joyce am Telefon mit einem Anrufer über eine ausstehende Rechnung stritt. Offenbar hatte sie nicht mitbekommen, dass jemand die Treppe hochkam.

Auf dem Treppenabsatz blieb Casey stehen. Jetzt galt es, ruhig Blut zu bewahren und sich einen Plan zurechtzulegen. Im Gespräch, das damals an ihr Ohr gedrungen war, hatte Kyle Ray angeschnauzt: *So wie es mit Mouse funktioniert hat, meinst du?*

Das war nicht meine Schuld, hatte Ray zurückgefaucht. *Das Mädchen ist einfach völlig ausgetickt.*

Handelte es sich bei dem Mädchen um Anna Sparks? Und wenn dies zutraf, wer war dann verantwortlich für den Schaden an ihrem Pferd?

Doch im Moment ging es vor allem darum: Wo war Storm, und ging es ihm gut?

Eine Stimme riss sie aus ihren Gedanken. Die Tür zum Videostudio stand offen. Die leise, aber eindringliche Stimme gehörte Ray. Casey schlich die verbleibenden Treppenstufen hoch. Wenn Ray am Telefon war, konnte sie sich vielleicht ein Bild von diesem undurchsichtigen Mann machen.

Doch als sie sich der Tür näherte, sah sie, dass er gar nicht telefonierte. Er sprach in ein Mikrofon. Auf dem Fernsehbildschirm sah sie eine elegante Dame bei der Dressur.

«Wenn sie will, dass er im Trab die Schritte verlängert, muss sie ihn vorwärts treiben, damit seine Anlehnung konstanter wird und er sich mehr löst», sagte er.

Nach einem Knistern ertönte Kyles Stimme aus dem Nichts. Er gab die Anweisung an die Reiterin weiter, als käme sie von ihm.

«Ja, das ist schon viel besser», sprach Ray ins Mikrofon. «Aber sag ihr, sie soll die Innenseiten der Steigbügel belasten. Je mehr sie dies tut, desto näher kommt sie dem Schwerpunkt des Pferdes. So, das war der letzte Tipp. Die Lektion ist vorbei.»

«Okay, Stephanie, das wär's gewesen für heute», sagte Kyle. «Belaste die Innenseiten der Steigbügel. Damit kommst du dem Schwerpunkt des Pferdes näher.»

Casey hatte das Gefühl, in ein bodenloses Loch zu stürzen. Der ganze Trainingsbetrieb war von A bis Z ein Riesenbetrug. An der Front stand der gewiefte und charismatische Kyle. Er war mediengerecht und kundenfreundlich, genau richtig für die Titelblätter der Pferdesportzeitschriften. Und im Hintergrund zog Ray die Fäden. Er war zwar ein Fachmann, konnte aber nicht gut mit Menschen umgehen. Sein entstelltes Gesicht und seine mürrische Art waren ungeeignet als Schnittstelle zu den Kunden, zumal er für sie nur Verachtung übrig hatte. Und er rieb ihnen unter die Nase, dass er ihre Pferde viel besser kannte als sie selbst.

In diesem Augenblick war Casey überzeugt, dass Ray verantwortlich war für das, was mit Rough Diamond geschehen war, worum auch immer es sich gehandelt haben mochte. Kyle hatte beim Betrug der Kunden mitgemacht, aber die Manipulation der Pferde war allein von Ray ausgegangen.

Casey begann am ganzen Leib zu zittern. Wenn sie zu einem Betrug dieser Art fähig waren, was hatten sie sonst noch auf dem Kerbholz? Storm musste weg von hier.

Ihr Handy piepste. Das musste Farley mit dem Transporter sein. Sie schaffte es nicht mehr, das Gerät auf stumm zu stellen. Ray stand bereits in der Tür. Es war ihm sofort klar, dass sie alles mitbekommen hatte. Reaktionsschnell wie ein Boxer versperrte er ihr den Fluchtweg. Mit geballten Fäusten drohte er ihr: «Wenn du singst, Schätzchen, wird es dir leid tun.»

Aus dem Büro drang Kyles Stimme durch das Treppenhaus nach oben. Er sprach mit Joyce. Ray trat einen Schritt zurück und verschränkte die Arme.

Kyle kam strahlend die Treppe hochgeeilt. «Hallo Casey. Joyce hat mir eben gesagt, dass du schon hier bist. Tut mir leid, dass du warten musstest.» Er blieb abrupt stehen, als er ihren Gesichtsausdruck sah. «Was ist los?»

«Casey weiß alles», sagte Ray. «Sie hat mitbekommen, wie ich dich durch die Trainingslektion geführt habe.»

Kyle schlug die Hände vor dem Gesicht zusammen. «Das kann nicht sein.» Als er zu ihr aufsah, erkannte Casey wieder den kleinen Jungen in ihm. «Casey, ich kann das alles erklären. Es ist nicht so, wie du denkst.»

«Spar dir das», fauchte Ray. «Du kannst dich da nicht mehr rausreden, Kyle. Es ist vorbei. Aber keine Angst. Unsere Freundin wird niemandem was davon erzählen, nicht wahr, Casey? Schließlich will sie doch in Burghley an den Start gehen, oder täusche ich mich?»

«Wag's bloß nicht, sie zu bedrohen», schrie ihm jetzt Kyle entgegen.

«Und wenn ich's trotzdem tue? Was willst du sonst unternehmen? Ich habe dir gleich gesagt, dieses Mädchen ist die falsche Wahl. Ich habe dich gewarnt, dass du einen Schritt zu weit gegangen bist. Es war doch klar, dass du schon halb in sie verliebt warst, noch bevor du sie zum ersten Mal getroffen hast. Ich habe dir gesagt, dass du alles kaputt machst, wenn du deine Gefühle nicht unter Kontrolle hast.»

«Und ich habe entgegnet, dass du mein Leben zerstören wirst, wenn du versuchst, deine Träume durch mich auszuleben. Glückwunsch. Du hast es geschafft. Ja, es ist vorbei. Du, ich, wir beide – das ganze falsche Spiel ist aufgeflogen.»

Als Casey die Gesichter der beiden Männer einen Moment lang im Profil sah, fiel der Groschen. Nach Luft ringend stieß sie hervor: «Klar, ihr beide seid Vater und Sohn!»

Ray gab ein kurzes Lachen von sich. «Ich habe mich gefragt, wie lange es wohl dauern würde, bis jemand dahinterkommt. Es ist kaum zu glauben, aber du bist die Erste, die es geschafft hat. Ja, so geht es, wenn man der hässliche Vater eines gut aussehenden Sohnes ist. Die Leute stellen den Bezug nicht her. Kyle schlägt ganz seiner Mutter nach.»

«Aber warum die Geheimnistuerei? Es stört doch niemanden, dass ihr verwandt seid.»

Ray blickte Kyle an, der regungslos mit dem Rücken gegen die Wand lehnte. Dieser öffnete den Mund, um etwas zu sagen, überlegte es sich dann aber anders. Nach einer Weile sagte Ray: «Schien einfach besser so.»

Dann ergriff er die Autoschlüssel und blickte Casey drohend an. «Denk daran, was ich gesagt habe. Kein Sterbenswörtchen, verstanden?»

Als seine Schritte verhallt waren, ging ein Ruck durch Kyle, als wäre eine Statue zum Leben erweckt worden. «Casey, ich weiß nicht, was ich sagen soll.»

«Am besten, du sagst gar nichts, Kyle. Ich hole jetzt mein Pferd, und dann bin ich weg. Ich will mir deine Ausreden und Lügen nicht anhören. Und mach dir keine Sorgen, ich werde niemandem davon erzählen. Lass mich und Storm einfach in Ruhe. Das ist das Mindeste, was du uns schuldest.»

Sie rannte die Treppe hinunter und auf den Hof hinaus, wo sie beinahe mit Hannah zusammengestoßen wäre, die – von der lautstarken Auseinandersetzung aufgeschreckt – im Bürogebäude nach dem Rechten sehen wollte. Als sie im Stall ankam und Storm mit aufgestellten Ohren aus seiner Box lugte und bei ihrem Anblick laut wieherte, hätte sie vor Erleichterung losheulen können. Mit zittrigen Händen legte sie ihm Halfter und Decke an.

«Wir fahren nach Hause», sagte sie zu ihm. «Du bist jetzt in Sicherheit, und wir fahren nach Hause.»

Nie war sie so glücklich gewesen, den einsilbigen Mr Farley zu sehen. Sie verlud Storm so rasch sie nur konnte in den Transporter und rannte noch einmal zurück, um den Sattel und das restliche Zaumzeug zu holen. Als sie gerade nach ihrem Sattelgurt suchte, tauchte Kyle in der Tür auf.

Er sah niedergeschmettert aus, und sein hübsches Gesicht war vom Aufruhr seiner Gefühle gezeichnet. Er tat ihr leid. Sie versuchte, sich nichts anmerken zu lassen, doch Kyle hatte ihre Regung schon wahrgenommen und trat in die Sattelkammer.

«Casey, ich habe keine Ausrede oder Entschuldigung für das, was geschehen ist. Bitte glaube mir, ich schäme mich in Grund und Boden. Aber ich kann dich nicht einfach so gehen lassen, ohne dir ein paar Dinge zu erklären. Die ganze Sache mit dem Trainingszentrum war Dads Traum. Ich ...»

«Ach so, plötzlich heißt er Dad. Nicht mehr Ray? Du hast mir erzählt, dein Vater sei tot, Kyle. Auf dem Friedhof. Wie konntest du mir bloß so eine gemeine Lüge auftischen?»

Kyle lief rot an. «Bitte hör mir zu. Es ist eine lange Geschichte. Dad ... äh ... Ray hatte immer schon eine Gabe, mit Pferden und Reitern umzugehen. Schon als junger Mann wollte er die besten Reiter in jeder Disziplin trainieren. Aber trotz phänomenaler Erfolge wurde er zugunsten von Trainern übergangen, die nur einen Bruchteil seines Talents hatten. Weil er aussieht und auch manchmal redet wie ein Profiboxer, hat ihn niemand je ernst genommen. Das hat ihn derart fertiggemacht, dass er böse und verbittert wurde. Wie dein Vater hat er ein paar wirklich falsche Entscheidungen getroffen, und wir müssen sie jetzt ausbaden.

Eines Tages kam mir der Gedanke, es würde ihn mit Stolz

erfüllen und ein wenig für seine Enttäuschungen entschädigen, wenn ich selbst den Trainerberuf ergreifen würde. Das war zwar nicht mein Traumjob, aber ich hatte immer etwas für Pferde übrig, und deshalb war ich überzeugt, es mit links schaffen zu können. So habe ich mich für eine Ausbildung eingeschrieben. Doch schon nach ein paar wenigen Tagen war klar, dass ich nicht das geringste Talent hatte.»

«Und so hast du den Plan ausgeheckt, dir das Talent deines Vaters auszuborgen?»

«Nicht ich. Das war Dads Idee. Er hat mich dazu überredet, die ganze Sache bei einer Prüfung zu testen. Und da alles reibungslos geklappt hat, wollte er es weiterentwickeln. Ich wollte zuerst nicht mitmachen. Ich war überzeugt, dass man uns auf die Schliche kommen würde, und ich hatte Angst vor den ganzen Folgen. Aber irgendwie mogelten wir uns immer durch. Das Geld floss in Strömen, und die Presse stürzte sich auf mich. Und ehe ich mich versah, war das Ganze zur Lawine angewachsen und ich konnte nicht mehr aussteigen. Anfangs haben mich die Schuldgefühle beinahe aufgefressen, aber ich habe es immer als Übergangslösung gesehen. Ich habe mir eingeredet, dass ich, sobald ich einmal von Ray alles gelernt haben würde, allein weitermachen könnte. Aber es lief ganz anders. Je erfolgreicher ich wurde, desto größer wurden der Druck und die Erwartungen an mich, diesen Pferdesport-Guru, der Wunder vollbrachte. Ich habe mich nicht getraut, Reitern wie dir meine eigenen Theorien zu unterbreiten, weil ich Angst hatte, als Hochstapler entlarvt zu werden. Bei der Arbeit fühlte ich mich Tag für Tag wie ein Hochseilartist ohne Sicherheitsnetz.»

«Aber damals am ersten Tag in White Oaks, wie hast du da gewusst, was du mir sagen musstest?»

«Zum Teil habe ich improvisiert. Ich hatte zum Beispiel seit

Jahren beobachtet, wie Ray mit bissigen Pferden umging. Aber er hat mich auch vorbereitet. Er hatte dich in Badminton reiten sehen und einige Theorien über dich entwickelt, die ich dann zum Besten gab. Casey, es tut mir wirklich leid. Du kannst dir gar nicht vorstellen, wie leid es mir tut. Die ganze Geschichte ist außer Kontrolle geraten. Wie eine Lawine.»

Endlich entdeckte Casey den Sattelgurt. Er hing über dem falschen Sattel. Sie nahm ihn in die Hand.

«Kyle, ich würde dich gerne verstehen, aber im Moment bin ich einfach nur am Boden zerstört. Was du und dein Vater angestellt habt, ist Betrug. Ich habe dir vertraut, Kyle. *Dir*. Nicht Ray. Und was noch schlimmer ist: Ich habe dir Storm und meine Karriere anvertraut. Nie und nimmer hätte ich freiwillig mein Pferd oder meine Zukunft in Rays Hände gelegt. Und vergleiche ihn nicht mit meinem Vater. Mein Vater ist ein fürsorglicher, anständiger Mensch. Er ist vielleicht nicht vollkommen, aber er würde nie im Leben einem Tier etwas zuleide tun. Wie konntest du es nur zulassen, dass Ray Rough Diamond zugrunde richtete?»

Sie fixierte Kyle mit scharfem Blick. Sie wollte, dass er ihr die Wahrheit sagte. «Ray war schuld, nicht wahr? Anna wurde zwar als Schuldige dargestellt, aber der eigentliche Täter war dein Vater. Stimmt's?»

Kyle war aschfahl im Gesicht. «Nein, er hat ... Ich weiß nicht ... Anna hat sich wie eine Prinzessin benommen und jemand musste die Kontrolle übernehmen. Ray kennt sich wirklich aus mit Pferden. Er sagte, Mouse sei zu arrogant und man müsse ihm zeigen, wer das Sagen hat ...»

Plötzlich fühlte sich Casey völlig erschöpft und leer. «Ich glaube, ich habe genug gehört. Ich gehe jetzt. Storm wartet bereits im Transporter, und ich muss mit ihm nach Hause.»

Als sie nach dem Sattel griff, packte Kyle sie am Arm. «Casey, warte doch, bitte! So kannst du nicht gehen. Siehst du nicht, dass ich so kaputt bin, weil ich weiß, dass ich dich betrogen habe? Ich liebe dich. Ich glaube, ich habe dich vom ersten Augenblick an geliebt, als ich dich in Badminton reiten sah. Und sag mir nicht, dass du keine Gefühle für mich hast. Denn ich glaube dir nicht.»

Bevor Casey sich seinem Griff entwinden konnte, küsste er sie auf den Mund.

In diesem Moment trat ein Schatten in die Tür. «Jetzt verstehe ich, warum du nicht zurückgerufen hast.»

Casey riss sich von Kyles Lippen los und machte einen Satz zurück. Peter sah sie fassungslos an.

«Ich habe von Mrs Smith gehört, und da bin ich sofort zurückgekommen. Aber niemand wusste so richtig, wo du eigentlich steckst. Schließlich habe ich deinen Vater erreicht. Und der hat mir gesagt, du seist auf dem Weg nach Rycliffe Manor. Eigentlich wollte ich gar nicht herkommen, aber dann habe ich gedacht, dass du mich vielleicht brauchst. Da habe ich mich wohl getäuscht. Du hast mittlerweile eine andere Schulter gefunden, an der du dich ausweinen kannst.»

Ohne ein weiteres Wort zu sagen, drehte er sich um und schritt über den Hof davon.

Casey blickte Kyle wutentbrannt an. «Super! Siehst du jetzt, was du angerichtet hast?»

Sie rannte Peter hinterher, aber als sie auf dem Parkplatz ankam, sah sie nur noch seinen Kombi durch das Tor davonfahren. Jetzt hatte sie die Liebe ihres Lebens verloren.

19

An einem drückend heißen Augustnachmittag saß Angelica Smith in einem Liegestuhl und beobachtete Casey bei ihrer Arbeit mit Storm. Ihrer Meinung nach hatten sie einen Rückstand von mehreren Wochen auf den Trainingsplan, aber sie war ja auch eine Perfektionistin. Auf einen Laien wirkte Storm majestätisch, kraftvoll wie eine gut geölte Maschine. Die Wettkampfpause hatte ihm ebenso gut getan wie das Fitnessprogramm der letzten Wochen, und vor allem die Hindernisarbeit schien sich positiv ausgewirkt zu haben. Storm war wieder ganz der Alte: bewegungshungrig, galopp- und springfreudig.

Mit Casey verhielt es sich anders. Kein Zweifel, ihre Arbeitseinstellung war tadellos, und sie setzte alles daran, Storm und sich selbst bis zu den Burghley Horse Trials in der dritten Septemberwoche – also in knapp einem Monat – in Höchstform zu bringen. Die schlechten Gewohnheiten, die sich eingeschlichen hatten, als sie und Mrs Smith ihre «Pause» gehabt hatten (das war ihre scherzhafte Bezeichnung für ihre vorübergehende Trennung), waren wie weggefegt. Die Tage, als sie sich auf dem Sofa mit Pizza aus der Mikrowelle oder Pommes vom Schnellimbiss ernährt hatte, waren endgültig vorbei. Auch Schokolade und Cappuccinos waren tabu. Stattdessen gab es nur noch rohe

Eier, Joghurt, Spirulina-Smoothies – alles aus der gesunden vegetarischen Küche, begleitet von braunem Naturreis.

Für Außenstehende sah Casey umwerfend aus. Ihr kräftiges dunkles Haar glänzte in der Sonne, und ihre grauen Augen strahlten hell. Ihre Beine waren beneidenswert schlank und durchtrainiert. Doch das war nur die äußere Seite. Innerlich ging es ihr schlechter, als Mrs Smith es je bei ihr erlebt hatte. Peter, der aus Irland zurückgekehrt war, reagierte nicht auf ihre Anrufe. Auch wenn sich Casey tapfer schlug, entging es Mrs Smith nicht, dass sie unter Liebeskummer litt.

«Das Schlimmste daran ist, dass ich selbst schuld bin», hatte ihr Casey im einzigen Gespräch zu diesem Thema gesagt. «Ich war immer in Peter verliebt, aber ich habe mir vom gut aussehenden Kyle und seinem ganzen Glamour- und Promigedröhne den Kopf verdrehen lassen: vom Sportwagen, dem wunderbaren Anwesen, den schicken Partys. Und ich kann es Kyle auch nicht verübeln, dass er gemeint hat, ich würde mit ihm flirten, weil ich es manchmal ja tatsächlich getan habe. Aber dafür habe ich jetzt den, der mir am liebsten war, verloren.»

«Lass Peter erst mal in Ruhe», hatte ihr Mrs Smith geraten. «Er ist verletzt, aber er wird schon zurückkommen, keine Angst.»

Selbst war sie allerdings nicht so richtig überzeugt davon. Peter war zwar bis über beide Ohren in Casey verliebt, aber er hatte auch seine sture Seite und einen sehr ausgeprägten Gerechtigkeitssinn. Wenn er das Gefühl hatte, Casey habe ihn betrogen, würde er sich nicht ohne Weiteres wieder für sie erwärmen.

Casey hatte Storm gerade zum Schritt durchpariert, als ihr Mrs Smith zurief: «Beim Schulterherein war Storms Hals zu stark gebogen. Gib ihm bei der nächsten Ecke den Eindruck, dass du durch die ganze Bahn wechseln willst, fordere dann aber von ihm ein Schulterherein an der langen Seite.»

Kurze Zeit später winkte sie ihre Schülerin herbei. Fünfundvierzig Minuten Training waren genug, sie wollte das Pferd nicht länger strapazieren. Das würde ihm nur schaden.

Casey schwitzte leicht, aber weder sie noch Storm waren ausgepumpt, als sie vor Mrs Smith stehen blieben. «Es funktioniert!», sagte sie aufgeregt. «Das Programm aus dem roten Büchlein. Es läuft alles nach Plan.»

Nachdem Mrs Smith mit einem Bein im Grab gestanden hatte, konnte sie jetzt das Leben förmlich mit Händen greifen. Sie empfand jede Stunde als ein Geschenk des Himmels, und zwar nicht nur, weil sie noch am Leben war, sondern auch weil sie mit Casey und Storm zusammen sein und das tun durfte, was sie am liebsten tat. Dass das Trainingsprogramm aus ihrem roten Notizbuch aufging, war bloße Dreingabe.

«Dafür bin nicht ich allein verantwortlich», sagte Mrs Smith bescheiden.

Casey rutschte lachend aus dem Sattel und gab Storm ein paar Polo-Mints. «Ja, ja, ich weiß, es war Lucinda Green, die sechs Mal in Badminton gewonnen hat. Sie stand am Anfang Ihrer einzigartigen Strategie.»

Mrs Smith reichte ihr eine Wasserflasche und schenkte sich selbst eine Henkeltasse Chai-Tee ein. «Das stimmt, sie hat beim Kentucky Three-Day Event etwas Interessantes gesagt. Wir haben uns gefragt, warum mit Ausnahme von Pippa Funnell bisher niemand den Grand Slam geschafft hatte. Lucinda meinte, Burghley sei wegen seines stark gewellten Terrains extrem anforderungsreich, viel schwieriger als Badminton und Kentucky beispielsweise. Unter diesen Bedingungen stoßen

Pferde, die ausschließlich auf Allwetterbahnen trainieren, rasch an ihre Grenzen. Deshalb ist es wichtig, dass man auf unterschiedlichen Unterlagen mit dem Pferd arbeitet.»

Casey löste den Gurt und nahm den Sattel von Storms Rücken. «Sind Sie dadurch auf die Kontroverse zwischen Lang- und Kurzform im Vielseitigkeitsreiten gekommen?»

«Eigentlich schon. Wie viele andere ist auch Lucinda der Meinung, dass die Pferde wegen der Streichung von Hindernisrennen und Wegstrecken aus den CCI****-Wettbewerben nicht mehr so fit sind wie früher. Und das sehe ich genauso. Müde Pferde schätzen ein Hindernis schnell einmal falsch ein. Und wenn man auf dem schwierigsten Geländeparcours der Welt unterwegs ist, kann sich der kleinste Fehler als verhängnisvoll erweisen.

Außerdem ist es schlecht, dass Pferd und Reiter bei diesen Wettbewerben nach der eher gemächlichen Dressur auf das Tempo und Risiko der Geländeprüfung umstellen müssen. Früher hatten die Pferde auf der Rennbahn mit den Hindernissen und den Wegstrecken zwischendurch auch einmal Zeit zum Nachdenken. Studien haben ergeben, dass es damals weniger Rotationsstürze gab als heute, weil sich selbst die stürmischsten Pferde bei der Langform zurücknehmen mussten und dann mit voller Konzentration auf die Geländestrecke gehen konnten. Außerdem wurde nachgewiesen, dass Pferde damals weniger unter Abnutzungserscheinungen wie Sehnenentzündungen litten als heute.»

Casey öffnete den Wasserhahn und kühlte Storm mit dem Schlauch ab. Als sie Kopf und Hals wusch, zog er die Nüstern rauf. «Und so sind Sie zu dem Schluss gekommen, das Trainingsprogramm für Storm und mich anzupassen?»

«Genau. Die Langform ist zu kräftezehrend für das Pferd.

Aber die Kurzform ist zu kurz. Deshalb habe ich mich für einen Mittelweg entschieden. Wir werden also – wie in den vergangenen Wochen auch schon – weiterhin Hindernisrennen trainieren. Am Tag der Geländeprüfung in Burghley werden wir aber nur auf Wegen arbeiten, vielleicht mit ein paar Hecken oder anderen natürlichen Hindernissen zwischendurch. Ich habe mit dem Bauern gesprochen, dessen Land direkt an Burghley Park grenzt. Er hat uns erlaubt, es als Ergänzung zum Geländeparcours zu benutzen.»

Casey stellte das Wasser ab. «Zwicken Sie mich bitte, Angelica. Versuchen wir tatsächlich das Unmögliche?»

Mrs Smiths Herz fing an zu hüpfen. «Ja, Casey, wir versuchen es!»

20

An diesem Abend bereitete Casey für sich und Mrs Smith einen vegetarischen Cottage Pie mit vielen Schichten geriebenem Cheddar-Käse. Mrs Smith war zwar die bessere Köchin, aber Casey wollte sie entlasten. Sie hatte auch dafür gesorgt, dass eine Putzfrau zwei Mal die Woche bei ihnen sauber machte, und kümmerte sich selbst um den Einkauf und andere Haushaltsarbeiten.

Und trotz der Proteste von Mrs Smith hatte sie darauf bestanden, ihre Trainerstelle vertraglich zu regeln.

«Was soll das? Ich weiß ja gar nicht, wie lange ich noch hier sein werde.»

«Es ist mir egal, ob Sie noch einen Tag oder zehn Jahre hier sind», sagte Casey, um sich gleich darauf zu korrigieren. «Nein, es ist mir natürlich nicht egal, aber Sie wissen ja, wie ich das meine. Ich will Ihnen nur Sicherheit bieten. Und Sie sollen wissen, dass sie neben Peter und meinem Vater der wichtigste Mensch in meinem Leben sind. Sie gehören zur Familie. Und nicht nur das. Sie sind meine Lehrerin, Betreuerin, meine beste Freundin. Alles, was ich je erreicht habe oder je erreichen werde, verdanke ich Ihnen.»

«Danke Casey, aber ich denke, jetzt reicht's mit den Komplimenten», sagte Mrs Smith sachlich. «Du solltest dich besser um den Cottage Pie kümmern. Siehst du nicht, dass der Ofen qualmt?»

Mit einem Lächeln beobachtete Mrs Smith, wie Casey zum Ofen eilte, um ihr Abendessen zu retten. Wie gut, dass die gute alte Casey wieder zurück war; wie gut, dass sie selbst wieder zurück war. Dank Janets Heiltrank und den Schmerzmitteln ihres Arztes fühlte sie sich so gut wie seit Monaten nicht mehr. Sie funktionierte wieder. Sie konnte gehen und denken und hatte wieder Hoffnung.

Doch Janet hatte ihren Heiltrank an eine Bedingung geknüpft. «Dieses Gebräu ist voller Stimulanzien, die dich wieder in Form bringen sollen, aber in deinem schwachen Zustand kann ich für die Folgen keine Verantwortung übernehmen. Du musst mir versprechen, dass du dich nicht überanstrengst oder Dinge unternimmst, die dein Herz belasten. Nimm es gemütlich und mach keine Dummheiten.»

Mrs Smith hatte nur gelacht. «Janet, Ausdauersport ist ein Fremdwort für mich. Seit einem 5km-Lauf zu Wohltätigkeitszwecken, als ich Mitte vierzig war, habe ich nie mehr gejoggt. Da musst du dir gar keine Sorgen machen.»

Während Casey den halb verbrannten Cottage Pie vom Ofenblech kratzte, saß Mrs Smith gedankenverloren am Küchentisch. Wissend, dass sie niemandem ein Sterbenswörtchen davon erzählen würde, hatte Casey ihr den Hokuspokus von Rycliffe Manor in allen Einzelheiten geschildert. Doch was konnte man dagegen unternehmen? Was Kyle und Ray angestellt hatten, war an sich nicht strafbar. Im schlimmsten Fall konnte man sie wegen Vorspiegelung falscher Tatsachen belangen. Und Kyle hatte Casey gegenüber beteuert, aus dieser Schummelei aussteigen zu wollen. Sie jetzt auffliegen zu lassen, würde niemandem etwas bringen.

Sie konnten nicht einmal andere Reiter, wie den Australier Sam Tide – einen von Kyles Starkunden – warnen, wenn sie keine Vergeltungsmaßnahmen riskieren wollten. Casey war sich zwar trotz Rays Drohung sicher, dass er sie niemals tätlich angreifen würde, aber sie fürchtete, dass er sich an Storm rächen könnte.

Mrs Smith hingegen war jemand, der angesichts eines Unrechts nicht einfach schweigen konnte. Caseys Beschreibung der Hundeattacke war ihr durch Mark und Bein gegangen. Sie war überzeugt, dass der hinterhältige Angriff sorgsam inszeniert worden war, vermutlich vom unheimlichen Ray. Und sie war ebenso überzeugt, dass jemand, der zu etwas so Abscheulichem fähig war, vorher ähnliche oder gar noch schlimmere Gräueltaten verübt hatte. Deshalb entschloss sie sich, Kriminalinspektor Lenny McLeod einzuschalten, der Casey vor ein paar Monaten schon dabei geholfen hatte, einen Erpresser zur Strecke zu bringen.

McLeod war stolzer Besitzer einer Morgan-Stute und bekennender Pferdenarr. Er hatte schon Dutzende von Artikeln über Kyle West gelesen und war überrascht, als Mrs Smith ihn bat, Ray Cook, den Geschäftsführer von Rycliffe Manor, diskret zu überprüfen. Drei Tage später rief er sie an, um ihr die Ergebnisse zu präsentieren, die einem Persilschein gleichkamen.

«Nicht einmal ein Knöllchen», sagte er. «Was haben Sie denn erwartet?»

«Ich weiß es leider selbst nicht. Kann sein, dass ich mich getäuscht habe. Danke jedenfalls, dass Sie sich darum gekümmert haben.»

«Gerne. Ich kann auch noch andere Quellen checken. Falls ich auf eine Spur stoße, melde ich mich wieder.»

Casey stellte Mrs Smith einen Teller hin. «Cottage Pie vom

Holzkohlengrill, bitte sehr! Jamie Oliver würde vor Neid erblassen.»

Als sie sich setzte, klingelte ihr Handy. «Kann ich drangehen?»

Mrs Smith nickte nur. Sie wusste, dass Casey hoffte, Peter würde anrufen.

Der Anrufer hörte sich selbstbewusst und wortgewandt an. «Casey Blue? Mein Name ist Casper Leyton. Sie waren neulich Gast auf einer meiner Partys.»

Casey fühlte sich überrumpelt. «Äh ... ja ... Mr Leyton. Vielen Dank, dass sie mich eingeladen hatten. Ich hab's sehr genossen.» Sie zog die Augenbrauen hoch, nickte Mrs Smith zu und stellte das Handy auf Lautsprecher.

«Casey, nennen Sie mich doch bitte Casper. Hören Sie mal, ich möchte Ihnen einen Vorschlag machen. Ich habe einen Viersterne-Hengst namens Incendiary, der sich in Hochform befindet und durchaus in der Lage ist, die Burghley Horse Trials zu gewinnen. Und das ist nicht nur meine Meinung. Sie wird auch von den besten Experten im Geschäft geteilt. Sein Stammbaum ist absolute Spitzenklasse. Er ist in dieser Saison in Neuseeland an den Start gegangen und hat die Konkurrenz mit Abstand hinter sich gelassen. Eigentlich wollte Mark Todd ihn kaufen, aber ich war schneller. Nun wollte ich einen Freund davon überzeugen, mit ihm in Burghley an den Start zu gehen. Der hat sich aber bereits mit zwei Pferden eingeschrieben und mich an Sie verwiesen.

Ich will ganz ehrlich sein mit Ihnen. Anfangs habe ich gedacht, Sie seien viel zu jung. Andererseits sprechen Ihre Erfolge für Sie. Und wenn Sie das Wunder schaffen, schreiben Sie Geschichte, was meinem Geschäft zu einer Publizität verhelfen würde, die mit Geld nicht aufzuwiegen wäre. Also, was halten

Sie davon? Mit einem zweiten Pferd im Stall würden Sie Ihre Chancen enorm erhöhen.»

Casey wurde es beinahe schwindlig. Viele der besten Reiter traten mit mehr als nur einem Pferd an, ganz einfach, weil sie dadurch ihre Erfolgschancen verdoppeln oder verdreifachen konnten. Wenn das erste Pferd einen schlechten Tag hatte oder sich verletzte, bestand immer noch die Hoffnung, mit dem zweiten Pferd besser abzuschneiden. Wenn Incendiary so gut war, wie Casper es darstellte, würden sich ihre Chancen, den Grand Slam zu gewinnen, drastisch erhöhen.

«Ich fühle mich geschmeichelt, dass Sie an mich gedacht haben, Mr Leyton. Ich weiß gar nicht so richtig, was ich Ihnen sagen soll. Vielen Dank auf jeden Fall. Ihr Angebot hört sich sehr verlockend an. Ich würde die Sache allerdings vorher gerne noch mit jemandem besprechen.»

«Mit ihrem Trainer, Kyle West?»

«Kyle West ist nicht mehr mein Trainer. Angelica Smith ist meine Trainerin.»

«Oh …» Einen Moment lang sagte Leyton gar nichts. Dann: «Klar. Nehmen Sie sich nur Zeit. Bestimmt sehen Sie meine Nummer auf dem Display. Rufen Sie mich an, wenn Sie bereit sind.»

Casey beendete den Anruf und blickte zu Mrs Smith auf der anderen Seite des Esstisches hinüber. «Und, was halten Sie davon?»

«Das ist eine Entscheidung, die nur du treffen kannst. Ich kann dir einzig sagen, dass ich vor etwa zwei Monaten einen Artikel über Incendiary gelesen habe. Ein Klassepferd – ohne Zweifel. Falls Gott je ein Vielseitigkeitspferd geschaffen hat, so ist es Incendiary. Exterieur und Balance sind einfach perfekt. Wenn du gut reitest, bist du in der Pole-Position für den Titel.

Du müsstest dann einfach akzeptieren, dass du den Titel nicht mit Storm Warning geholt hast. Storm ist ein Champion und das tapferste Pferd, das ich je erlebt habe, aber Incendiary spielt in einer anderen Liga.»

Sie legte ihre Hand über Caseys Hand. «Du musst tun, was für dich stimmt, meine Liebe. Meine Unterstützung ist dir in jedem Fall sicher.»

Casey nickte langsam. Sie wählte Leytons Nummer. Er war sofort dran.

«Das ging aber schnell. Also, wie haben Sie sich entschieden? Holen wir zusammen den Grand Slam?»

«Mr Leyton. Ich kann Ihnen nicht genug danken für Ihr Angebot. Ich war überwältigt. Aber leider muss ich Ihnen absagen.»

«Absagen? Habe ich richtig gehört? Vielleicht habe ich mich nicht klar genug ausgedrückt. So eine Chance kehrt nie wieder.» Casper Leyton war es nicht gewohnt, dass man ihm eine Absage erteilte.

«Bitte halten Sie mich nicht für undankbar. Ich habe nur das Gefühl, nicht die richtige Reiterin für Ihr Pferd zu sein. Wenn Incendiary ein derart besonderes Pferd ist, wie Sie sagen, dann brauchen Sie jemanden, der sich ihm allein widmet, sicher aber keinen Reiter, der zwischen zwei Pferden hin und her gerissen ist, was bei mir der Fall wäre. Ich hoffe, Sie können mich verstehen.»

Casper Leyton antwortete mit einem prustenden Lachen. «Nein, das kann ich nicht verstehen, aber ich schätze Ihre Offenheit und Ihr Engagement für Ihr Pferd. Ich halte es nach wie vor für verrückt von Ihnen, dass Sie mein Angebot ausschlagen, aber ich respektiere Ihre Entscheidung. Wenn sich daran nichts mehr ändert, will ich Ihnen nicht verhehlen, dass ich natürlich eine Alternative auf Lager habe. Sie waren meine erste Wahl, aber jetzt kommt Plan B zum Zug. Und ich denke, er wird Ihnen nicht gefallen.»

«Ich glaube nicht, dass ich dazu eine Meinung habe. Es ist ihre Sache, wer mit Ihrem Pferd an den Start geht.»

«Soweit ich gehört habe, dürften Sie durchaus eine Meinung über diese Person haben. Es handelt sich um Anna Sparks.»

Casey ließ beinahe ihr Handy fallen. «Anna Sparks … aber …»

«Ja, genauso haben alle reagiert, denen ich davon erzählt habe: ‹Was? Anna Sparks?› Den meisten blieb die Spucke weg. Meine eigenen Berater sind der Meinung, ich sei völlig durch den Wind. Klar, ich weiß, sie ist ein Risiko. Aber sie ist ein Risiko, das ich einzugehen bereit bin. Stimmt, in Badminton hat sie durchgedreht, als sie auf Best Man eingedroschen hat. Aber wenn Sie sich das Video auf YouTube genau anschauen, werden Sie sehen, dass sie ihn nur einmal berührt. Ansonsten schlägt sie einfach wild um sich, ohne ihn zu treffen.»

«Und damit ist das für Sie in Ordnung?»

«Nein, aber ich bin überzeugt, dass sich Anna verändert hat. Sie musste durch die Talsohle hindurch und hat daraus gelernt. Sie hat alle Freunde und Sponsoren verloren, und die Zeitungen haben sie in der Luft zerrissen. Sie hat sich verändert. So was gibt es tatsächlich. Das Einzige, was man ihr vorwerfen kann, ist, dass ihr der Erfolg zu Kopf gestiegen ist. Und ich weiß aus Erfahrung, dass sie damit nicht allein ist.»

«Da haben Sie recht», sagte Casey.

«Jeder hat eine zweite Chance verdient», sagte Casper Leyton.

Nachdem er aufgelegt hatte, schaltete Casey ihr Handy aus und nahm die Gabel zur Hand. Der Cottage Pie war kalt.

Mrs Smith blickte sie verdutzt an. «Als Leyton dir gesagt hat, dass er das Pferd Anna Sparks gibt, warum hast du da deine Meinung nicht geändert? Du hättest ihn umstimmen können. Noch vor wenigen Monaten hat sich Anna Sparks dir gegenüber völlig ungebührlich verhalten. Sie war deine Erzfeindin. Und nun verhilfst du ihr zu der Chance ihres Lebens, was für dich den Unterschied zwischen Sieg und Niederlage ausmachen könnte.»

21

Das Vielseitigkeitsreiten wurde erstmals im Jahre 1912 – noch unter der Bezeichnung *Military* – bei den Olympischen Spielen in Stockholm als Disziplin zugelassen. Der Internationale Pferdesportverband *Fédération Equestre Internationale (FEI)* beschreibt die Vielseitigkeitsprüfung als eine Kombinationssportart, bei der es darum geht, «Charakter und Mut des Reiters und dessen Kenntnisse der Gangarten seines Pferdes im Gelände ebenso unter Beweis zu stellen wie die Kondition, Geschicklichkeit, Sprungfähigkeit, Ausdauer und Geschwindigkeit des gut trainierten Pferdes.»

Früher, als es für Casey schon ein Riesenerfolg gewesen war, wenn sie von dem störrischen Patchwork einmal nicht abgeworfen wurde, hatte sie diese Definition des Vielseitigkeitsreitens auswendig gelernt. Jetzt musste sie – beinahe wehmütig – wieder daran denken, als sie über den Hof auf Burghley House zuging, wo die alljährliche Cocktailparty für Reiter und Rennstallbesitzer stattfand.

Schicke Sportwagen und Geländelimousinen rollten über die Auffahrt zum stattlichen Landhaus und entluden die in Frack, Abendrobe oder dem klassischen kleinen Schwarzen gekleideten Größen des Vielseitigkeitsreitens. Auch wenn es außerhalb der Szene nicht wirklich bekannt war, erforderte die Vielseitigkeit eine außerordentlich gute körperliche Verfassung. Und so wirkten die meisten Reiterinnen und Reiter wie Models oder Filmstars. Trotzdem mutete es seltsam an, sie nicht in ihrer Reitmontur zu sehen. Die meisten bewegten sich ja, wie Casey selbst, am allerliebsten in Reithosen und Stiefeln.

Als sie in ihrem kurzen schwarzen Cocktailkleid und hochhackigen Schuhen, die sie eigens für Casper Leytons Party gekauft hatte, ohne Begleitung das Haus betrat, fühlte sie sich so fehl am Platz wie Aschenputtel auf dem Königsball. Dieses Gefühl verschlimmerte sich nur noch, als sie auf Marsha traf, die sie nicht besonders mochte. Marsha war nur beim Empfang, weil sie sich als Sam Tides Freundin ausgab (eigentlich war sie seine Pferdepflegerin). Sie hatte nie ein gutes Wort übrig für andere Leute, es sei denn, sie waren regelmäßig in den Glamourzeitschriften *Tatler* und *Vogue* oder der Reitsportrevue *Horse & Hound* zu sehen.

«Das zeigt mal wieder, dass Reichtum und gesunder Menschenverstand nichts miteinander zu tun haben», sagte Marsha, während sie an einem blauen Cocktail mit einer knallroten Kirsche nippte. «Casper Leyton hat sie wohl nicht mehr alle, sonst würde er Incendiary niemals einer gemeingefährlichen Verrückten wie Anna Sparks anvertrauen. Sam tobt vor Wut. Er wäre gerne mit einem zweiten Pferd an den Start gegangen. Okay, er gehört hier sowieso zum engsten Favoritenkreis, aber auf Incendiary wäre ihm der Titel hundert Pro sicher gewesen. Gut, dann ist da natürlich noch Michael Jung, mit dem man immer rechnen muss.»

Sie fischte die Kirsche aus ihrem Drink, steckte sie in den Mund und zerkaute sie genüsslich. Interessanterweise schien sie Casey und Storm nicht zu den Favoriten zu zählen. Auch wenn es sie eigentlich nicht kümmern sollte, war Casey verärgert, dass Marsha sie und Storm unter *ferner liefen* sah.

«Eigentlich bin ich schuld daran», sagte sie. «Casper hat Incendiary zuerst mir angeboten. Erst als ich abgelehnt habe, hat er mit Anna Kontakt aufgenommen.»

Marsha spuckte beinahe aus, was von der Kirsche noch übrig war. «Wie bitte? *Was* hast du getan? Sag mal, bist du balla balla oder was?»

«Wer weiß? Wie dem auch sei: Sam hat bereits ein Pferd für Burghley. Anna wird auf Incendiary an den Start gehen und ihr Bestes geben.»

Marshas Gesichtsausdruck, als Casey sich umdrehte und sie mit dem Glas in der Hand stehen ließ, entschädigte Casey mehrfach für die schlaflosen Nächte, die sie verbracht hatte, nachdem sie den entrüsteten Leitartikel im *New Equestrian* über Casper Leytons umstrittene Entscheidung gelesen hatte, dem Enfant Terrible der Vielseitigkeitsszene, Anna Sparks, sein Pferd zu überlassen.

Und Incendiary war ein Klassepferd. Heute hatte Casey den Hengst zum ersten Mal zu Gesicht bekommen. Das Spiel seiner geschmeidigen Muskulatur unter dem samtweichen, mokkafarbenen Fell war faszinierend. Aber am meisten war sie von seiner Balance beeindruckt. Wenn Anna vom Galopp in den Mitteltrab wechselte, schien er wie ein Fabelwesen über den Boden zu gleiten. Als sie ihn sah, wusste Casey sofort, dass sie vielleicht eine folgenschwere Fehlentscheidung getroffen hatte. Wenn Anna in Form war, hatte sie mit Incendiary ernsthafte Chancen auf den Titel und war damit eine Bedrohung für sie.

Aber Casey war weit davon entfernt, ihre Entscheidung zu bereuen. Dank Storms Mut und Kraft hatten sie in Badminton und Kentucky den Sieg geholt. Falls ihr das Schicksal auch in

Burghley hold sein sollte, so wollte sie es nur gemeinsam mit Storm erleben. Auch er sollte daran teilhaben. Schon der Gedanke, Storm mit einem anderen Pferd zu schlagen, war für sie unerträglich.

Sie war schon wieder auf dem Weg zurück zum Parkplatz gewesen, als sie Annas Stimme hinter sich hörte. «Casey, bitte warte, ich muss mit dir reden.» Anna brachte den Hengst zum Stehen und tätschelte ihn sanft am Hals, bevor sie absaß.

«Gibt es ein himmlischeres Geschöpf auf dieser Welt? Für mich nicht. Ich denke, dir geht es ebenso mit Storm Warning. Casey, ich bin dir ja so dankbar. Casper hat mir gesagt, dass er mich nur unter Vertrag genommen hat, weil du abgelehnt hast. Natürlich hat er mir auch gleich den Tarif durchgegeben. Wenn ich Incendiary auch nur ein Härchen krümme, bleibt mir nur noch die Flucht nach Brasilien oder so.»

«Dann krümme ihm kein Härchen und behandle ihn wie einen Goldschatz», gab Casey zurück.

«Und ob ich das tun werde.

Casey musterte Incendiary. Er wirkte entspannt und suchte mit den Nüstern Annas Taschen nach Süßigkeiten ab – ein gutes Zeichen. «Dann wünsche ich dir ein gutes Burghley, Anna. Bis später.»

«Wünsch ich dir auch. Ja, bis später.»

Nachdem Casey Marsha auf der Cocktailparty wie einen begossenen Pudel stehen gelassen hatte, machte sie sich auf die Suche nach einem Ort, wo sie sich weniger ausgesetzt fühlte. Auf ihrem Weg quer durch den großen Saal klopften ihr immer wieder Gäste aufmunternd auf die Schulter und wünschten ihr

Glück für den nächsten Tag. Schließlich fand sie eine ruhige Ecke und schaute sich – ein Glas Holundersaft in der Hand – im Saal um. Schon bald bereute sie, überhaupt hergekommen zu sein. Das Gesicht, auf das sie gehofft hatte, war nicht zu sehen. Als einfacher Hufschmied hatte Peter keine Einladung erhalten. Und selbst wenn man ihn eingeladen hätte, wäre er wohl kaum gekommen. Eine Cocktailparty in einem noblen Landsitz war seine Sache nicht.

Sie blickte auf die Uhr. Bald würde sie sich von den Gastgebern verabschieden und zum Miettransporter zurückgehen, in dem Mrs Smith auf sie wartete. Nur noch zehn Minuten musste sie aushalten.

Zur gleichen Zeit untersuchte Peter gerade Incendiarys Hufe, die er in Casper Leytons Auftrag in der Vorwoche beschlagen hatte. Dabei hatte er auch erfahren, dass Casey aus Loyalität zu Storm Leytons Angebot, mit Incendiary zu starten, abgelehnt hatte.

Diese Nachricht hatte ihn ziemlich durcheinandergebracht. Er musste seine Meinung revidieren, dass Casey nicht mehr das Mädchen war, in das er sich verliebt hatte. Doch das genügte nicht, um ihn davon zu überzeugen, Casey anzurufen. Er hatte sie in flagranti mit Kyle ertappt. Wie oft war das zuvor schon geschehen? Sie hatte nicht nur sein Herz gebrochen, sondern war auch noch darauf herumgetrampelt. Er wollte einfach nichts mehr mit ihr zu tun haben.

Nach Irland zurückgekehrt, hatte er die erste Gelegenheit ergriffen, um Orla zu küssen. Doch dabei blieb es auch, denn es machte ihn krank, ein anderes Mädchen als seine Freundin zu küssen. Und so wurde ihm auch bewusst, wie tief seine Liebe zu Casey war. Selbst wenn er an das Ende der Welt flüchten müsste, sie würde in seinem Herzen und seiner Seele weiterleben. Nie würde er ein anderes Mädchen so lieben wie sie.

Zu allem Überfluss stellte sich auch noch heraus, dass er Orla falsch eingeschätzt hatte. Von ihrer Schönheit fasziniert und ihrem Charme bezirzt, musste er am letzten Kurstag feststellen, dass sie sein Handy hinter dem Schrank in seinem Zimmer versteckt hatte. Das heißt, beweisen konnte er es nicht, aber er war überzeugt davon, dass sie es getan hatte. Er fand ein Dutzend verpasster Anrufe, Textnachrichten und Mitteilungen von Casey, die ihn zwar trösteten, jedoch noch lange nicht mit ihr versöhnten. Nichts konnte die Qual vergessen machen, die er erlebt hatte, als sie vor seinen Augen in Kyles Armen lag.

«Und, wie sieht's aus?»

Er blickte auf. In der Tür stand Anna Sparks in Jeans und Poloshirt. Beinahe hätte er sie nicht wiedererkannt. Sie hatte ihr Haar schneiden lassen, etwas Gewicht angesetzt und erinnerte gar nicht mehr an die einstige Prinzessin der Vielseitigkeitsszene. In Peters Augen war ihr neuer Look ein Schritt in die richtige Richtung. Er hatte sowieso nie etwas übrig gehabt für aufgetakelte Modepüppchen.

«Die Hufe sind in Ordnung. Wie ging es ihm so, seit ich ihn beschlagen habe? Irgendwelche Druckschmerzen?»

«Überhaupt nichts. Er bewegt sich sehr gut. Als würde er schweben. Danke, Peter, du hast wie immer hervorragende Arbeit geleistet.»

Peter sah sie erstaunt an. In all den Jahren, in denen er und sein Vater die Pferde der Sparks beschlagen hatten, war nie ein Dankeswort über Annas Lippen gekommen. Zusammen mit ihrer schrecklichen Freundin Vanessa, die jetzt durch Abwesenheit glänzte, hatte sie keine Gelegenheit ausgelassen, sich über ihn lustig zu machen.

«Habe ich gern getan. Und geht's dir gut? Warum bist du nicht auf der Cocktail-Party mit den anderen Reitern?»

Sie zögerte für einen Sekundenbruchteil und sagte dann: «Dieses Jahr verzichte ich. Ich wollte nach Incendiary sehen und noch mal die Dressur von morgen durchgehen. Und du? Warum bist du nicht mit Casey hingegangen?»

«Wir haben Schluss gemacht», entfuhr es ihm unkontrolliert.

Anna ging um Incendiary herum und nickte bei jedem Huf anerkennend. Dann sagte sie: «Es geht mich ja nichts an, aber seid ihr völlig durchgeknallt? Ihr beide seid doch wie füreinander gemacht.»

«Stimmt, es geht dich nichts an. Aber wenn du es unbedingt wissen musst: Sie hat einen anderen.»

«Ich glaub' kein Wort», gab sie zurück. «Wer ist dieser sogenannte andere? Ein Reiter? Wenn du Kyle West meinst, dann bist du auf dem Holzweg. Alle Mädchen sind verrückt nach ihm.»

«Danke!»

«Lässt du mich bitte ausreden? Alle Mädchen sind verrückt nach ihm, weil er einfach super aussieht. Aber er ist ein Problemfall. Irgendetwas in seiner Vergangenheit ist nicht sauber. Es muss etwas mit seinem Vater zu tun haben, der ja früh gestorben ist. Als Kompensation scheint Kyle dieses übermächtige Bedürfnis zu haben, allen zu gefallen. Er hat's mit mir versucht, und mit Casey wird's nicht anders gewesen sein.»

«Wenn du unbedingt willst, dass ich mich noch schlechter fühle, dann hast du das bereits geschafft.»

Anna gab einen verärgerten Seufzer von sich. «Kannst du

nicht warten, bis ich fertig bin? Ich weiß nicht, ob Kyle irgendwelche Gefühle hatte für Casey. Sie hat sie auf jeden Fall nicht erwidert. Der ehemalige Geschäftspartner meines Vaters ist Besitzer von Rycliffe Manor. Er hat mich neulich wegen einer Geschichte mit meinem Vater angerufen. Als wir nebenbei auf das Reitzentrum zu sprechen kamen, sagte er mir, Casey habe vor etwa sechs Wochen nach einem Riesenknatsch mit Kyle ihre Sachen gepackt und sei verduftet. Seither sollen sie kein Wort miteinander gesprochen haben.»

In Peter stieg ein Funken Hoffnung auf. «Woher weißt du, dass sie seither keinen Kontakt hatten?»

«Weil Kyle etwa zur selben Zeit aus unbekannten Gründen das Land verlassen hat. Soviel ich weiß, ist er immer noch im Ausland. Ray hat das Training seiner Kunden übernommen. Das hat ihnen zuerst natürlich überhaupt nicht gefallen, doch mittlerweile finden sie, er mache seine Sache sogar besser als Kyle. Er ist zwar ein schräger Vogel und seine Methoden mögen etwas eigenwillig sein, aber mit Pferden kennt er sich aus. Oder er meint es zumindest. Wenn du mich fragst, schaden sie den Pferden mehr, als dass sie ihnen helfen. Aber ich weiß nicht, ob mit Ausnahme von Casey jemand diese Meinung teilt.»

«Und warum erzählst du mir das, Anna?»

«Weil ich es Casey schuldig bin. Hallo, Peter! Bist du so schwer von Begriff? Casey liegt dir zu Füßen. Du musst unbedingt noch vor Beginn der Burghley Trials zu ihr gehen und sie zum Lächeln bringen.»

«Ich weiß nicht. Ich überleg's mir mal.»

Einen Moment übernahm wieder die alte, arrogante Anna Sparks. «Peter Rhys, willst du mir wirklich weismachen, dass du noch nie in deinem Leben einen Fehler gemacht hast?»

Peter lief rot an.

Anna rollte mit den Augen und sagte nur: «Siehst du!»

Nachdem sie gegangen war, stand Peter eine Weile gegen die Stalltür gelehnt und überlegte. Irgendwie fühlte er sich wie elektrisiert. Anna hatte recht. Wenn er nicht bereit war, um das Mädchen, das er liebte, zu kämpfen, würde er es für den Rest seines Lebens bereuen.

Doch wie sollte er es schaffen, sie noch zu sehen? Sie war auf dem Empfang im Burghley House. Später würde sie im Kreis ihrer Bewunderer an einer festlichen Tafel dinieren. Auch dazu war er nicht eingeladen. Und außerdem hatte er nicht die richtige Garderobe dafür. In seinen verwaschenen Jeans und dem zerknitterten Denimhemd, an dem auch noch ein Knopf fehlte, hatte er bei einer Party mit Smokingpflicht nichts verloren. Wenn er wie eine Filmfigur mit Liebeskummer im Burghley House auftauchte, würden sich die Leute vor Lachen kringeln.

Nein, er musste bis nach der Dressur am Freitag warten und dann den passenden Moment finden, um sie anzusprechen.

Gerade als er den Stall verlassen wollte, kam ihm etwas in den Sinn, was er heute Abend noch für Casey tun konnte: Storms Hufe ansehen. Wenn etwas mit den Hufen nicht stimmte, konnte er sie unbemerkt in Ordnung bringen.

Er war unterwegs zu Storms Box, als er einen Schatten zu sehen meinte. Wenige Sekunden später hörte er, wie eine Tür ins Schloss fiel. Peter beschleunigte seine Schritte. Es wäre nicht das erste Mal, dass vor einem Turnier eingebrochen und an Pferden herumgepfuscht würde. Burghley war zwar hervorragend abgesichert, aber man konnte nie wissen. Wenn es jemand darauf angelegt hatte, konnte er in einer einzigen Sekunde großen Schaden anrichten.

Bei Storms Box angekommen, stellte er erleichtert fest, dass der Hengst seelenruhig auf seinem Heu herumkaute. Er hatte ihn selten in besserer Verfassung gesehen. Sein silbernes Fell hatte einen metallischen Schimmer. Er sah blendend aus.

«Hallo Champ. Wie läuft's?»

Als Peter die Box betrat, wieherte Storm freudig. Er hatte sich nach Casey und Roxy gesehnt, doch er nahm auch gerne mit Peter vorlieb. Schließlich war er sein liebster Hufschmied. Willig hob er seine Hufe, damit Peter sie anschauen konnte.

Nun war das Quietschen einer Tür und dann das Klackern von hohen Absätzen hören. Storm stellte die Ohren auf.

«Hallo Süßer», sagte Casey. «Ich musste doch noch mal vorbeischauen. Du hast mir gefehlt.»

Sie entdeckte Peter erst, als er hinter Storm hervortrat und einen schmachtenden Blick über ihr verführerisches schwarzes Cocktailkleid, ihre langen, wohlgeformten Beine und ihr unbändiges dunkles Haar wandern ließ.

«Das freut mich aber», sagte er grinsend. «Mir ging es nämlich genauso.»

22

Casey stülpte die langen schwarzen Reitstiefel über die schneeweißen Beine ihrer Reithose und zog den Reißverschluss hoch. Dank Mrs Smith waren sie nach militärischer Tradition blitzblank poliert. Über ihrer weißen Bluse trug sie den dunkelblauen Frack, den ihr Vater, mittlerweile ein voll ausgebildeter Schneider, selbst genäht hatte. Die Manschetten hatte er mit einem zarten Rosenmuster bestickt – als Erinnerung an Caseys Mutter, genauso wie die Rosenbrosche, die in Caseys Tasche steckte. Wenn sie die Brosche dabei hatte, spürte Casey die Nähe ihrer Mutter, die sie wie ein Schutzengel durch Höhen und Tiefen begleitete.

Im Gegensatz zum Equi-Flow war der Miettransporter nicht besonders geräumig, doch das kümmerte Casey kein bisschen. Dafür war sie mit diesem Gefährt nicht an irgendwelche Verpflichtungen gebunden. Sie blickte sich im Spiegel der Schranktür an. Sie sah sehr viel besser aus, als sie sich fühlte.

In weniger als einer Stunde würde sie um den renommiertesten Titel in der Vielseitigkeit kämpfen. Sie konnte es immer noch nicht fassen. Unter Kennern der Szene machte sich die Meinung breit, dass die Burghley Horse Trials das Turnier von Badminton als härteste Dreitagesprüfung der Welt verdrängt hatten. Wenn sie gewinnen würde ...

Halt! Mrs Smith hatte ihr gesagt, sie solle sich den Sieg in Burghley und den damit zusammenhängenden Gewinn des Grand Slams aus dem Kopf schlagen. Ihrer Meinung nach hatte sie schon so genug am Hals und musste sich nicht noch zusätzlich belasten. Dieses Argument war nicht von der Hand zu weisen. Heute ging es darum, eine anständige Dressur zu reiten, um nicht mehr und nicht weniger.

Sie setzte den Zylinder auf ihr sorgsam geliertes schwarzes Haar und trat aus dem Transporter ins Freie, wo Mrs Smith und Peter mit ihrem Pferd warteten. Storm hob den Kopf und stellte die Ohren auf, als er sie sah. Nichts brachte sein Blut so in Wallung wie ein Turnier. Stolz tänzelte er auf der Stelle. Mrs Smith, die mehr geschlafen hatte als Casey, hatte darauf bestanden, seine Mähne einzuflechten. Kein Wunder, dass er sich in bester Grand-Prix-Manier präsentierte.

Casey durchfuhr bei seinem Anblick ein warmes Gefühl der Zuneigung. Eigentlich hatte Storm Peter und sie wieder zusammengebracht. Kaum hatten sie sich am Vorabend im Stall gesehen, waren sie sich gegenseitig um den Hals gefallen – ohne Groll und Vorwürfe.

Als sie sich nach einer ganzen Weile wieder voneinander gelöst hatten, hatte sie ihm gesagt, wie leid ihr die Sache mit Kyle tat. «Es war nicht so, wie du gedacht ...»

Peter hatte einen Finger auf die Lippen gelegt. «Psst. Es tut mir ebenso leid. Und es tut mir nicht gut, von dir getrennt zu sein. Ich halte es nicht aus. Ich möchte immer bei dir sein. Natürlich nur, wenn du das auch willst.»

«Und ob ich das will», hatte sie leicht übermütig gesagt.

Irgendwie hatte es schon gefunkt zwischen Kyle und ihr, aber wie alles andere war es eine Täuschung gewesen. Bei seinem Kuss hatte sie sich nur schuldig gefühlt. Peters Küsse elektrisierten sie hingegen vom Scheitel bis zur Sohle. So wie er sie hielt, war klar, dass sie zusammengehörten. Irgendetwas an Peter erreichte sie in ihrem Innersten.

Sie hatte die Hände um seine Hüften gelegt und zu ihm aufgeblickt. «Wünschst du mir Glück für die Dressur?»

«Natürlich wünsche ich dir Glück, aber das brauchst du gar nicht.» Dann hatte er sich zu ihr hinuntergebeugt und ihr ins Ohr geflüstert: «Du siehst übrigens umwerfend aus.»

Casey wandte sich jetzt ihrer Trainerin zu und streckte ihr die Hände entgegen. Mrs Smith ergriff sie und sagte: «Du musst nur dein Bestes geben. Alles andere ist unwichtig.»

Warme Gefühle leuchteten nun plötzlich aus Caseys Augen. «Danke für alles und vor allem, dass Sie hier sind.»

«So was würde ich mir niemals entgehen lassen. Casey, du bist mir so wichtig, und ich bin so stolz auf dich, dass du es dir gar nicht vorstellen kannst.»

«Sie müssen wissen, dass auch Sie für mich sehr wichtig sind.»

Gerade als Casey sich mit Schubhilfe von Peter auf Storm schwang, kam Kriminalinspektor Lenny McLeod herbeigeeilt. Er musste in den vergangenen Monaten eine Fastenkur gemacht haben, denn Casey erkannte den rundlichen Polizisten, den Peter nach Kentucky begleitet hatte, kaum mehr. Offensichtlich hatte er Kaffee, Fast Food und im Dienst durchwachte Nächte gegen ein hartes Fitnessprogramm und viele Tage an der frischen Luft mit seiner Morgan-Stute Montana getauscht. Sein graues Haar war gepflegt, und in seiner Zivilkleidung – weißes Hemd, grauer Blazer und Jeans – wirkte er schlank und durchtrainiert. Einzig sein messerscharfer Blick war unverändert geblieben. Wie ein Scanner suchte er die vorbeiziehenden Zuschauer ab und schien ihnen gleichzeitig zu sagen:

Wer etwas auf dem Kerbholz hat, soll keine Sekunde auch nur daran denken, ungeschoren davonzukommen. Casey war überzeugt, dass McLeods Augen aus jedem schuldigen Verbrecher ein Geständnis herauskitzeln konnten.

Lenny McLeod war nicht nur als Bekannter zu dem Turnier gekommen, sondern auch in Verfolgung einer inoffiziellen Angelegenheit. Nach Mrs Smiths Anruf wegen Ray Cook hatte er verdeckte Ermittlungen über das Personal von Rycliffe Manor angestellt. Er wusste, dass Mrs Smith ihn niemals eingeschaltet hätte, ohne begründete Verdachtsmomente zu haben. Es war ihm zwar nicht gelungen, einen konkreten Nachweis für irgendwelche Vergehen zu erbringen, doch er hatte da und dort Rauchschwaden wahrgenommen, die ihn zu der Schlussfolgerung veranlassten, dass demnächst ein Feuer ausbrechen würde, das vielleicht schon eine Weile vor sich hin geschwelt hatte. Vor allem eine Person hatte einen biografischen Hintergrund, der bei ihm die Alarmglocken schrillen ließ. Die Fahrt nach Burghley hatte er aus reiner Intuition angetreten. Es konnte ja nicht schaden, ein wachsames Auge auf Casey Blue zu werfen.

«Wieso habe ich das dumpfe Gefühl, einen Leibwächter zu haben, seit Sie gekommen sind?», sagte Casey scherzhaft, als McLeod sie und Storm zum Abreiteplatz begleitete. «Ich will mich ja nicht beklagen. Aber ich frage mich natürlich, ob Sie etwas wissen, wovon ich keine Ahnung habe. Muss ich mir Sorgen machen?»

McLeod antwortete mit einem Grinsen: «Casey, du weißt ganz genau, dass ich nur vorgebe, dein Leibwächter zu sein, um mit all den Stars auf Tuchfühlung zu sein. Niemals könnte ich sonst einen guten Platz ergattern, um dich und Storm aus nächster Nähe reiten zu sehen.»

Casey lächelte zurück, aber McLeod sah einen Schimmer des Zweifels in ihren Augen.

«Was ist los? Stimmt etwas nicht?»

Sie hielt Storm an. «Lenny, kann ich Ihnen etwas ganz im Vertrauen sagen?»

«Klar.»

«Mrs Smith hat mir gesagt, dass sie Ihnen von Ray Cook erzählt hat. Ich weiß nicht, inwieweit Sie über Rycliffe Manor auf dem Laufenden sind. Wie dem auch sei: Jedenfalls hat man mich bedroht, als ich wegging. Ich habe versucht, die Geschichte zu verdrängen, um mich auf Burghley zu konzentrieren. Aber seit ich hier bin, hängt die ganze Sache wie ein dräuender Schatten über mir. Peter meint, er habe gestern Abend eine Gestalt gesehen, die sich um Storms Box herumgedrückt hat. Ich habe niemandem davon erzählt, aber es lässt mich nicht mehr los. Es wäre diesem Mann jedenfalls zuzutrauen, uns zu schaden – Storm zu schaden.»

McLeod legte eine Hand auf Storms Hals. «Casey, an so was darfst du jetzt wirklich nicht denken, kurz vor der Dressur. Ich schlage deine Ängste nicht in den Wind. In keiner Weise. Ich verstehe dich voll und ganz. Gleichzeitig möchte ich, dass du dich entspannst und darauf vertraust, dass ich dir Schutz biete. Kannst du das?»

Diesmal lächelte Casey aufrichtig. «Ja, das kann ich.»

«Gut, dann geh jetzt an den Start und tu, was du am besten kannst.»

Um 14:55 Uhr ritt Casey in das Dressurviereck ein. Auf den Tribünen drängten sich Tausende von Zuschauern, und

Millionen verfolgten ihren Auftritt live im Fernsehen. Casey war nervös wie selten zuvor. Erst als sie salutierend vor den Richtern stand, erinnerte sie sich an das, was ihr Mrs Smith gesagt hatte. Nur das Hier und Jetzt zählte. Und im Einklang mit Storm zu sein.

Sie und Mrs Smith waren das Risiko eingegangen, Storm für keinen anderen Wettbewerb vor Burghley zu melden. Sie erachteten es als wichtiger, dass er in Burghley völlig gesund an den Start gehen konnte, und verzichteten bewusst darauf, vorher noch zusätzliche Turniererfahrung zu sammeln. Als sie in einen mittleren Trab wechselte und ihn in ein Schulterherein führte, wusste Casey, dass sie die richtige Entscheidung getroffen hatten. Storm war eines der wenigen Pferde, die an einer schwierigen Aufgabe wachsen konnten. Er konnte aus dem Publikum Energie tanken. Seine Ohren waren aufgestellt, und er fühlte sich elastisch.

Casey hatte so oft unter Mrs Smith Dressur trainiert, dass sie ihre Trainerin bei jeder Bewegung förmlich hören konnte: *Traversale links. Rechte Hand. Versammelter Trab. Mitteltrab.*

Die Zuschauer schmolzen dahin. Für sie gab es nur noch Storm. *Schulterherein rechts. Volte rechts, acht Meter. Mittelschritt. Wechseln, starker Schritt. Halt. Fünf Schritte rückwärtsrichten. Und weiter im versammelten Rechtsgalopp.*

Hundegebell. Nackte Panik durchfuhr Casey. Bestimmt waren ihnen der Dobermann und der Rottweiler auf den Fersen. Jetzt kam alles zurück: Sie sah die Zähne, das Geifern, die blutende Wunde in Roxys Flanke ...

Storm spürte Caseys Zug am Gebiss und war verwirrt. Er verpasste den fliegenden Wechsel. Als der Zug nachließ und der Kontakt wieder konstant wurde, war er erleichtert. Es folgten drei Schlangenlinien durch die Bahn. Jetzt waren sie wieder vereint. Das Pferd und das Mädchen. Innerlich verschmolzen wie ein Kentaur. Aufbrausender Applaus. Auf der Ergebnistafel leuchteten rote Ziffern auf: – 45,3. Damit lag Casey auf dem zwölften Zwischenrang. Für heute war Schluss. Für heute.

23

Anna Sparks schlüpfte in ihre Airbag-Jacke und streifte die Leuchtweste über. Früher hätte sie sie sich kurz vor der Geländeprüfung unbesiegbar gefühlt, vor allem, wenn sie nach der Dressur mit der persönlichen Bestleistung von 40,3 Punkten hinter David Powell und Sam Tide an dritter Stelle lag. Aber heute glichen ihre Nervenstränge einer wilden Achterbahn. Doch Anna ließ sich dadurch nicht beirren. Jeder Reiter kannte diese Situation. Damit musste sie leben.

Sie erinnerte sich an ein Interview mit der großartigen Vielseitigkeitsreiterin Mary King, in dem sie ausführte, sie habe vor der Geländeprüfung nie Angst gehabt. Wer in dem Moment Angst habe, hatte sie dem Journalisten gesagt, habe den falschen Sport gewählt. Sie habe einzig Angst davor, einen dummen Fehler zu machen und damit ihr Pferd zu gefährden. «Manchmal leisten wir uns die lächerlichsten Fehler ...»

Anna musste schmunzeln, obwohl ihr nicht danach zumute war. Sie konnte Marys Aussage genau nachvollziehen, und es war gut, sie aus dem Munde einer Olympiasiegerin zu hören. Ihre Angst hatte nur mit Incendiary zu tun. Sie hatte Panik, ihm einen Schaden zuzufügen – durch eine Verletzung oder auch ein schlechtes Ergebnis. Incendiary war ein Champion von den Spitzen seiner Ohren bis zum letzten Härchen seines samtweichen Schweifs. Es lag einzig und allein an ihr, das Beste aus ihm herauszuholen.

Sie hatte aber auch Respekt vor dem Publikum. Die Reaktion auf ihre Dressur vom Freitag war von verhalten bis feindselig ausgefallen. Beim Verlassen des Vierecks hatten sie einige Buhrufe und Pfiffe begleitet. Nun hoffte sie, dass die Abneigung der Zuschauer nicht auf die Geländeprüfung überspringen und Incendiary aus der Fassung bringen und damit gefährden würde. Eine von ihr verschuldete Verletzung würde sie sich niemals verzeihen können.

Anna hüpfte über die Stufen des Transporters, den ihr Casper zur Verfügung gestellt hatte, und ging zu Incendiary hinüber. Er war frisch gesattelt und wartete mit Niall, seinem Pfleger. Anna wollte kein Risiko eingehen. Deshalb nahm sie Incendiary zum x-ten Mal unter die Lupe. Als sie mit der Hand über seine muskulös gewölbte Brust fuhr, spürte sie das beruhigende Pochen seines Herzens. Auch wenn sie verunsichert war, Incendiary strahlte große Zuversicht aus.

Als sie auf den Abreiteplatz ritt und ihr Blick auf die Ergebnistafel fiel, stieg ein Schuldgefühl in ihr auf. Casey hatte auf Incendiary verzichtet und lag nun neun Plätze hinter ihr.

«Meine Berater meinen, ich hätte den Verstand verloren», hatte ihr Casper Leyton bei seinem Anruf gesagt. «Nachdem mir eine für ihre impulsiven Entscheidungen berüchtigte Siebzehnjährige einen Korb gegeben hat, biete ich mein bestes Pferd einer anderen Teenagerin an, die vor Kurzem noch gesperrt war. Du kannst von Glück reden, dass ich daran glaube, dass man immer eine zweite Chance hat.»

Seither hatte Anna immer wieder versucht, sich bei Casey zu revanchieren. Bisher hatte sie es nicht geschafft. Wer weiß, vielleicht würde sie es nie schaffen.

Ab und zu probte sie in Gedanken, wie sie Casey um eine Verabredung zum Kaffee oder Essen bitten könnte, doch sie glaubte gar nicht richtig daran, dass es je dazu kommen würde. Sie hatte hart daran gearbeitet, ein besserer Mensch zu werden, der die verwöhnte, egoistische Göre vergessen lassen würde, die sie vor der Sperre gewesen war. Aber Caseys Worte gingen ihr nicht aus dem Kopf: *Einmal Zicke, immer Zicke.*

Vielleicht hatte Casey ja recht: Die Katze lässt das Mausen nicht.

Der hinter dem Absperrseil stehende Niall machte ihr ein Zeichen, dass sie in fünf Minuten dran sein würde. Plötzlich schlug Annas Herz doppelt so schnell. Incendiary wurde unruhig wie ein Rennpferd vor dem Start. Der Himmel war bedeckt, aber es war stickig. Sein Hals war bereits schweißnass. Incendiary hatte das ideale Temperament für ein Vielseitigkeitspferd. Er war ruhig und gelassen am Dressurtag und voller Energie vor der Geländeprüfung.

Während er auf dem Gebiss kauend an den Zuschauermassen vorbeitrabte, konnte Anna ein Grinsen nicht unterdrücken. Es gab Reiter, die Angst vor temperamentvollen Pferden hatten. Für sie selbst galt das nicht. Im Gegenteil. Temperamentvolle Pferde wirkten elektrisierend auf sie.

Auf dem Weg zum Startbereich sah sie eine Frau, die eine olivgrüne Barbourjacke und eine blaue Baseballmütze trug, deren Schild sie tief ins Gesicht gezogen hatte. Das Profil der Frau war kaum erkennbar; dennoch rief es bei Anna in Kombination mit ihrem Gang eine verschwommene Erinnerung hervor, die sie nicht einordnen konnte. Als die Frau näher kam, schien sie ihren Blick kurz auf sie zu richten. Dabei nahm Anna eine genüssliche Boshaftigkeit wahr, die ihr mehr Angst machte als die vor ihr liegenden Hindernisse des Geländeparcours. Einen kurzen Augenblick später war die Frau verschwunden – verschluckt im Gewimmel der Zuschauer.

Plötzlich fühlte sich Anna wie benommen. Alles wurde unscharf vor ihren Augen. Und dann sah sie sich im Büro von Rycliffe Manor. Sie tobte vor Wut, weil sie ihr Tagebuch vermisste, das sie in einer Tasche hinter dem Pult gelassen hatte. Es war zwar nicht wertvoll, aber es enthielt wichtige Adressen und Telefonnummern und private Aufzeichnungen, die sie nicht in fremden Händen wissen wollte. Ein paar Tage zuvor war ihr Lieblings-T-Shirt aus ihrem Zimmer verschwunden.

Nachdem sie sich bei Kyle lautstark beklagt hatte, wollte sie bei der Polizei Anzeige erstatten. Kyle hatte ihr sehr geduldig zugehört und in seiner aufreizend vernünftigen Art beruhigend auf sie eingeredet. Er versprach ihr, das Tagebuch zu ersetzen. Gleichzeitig warf er ihr Kleinlichkeit vor, weil sie sich als Millionärstochter über den Verlust eines Büchleins und eines T-Shirts aufregte, die zusammen nicht mehr als ein paar Tassen Kaffee gekosten haben dürften. Durch die Blume gab er ihr auch zu verstehen, dass er glaubte, sie habe beides einfach irgendwo verloren.

Ray hingegen hatte sie mit beißender Kritik eingedeckt: «Ernsthaft jetzt, wer würde sich schon für dein Tagebuch interessieren? Für eine endlose Liste von Lunchterminen und Shopping-Touren?»

Mitten in der Auseinandersetzung hatte Anna bemerkt, dass Hannah sie vom Hof aus beobachtete. Die Hilfsreitlehrerin saß mit einem Buch in der Hand auf dem Brunnenrand – die Unschuld in Person. In diesem Augenblick wusste Anna instinktiv, dass Hannah ihr Tagebuch und ihr T-Shirt geklaut hatte. Hannah war hoffnungslos in Kyle verschossen. Das gestohlene Tagebuch würde ihr erlauben, im Privatleben ihrer vermeintlichen Rivalin herumzuschnüffeln und die Informationen gegen sie einzusetzen.

Dieser Zwischenfall hatte das Fass endgültig zum Überlaufen gebracht. Sie war schon vorher über die Entwicklung besorgt gewesen, die Rough Diamond in Rycliffe Manor durchgemacht hatte. Ihr talentierter Fuchs war nur mehr ein Schatten seiner selbst. Vom feurigen Stolz, der sie dazu veranlasst hatte, ihren Vater zu beackern, ihr das Pferd zu kaufen, war nicht mehr viel übrig. Sein Stallname *Mouse*, der anfangs nicht ganz ernst gemeint gewesen war, sagte eigentlich alles: Aus dem stolzen Rough Diamond war eine ängstliche Maus geworden. Wer genau für diesen Wandel verantwortlich gewesen war, war ihr aber nie klar geworden.

Im Nachhinein musste sie sich eingestehen, dass sie zumindest mitschuldig war. Wenn sie sich mehr um das Wohl ihres Pferdes und weniger um Ruhm und Ehre gekümmert hätte, wäre sie in Burghley mit Rough Diamond und nicht mit Incendiary gestartet, der Casper Leyton gehörte und niemals ihr Pferd sein würde.

Was sie damals jedoch immer wieder beschäftigt hatte, war eine Bemerkung von Ray kurz nach Rough Diamonds Ankunft in Rycliffe Manor. «Dein Pferd ist vielversprechend, aber man muss es noch ein bisschen zurechtstutzen.»

Nach dem Zwischenfall mit dem gestohlenen Tagebuch hatte sie Kyle eigentlich eröffnen wollen, dass sie sich für einen Trainerwechsel entschieden habe. Doch dazu war es leider nicht mehr gekommen, weil Rough Diamond am nächsten Wochenende einen Zusammenbruch erlitt. Das war für sie in mehrerlei Hinsicht der Anfang vom Ende gewesen. Im Vergleich zu den Widerwärtigkeiten, die in der Folge über sie hereinbrachen, war die stalkende Hannah ein Kinkerlitzchen.

«… und jetzt am Start: Anna Sparks auf Incendiary vom Gestüt Casper Leyton», tönte es aus den Lautsprechern.

Die Uhr tickte. Annas Gliedmaßen waren bleischwer. Sie befürchtete, nicht in der Lage zu sein, den gleich vorwärts preschenden Hengst zu kontrollieren.

Hannah hatte sie mit einem triumphierenden und … bösen Blick fixiert. Vielleicht hatte ja nicht Ray ihr Pferd demontiert, sondern Hannah, die damals tagtäglich mit Rough Diamond arbeitete. Vielleicht war es ihre Absicht gewesen, die vermeintliche Rivalin aus Rycliffe Manor zu vertreiben. In dem Fall war ihr Plan aufgegangen. Rough Diamond war am Ende, und die Rivalin war weg. Und damit war eine Kettenreaktion ausgelöst worden, die für sie, Anna, um ein Haar das Ende der Karriere bedeutet hätte.

Was, wenn Hannah sie auch weiterhin belästigte? Aber warum? Sie war ja keine Gefahr mehr für sie. Ganz im Gegensatz zu Casey Blue. Falls Hannah auch nur den Hauch eines Flirts zwischen Casey und Kyle feststellen sollte, würde sie ausrasten. Wenn Hannah klauen, lügen und ein Pferd fertigmachen konnte, nur um eine Widersacherin im Kampf um Kyles Gefühle auszuschalten, würde sie sich nicht scheuen, auch eine andere mögliche Nebenbuhlerin ins Visier zu nehmen, zumal sie damit rechnen konnte, nicht erwischt zu werden. Casey würde gleich an einer der risikoreichsten Geländeprüfungen der Welt teilnehmen. Wenn Hannah Böses gegen sie im Schild führte, wären die Folgen katastrophal.

Der Countdown wurde heruntergezählt: *Fünf, vier, drei …*

«Niall!», schrie Anna. «Niall!»

Ihr Pferdepfleger stürmte an das Absperrseil. «Was ist los? Du wirst gleich disqualifiziert, die Startzeit ist gleich um!»

Anna beugte sich zu ihm herunter. «Es geht um Leben und

Tod. Du musst unbedingt Peter Rhys oder Angelica Smith erreichen. Sag ihnen, dass sie Hannah Morley stoppen müssen. Sie ist auf dem Parcours, und ich bin sicher, dass sie es auf Casey abgesehen hat. Sie werden wissen, was zu tun ist.»

Dann ließ sie Incendiary die Zügel schießen und war weg.

24

Anderswo auf dem vornehmen Gelände von Burghley unterhielten Jazzmusiker in bunt gestreiften Jacketts und Strohhüten das Publikum. Von dem Drama, das sich gleich in nächster Nähe abspielen sollte, war hier nichts zu ahnen. Unter zinngrauem Himmel durchstöberten pferdeverrückte Teenager, uniformiert in Poloshirts, engen Jeans und braunen Ariat-Reitstiefeln, das Zeltdorf nach Pferdeartikeln und schicker Reitkleidung. Wer über achtzehn war, trug ausnahmslos Tweed- oder Barbour-Jacke und ließ sich vorzugsweise von reinrassigen Cocker-Spaniels, schokoladenbraunen Labradors oder rauhaarigen Scotch-Terriern begleiten. Wie Bienen umschwirrten die Besucher Verkaufsstände mit mobilen Hindernissen, Vitrinen voller Rolex-Armbanduhren und rustikale Gartenmöbel.

Während sich die besten Reiter für den Start zur Geländeprüfung bereit machten, schwärmten die meisten in den Park aus, um sich einen der begehrten Zuschauerplätze in der Nähe der schwierigsten Sprünge zu sichern. Vom Wetter unbeeindruckt, entfalteten sie Picknickdecken und packten Kameras, Ferngläser und Thermosflaschen mit heißem Kaffee aus. Der Nachmittag versprach Spektakel und Action. Die besten und talentiertesten Reiter waren wie immer ganz oben auf der Rangliste klassiert.

Die meisten Zuschauer hatten ihre Favoriten und machten Stimmung für sie. Hier das Lager der Anhänger von Andrew Nicholson, dort die Schlachtenbummler von William Fox-Pitt. Die Fans von Mary King bewunderten ihre Heldin für die Bescheidenheit, den intuitiven Reitstil und das glaubwürdige Engagement für ihre Pferde. Einige diskutierten noch darüber, wer nun wirklich der oder die Beste sei: der Australier Sam Tide, die Amerikanerin Stella Blackmore oder der Deutsche Michael Jung. Andere wiederum gaben sich als unerschütterliche Bewunderer von Pippa Funnell zu erkennen.

In Sachen Anna Sparks und Casey Blue waren die Meinungen geteilt. Für viele war Casey eine Eintagsfliege. Sie erkannten zwar ihre phänomenalen Leistungen an, führten sie jedoch einzig auf ihr Glück zurück, dem Wunderpferd Storm über den Weg gelaufen zu sein. Demgegenüber vertraten ihre leidenschaftlichen Verehrer die Ansicht, Casey sei die vielversprechendste Nachwuchshoffnung seit mindestens einer Generation.

Am umstrittensten war jedoch Anna Sparks. Ob die Leute sie mochten oder nicht, hing vor allem davon ab, ob sie bereit waren, ihr zu verzeihen, oder ob sie sie wegen ihrer Verfehlungen schon für immer abgeschrieben hatten. Auf jeden Fall waren alle gespannt darauf, wie Incendiary mit den besonders harten Anforderungen von Burghley zurechtkommen würde.

Alles war also angerichtet für eine spektakuläre Geländeprüfung voller aufregender Höhepunkte. Und je weiter der Zeiger auf der Uhr vorrückte, desto größer wurde die Spannung.

Kaum jemand war jedoch so angespannt wie Casey Blue. Wie geplant, hatten Storm und sie den Tag mit ihrer eigenen Version des Wegstrecken-Teils der früher praktizierten längeren Geländeprüfung in Angriff genommen. Jetzt wartete sie zusammen mit Mrs Smith, Peter und einem Turnierfunktionär auf das Resultat der tierärztlichen Prüfung von Storms Verfassung. Ein Nein würde die automatische Qualifikation bedeuten.

«Fit wie ein Turnschuh», meldete der Tierarzt schließlich. «Hatten Sie nicht erwähnt, dass im Rahmen einer MRI-Untersuchung bei Storm – genau wie bei den berühmten Rennpferden Seabiscuit und Pharlap – ein Herz nachgewiesen wurde, das doppelt so groß ist wie bei einem normalen Pferd? Genau das kommt ihm jetzt zugute. Man sieht ihm das morgendliche Training überhaupt nicht an – als wäre er bloß kurz vom Parkplatz rüberspaziert.»

Casey und Mrs Smith fielen sich vor Freude in die Arme. So weit so gut.

Peter half Casey in den Sattel. Dann ritt sie, eskortiert von McLeod, auf den Abreiteplatz. Die Begleitung durch den Kriminalinspektor mochte sinnvoll sein, aber nötig war sie nicht unbedingt. Darin waren sich beide einig. Nachdem McLeod sie beruhigt hatte, dass die Attacke gegen Storm wohl eher ein einmaliger Zwischenfall gewesen sei, hatte Casey diesen Gedanken erfolgreich ausgeblendet. Momentan dachte sie nur an Laufwege und Hindernisabstände. Sie hatte den Parcours vier Mal abgelaufen und kannte ihn in- und auswendig.

«Ganz schön happig», hatte William Fox-Pitt die Strecke in einem Fernsehinterview genannt. «Das ist ein typischer Parcours für ein Drei-Tages-Turnier. Und eine Herausforderung für Geist und Körper. Das Abschreiten der Strecke ist eine Sache. Der eigentliche Wettkampf eine ganz andere.»

Ruth Edge genügten ein paar wenige Worte: «Diese Geländestrecke lässt keinen Fehler zu.»

Casey war fest entschlossen, einen guten Start hinzulegen. Mit einer zögerlichen Anfangsphase würde sie sich nur Zeitstrafpunkte einhandeln. Sie wusste aus Erfahrung, dass sie mit geballter Kraft und Energie aus der 10-Minuten-Box kommen mussten. Auf keinen Fall durften sie die Anfangsphase verschlafen. Sie mussten von Beginn weg um jede einzelne Sekunde kämpfen. Sonst würde es nicht reichen. So einfach war das. Wenn sie es bei der Geländeprüfung unter die ersten zehn oder – schlechtestenfalls – die ersten zwanzig schafften, lag für Sonntag noch alles drin.

Auf dem Parcours befanden sich dreiunddreißig Hindernisse, die insgesamt neununddreißig Sprünge erforderten. Als sich Casey aufwärmte, eilten Peter und Mrs Smith zum zehnten Hindernis. Sie hofften, von dort aus auch Sprung 8 und 9 mitzukriegen, um dann zu Hindernis 13 zu wechseln und Casey auch beim vierzehnten und fünfzehnten Sprung verfolgen zu können.

Caseys Vater Roland und Ravi Singh, sein Chef und Freund vom Half Moon Tailor Shop, hatten sich bereits bei Hindernis 26, dem *Anniversary Splash,* in der ersten Reihe installiert, um Casey beim berühmten Wassersprung zu beobachten. Sie waren frühmorgens aus London angereist und hatten bereits zweimal «Eintreten in den Wassergraben» und einmal «seitliches Ausbrechen» vor dem Hindernis miterlebt.

Solange sich niemand verletzte, konnten Stürze beim Wassergraben ganz amüsant sein. Aber Roland Blue wollte bei seiner Tochter natürlich nichts Derartiges erleben. Er war immer sehr angespannt, wenn er Casey bei Turnieren beobachtete, und wurde von Minute zu Minute bis zur Startzeit nervöser.

Doch zuerst war Caseys Rivalin Anna Sparks dran. Roland wäre nicht überrascht gewesen, wenn sich das Debakel von Badminton vor seinen Augen wiederholt hätte: ein Sturz in den trüben Wassergraben, gefolgt von einem Wutausbruch und Gertenhieben. Doch das Mädchen, das heute auf dem herrlichen kakaofarbenen Pferd daherkam, hatte keine Ähnlichkeit mehr mit der Schickeria-Tussi von Badminton. Roland Blue musste sich sogar im Programmheft vergewissern, ob es sich tatsächlich um Anna Sparks handelte. Anna und Incendiary kamen kraftvoll über die Böschung gestürmt, und ehe er sich's versah, hatten sie die drei Sprünge und den Wassergraben gemeistert, als sei er nichts als eine lächerliche Pfütze.

«Peter, warte auf mich, bitte!»

Auf halber Strecke zum neunten Hindernis blieb Mrs Smith stehen. Beinahe unerträgliche Schmerzen hinderten sie daran, mit ihm Schritt zu halten. Sie hatte zwar versprochen, Casey auch über die kleinste Verschlechterung ihres Gesundheitszustandes zu informieren, doch hatte sie ihr verschwiegen, dass die Wirkung der Medikamente selbst bei gefährlich hoher Dosierung seit mehr als zehn Tagen nachgelassen hatte. Und immer wenn die Schmerzen kamen, trafen sie sie wie ein Tsunami. Danach war sie völlig fertig und ausgelaugt.

Doch das war nicht der einzige Grund für Mrs Smiths Verschnaufpause. Ihr Herz pochte erschreckend schnell. Janet hatte sie vor der stimulierenden Wirkung ihres Heiltranks gewarnt. Deshalb war es ein Gebot der Vorsicht, einen Moment lang auszuruhen.

Peter war im Nu bei ihr. «Angelica, was ist los? Da, stützen

Sie sich auf mich. Ist Ihnen schwindlig? Soll ich einen Krankenwagen rufen?»

Plötzlich verschwanden die Schmerzen so schnell, wie sie gekommen waren. Fast hätte Mrs Smith aus lauter Dankbarkeit losgeheult. «Ich bitte dich, Peter. Du bist fast so schlimm wie Casey. Ich will nicht, dass man mich wie ein rohes Ei behandelt. Ich musste nur mal verschnaufen. Gut, gehen wir weiter? In wenigen Minuten ist Casey dran.»

Peter stand wie angewurzelt da. «Ja, und Casey würde mich umbringen, wenn sie wüsste, dass ich Sie nicht daran gehindert habe, das Rennen zu verfolgen, wo es Ihnen doch schlecht ging und sie dringend Hilfe brauchten. Angelica, seien Sie bitte vernünftig. Sie können sich später in aller Ruhe die Fernsehaufzeichnung zu Gemüte führen. Ich rufe jetzt die Ambulanz. Dafür ist sie ja da.»

Gerade als er sein Mobiltelefon aus der Tasche holte, fing es an zu summen. Auf dem Display erschien eine unbekannte Nummer. Ohne zu überlegen, nahm er den Anruf entgegen.

«Peter? Kyle West hier.»

Peter war einer der umgänglichsten Menschen in der Vielseitigkeitsszene, doch jetzt kochte er vor Wut. «Ich habe dir nichts zu sagen ...»

«Es geht um einen Notfall. Das ist kein privater Anruf. Ich konnte Angelica Smith nicht erreichen, und du bist die einzige andere Kontaktperson, die helfen kann. Ich habe deine Nummer auf deiner Website gefunden. Also hör gut zu: In Rycliffe Manor arbeitet eine Hilfsreitlehrerin. Sie heißt Hannah Morley. Ich war einige Tage weg, und als ich gestern Abend nach Rycliffe Manor zurückkehrte, sagte man mir, Hannah sei seit Donnerstag verschwunden. Angeblich wollte sie eine kranke Tante besuchen. Ihre Kunden sind natürlich wütend.»

Mrs Smith sah Peter stirnrunzelnd an. Er zog eine Grimasse. «Faszinierende Geschichte, Kyle. Aber ich hab' jetzt keine Zeit. Casey startet gleich.»

«Peter, Casey könnte in Gefahr sein. Wenn sie dir lieb ist, dann hör mir jetzt zu.»

Peter blickte wie versteinert. «Ich höre.»

«Vor ein paar Stunden habe ich eine von Hannahs Freundinnen beauftragt, ihr Zimmer im Personalhaus zu durchsuchen. Dabei ist sie auf ein Tagebuch gestoßen, das Anna Sparks abhanden gekommen war, außerdem auf eine ganze Menge von Zeitungsausschnitten über Casey, die teilweise mit Schimpfworten verschmiert waren, und einen genauen Plan des Geländeparcours von Burghley.»

«Kyle, kommst du auf den Punkt? Was willst du mir sagen? Wo bitte ist der Notfall?»

«Mein Vater Ray hat sich den Plan genauer angesehen und ist überzeugt, dass Hannah einen Anschlag plant ... Ich bin eben erst in Burghley angekommen, aber ...»

In diesem Moment kam ein schlaksiger Junge in Reithose und durchgeschwitztem Poloshirt angerannt. Atemlos redete er auf Peter ein: «Ich ... habe ... Sie ...überall ... gesucht. Niall, der Pferdepfleger von Incendiary, schickt mich. Anna Sparks hat ihn gewarnt. Anscheinend geht es um Leben und Tod. Sie sagt, irgendjemand muss Hannah aufhalten, bevor sie auf Casey losgeht. Anna meint, sie habe sie bereits auf der Geländestrecke gesehen.»

Peter dankte ihm und sprach dann wieder in sein Handy. «Kyle, kannst du mir das Mädchen genau beschreiben?»

Unmittelbar darauf rief er McLeod an. Der Kriminalinspektor hatte geplant, Caseys Ritt im Medienzentrum zu verfolgen, wo er jedes Hindernis sehen konnte.

«Peter, es ist zu spät.»

«Warum?»

«Casey ist bereits auf dem Bildschirm zu sehen. Sie und Storm sind unterwegs zum Start. Wir können jetzt nicht mehr eingreifen. Wir können nur noch hoffen, dass nichts geschieht und – wenn nötig – reagieren.»

25

«Warum tu ich mir das an?»

Das fragte sich Casey, als sie, die Zügel in den Händen und über Storms Widerrist gebeugt, auf den Countdown des Startrichters wartete. Eigentlich sollte ihr das hier doch Spaß machen. Stattdessen hatte sie Angst. Doch nicht um sich selbst. Klar, die dreiunddreißig Hindernisse, die vor ihnen lagen, waren kein Sonntagsspaziergang, aber sie vertraute Storm voll und ganz. Er würde sie sicher über den Parcours tragen. Nie war er fitter, stärker und agiler gewesen. Dennoch hatte sie Angst um ihn. Was, wenn sie durch eine Fehleinschätzung einen Sturz verschuldete? Was, wenn er sich ein Bein brach und eingeschläfert werden musste?

«… und jetzt, meine Damen und Herren, die jüngste Gewinnerin von Badminton und Kentucky, Casey Blue, auf ihrem Pferd Storm Warning …»

«Fünf Sekunden», sagte der Startrichter.

Casey legte die Hand auf die Tasche der Reithose, in der ihre Rosenbrosche steckte, und überließ alle ihre negativen Gedanken der Vergangenheit. Jetzt zählten nur noch die nächsten elf Minuten und zwanzig Sekunden, die für diese Strecke festgelegte Idealzeit. Mrs Smiths Trainingsmethoden waren zwar unkonventionell gewesen, aber sie hatten Wunder gewirkt.

Storm war optimal vorbereitet. Er fühlte sich an wie eine gespannte Feder. Noch eine Sekunde. Casey presste die Schenkel gegen seine Flanken. Storm schoss mit einer derartigen Energie auf die Strecke, dass sie sich an seiner Mähne festklammern musste. Schon war das erste Hindernis überflogen. Die Geländeprüfung hatte begonnen.

Einige Reiter hatten den Parcours mit einem Messrad zentimetergenau abgemessen, um die Anzahl der Galoppsprünge und die Linienführung zu optimieren. Casey und Mrs Smith arbeiteten noch nach der althergebrachten Methode. Vier von Caseys Schritten entsprachen etwa einem Galoppsprung von Storm, und zwei große Schritte von ihr dem Abstand, in dem Storm nach einem Hindernis aufsetzte. Da es jedoch galt, eine Idealzeit zu erreichen, hatten sie sich in der Vorbereitung vor allem auf strategische Fragen konzentriert, die den kürzesten Weg und das Tempo betrafen.

Casey ritt eine enge Kurve zum zweiten Hindernis, einer Holzbank. Unterwegs zum dritten Sprung, einem großen, soliden Picknicktisch, trieb sie Storm zu einem leichten Galopp an, damit er schon einmal anfing, die Hufe zu heben und mitzudenken. Sie hatte bemerkt, dass viele Pferde an dieser Stelle versucht waren, in Richtung des nahegelegenen Parkplatzes abzuschwenken. Deshalb tippte sie Storms Schulter leicht mit der Gerte an, um ihn daran zu erinnern, dass sie noch da war. Sie hätte auch darauf verzichten können, denn Storm kam keinen Zentimeter von der Linie ab.

Sobald er nach einem Sprung auf dem Boden landete, trieb sie ihn vorwärts. «Wenn du nach dem Aufsetzen gleich wieder Tempo machst, gewinnst du glatt fünfzehn bis zwanzig Sekunde pro Runde», hatte Mrs Smith immer wieder gesagt. Ihre Worte hatten sich so tief in ihr Gedächtnis gegraben, dass es sich anfühlte, als würde sie hinter ihnen herreiten und sie von dort aus lenken und beschützen.

Casey warf einen Blick auf ihre Stoppuhr. Eine Minute war vorbei.

Am Morgen hatte sie Ruth Edge, Michael Edge und ein paar andere Mitkonkurrenten auf dem Parcours beobachtet, um zu sehen, wie sich die Hindernisse springen ließen. Sprung Nummer 4 war ein hoher Schweinerücken, ein Burghley-Klassiker, dicht gefolgt von einem Abwärtssprung über eine steile Böschung. Casey dachte an Mary Kings Worte: «Die hohe Kunst besteht darin, so ruhig wie möglich zu reiten. Wer immer wieder das Tempo wechselt, verschwendet eine Menge Energie.»

Der Abwärtssprung war furchterregend und forderte auch dem Reiter eine große Portion Mut ab. Ein Zögern würde sich auf Storm übertragen. Da sie davon ausging, dass er nach dem Hindernis wuchtig landen würde, verkürzte sie seinen letzten Galoppsprung vor dem Hindernis. Sie saß aufrecht, den Kopf hoch erhoben, die Schultern nach hinten gerichtet, und gab die Zügel nach, damit Storm sich strecken und das vor ihm liegende schmale Hindernis gut sehen konnte. Bloß kein seitliches Ausbrechen! Dann trieb sie ihn mit den Schenkeln und ihrer Stimme an ... und atmete erleichtert auf, als Storm sicher landete.

Elephant Trap, das nächste Hindernis, ritt sie leicht schräg an. Damit war Storm nach dem Sprung bereits in der richtigen Position für die folgende Kurve. Weiter ging es mit lockeren Zügeln im Galopp auf das siebte Hindernis zu. Das erste Element bestand aus einem dünnen Baumstamm auf der hinteren Seite eines Grabens – eine höchst gefährliche optische Täuschung. Doch Storm ließ sich dadurch ebenso wenig aus der Fassung bringen wie durch das folgende Buschhindernis in Form eines *Land Rovers*. Ein Galoppsprung und gleich wieder ein Graben, drei Sprünge und ein weiteres Buschhindernis. Alles war sehr eng und verwinkelt, doch Storm hatte keine Probleme.

Als sie Storm vor dem neunten Hindernis, dem *Cascade Complex*, zurücknahm, überfiel sie urplötzlich ein Angstgefühl. Sie sah sich und Storm wie im Film. Er bäumte sich auf, kippte, verlor das Gleichgewicht und begrub sie unter sich. Die Zügel hingen herab. Der Himmel verdüsterte sich.

Storm spürte, dass er den Kontakt zu Casey verloren hatte, und schaffte es mit knapper Not über den Oxer. Casey versuchte, sich zu sammeln, aber ihr Selbstvertrauen war verschwunden. Die Baumgruppe vor dem nächsten Hindernis, der *Trout Hatchery,* wirkte bedrohlich. Die aufmunternden Rufe der Zuschauer hinter den Absperrseilen halfen ihr nicht. Nicht die Zuschauer mussten den vor ihr liegenden Teich unbeschadet hinter sich bringen, sondern sie. Das war die eigentliche Herausforderung beim Geländeritt. Niemals war ein Reiter so exponiert und auf sich selbst gestellt wie auf diesem Parcours.

Casey war mit ihren bösen Vorahnungen nicht allein. McLeod, Peter und Mrs Smith unternahmen alles Menschenmögliche, um Hannah zu finden. Leider hatten sie keinerlei Anhaltspunkte. Kyles Beschreibung war reichlich schemenhaft gewesen, und da Anna nicht zu hundert Prozent sicher war, dass es sich bei der Frau, die sie gesehen hatte, um Hannah handelte, konnten sie nicht einmal fest davon ausgehen, dass Hannah überhaupt in Burghley war.

«Vielleicht war sie ja wirklich zu Besuch bei einer kranken Tante», sagte Peter in einem Anflug von Optimismus zu dem jungen Polizisten, den McLeod für die Suche abgestellt hatte. Nach einer etwa 160 bis 170 cm großen rothaarigen Frau Ausschau haltend, rannten sie von Hindernis zu Hindernis. Anna hatte außerdem gesagt, sie trage eine olivgrüne Barbour-Jacke und eine blaue Baseballmütze.

«Kann sich diese Miss Sparks eigentlich vorstellen, wie viele Menschen in Burghley grüne Barbourjacken und blaue Baseballmützen tragen?», keuchte der Polizist, als sie beim Wassergraben ankamen, um den sich Tausende von Zuschauern geschart hatten. «Das ist ja, als würde man im Stadion von Manchester United einen Verdächtigen in einem rot-weißen T-Shirt suchen.»

Derweil jagte McLeod in einem Land Rover durch die Anlage von Burghley Park. Gerade eben hatte er beinahe einen Jack-Russell-Terrier und eine Gruppe von Rentnern beim Picknick angefahren. Neben ihm saß Kyle West, der mit seiner konkreten Vermutung, wo Hannah zuschlagen könnte, auf dem Umweg über die Sicherheitsleute von Burghley schließlich an den Kriminalinspektor gelangt war. McLeod war mit ihm losgebraust, noch bevor Casey und Storm auf die Strecke gingen.

In der Krisensituation hatte niemand daran gedacht, Roland Blue zu warnen, der zusammen mit Ravi Singh völlig ahnungslos beim Wassergraben saß. Und Mrs Smith hatte man zurückgelassen, weil man den Eindruck hatte, dass sie weder gesund noch fit genug war für die Jagd nach der unbekannten Rothaarigen. Irgendwie war sie auch froh darum. Die Schmerzen hatten sich gelegt, sie blieben nur – wie eine schlechte Erinnerung – als Phantom zurück, und im Moment war sie bei Kräften.

Peter und McLeod hatten beide den Parcours abgeschritten und kannten sich in Burghley gut aus, aber niemand war mit der Strecke so vertraut wie Angelica Smith. Sie hatte nicht nur DVDs mit den Ritten aller Sieger von William Fox-Pitt bis Mark Todd gesehen, sondern den Parcours auch viele Stunden lang Meter für Meter durchwandert. Sie kannte jeden Grashalm und natürlich alle neununddreißig Hindernisse, für deren Gestaltung Captain Mark Phillips verantwortlich zeichnete. Phillips war selbst Olympiasieger im Vielseitigkeitsreiten und früher mit der Vielseitigkeitsreiterin Prinzessin Anne verheiratet gewesen. Ihre gemeinsame Tochter Zara hatte den Parcours bereits am Vormittag zurückgelegt.

Nachdem Peter davongeeilt war, um den jungen Polizisten zu treffen und mit ihm auf die Suche nach Hannah zu gehen, hatte sich Mrs Smith plötzlich sehr alt gefühlt. Nutzlos. Zu nichts mehr zu gebrauchen. Dann erinnerte sie sich daran, dass es etwas gab, das ihr der Krebs nicht nehmen konnte: ihren scharfen Verstand.

Aus der Ferne trug der Wind Beifall und Anfeuerungsrufe heran. Ein Blick auf die Uhr sagte ihr, dass sie Casey und Storm galten, die sich zum Start bereit machten.

«Jetzt denk mal scharf nach, du alte Schachtel», raunte sie sich selbst zu. «Wenn jemand darauf aus ist, an einem Ort mit Zehntausenden von Zuschauern einen Anschlag gegen einen Reiter zu verüben, wo würde er das tun? Bei welchem Hindernis?»

Intuitiv eilte sie zu den Bäumen, die die Sicht auf den Eingang der *Trout Hatchery* verdeckten. Plötzlich war ihr klar: Niemand würde ein Pferd unter den Blicken von Millionen von Zuschauern angreifen. Eine solche Tat müsste an einer Stelle verübt werden, die den Kameras verborgen blieb und für die Zuschauer nicht von Interesse war. An einer Stelle, wo außerdem das Spiel von Licht und Schatten den Reiter für einen kurzen Augenblick irritieren würde.

Während sich Mrs Smith halb humpelnd, halb rennend der Baumgruppe näherte, schoss Janets Heiltrank mit zunehmender Wirkung durch ihre Blutbahnen. Ihr Puls wurde immer schneller.

Als die Sirenen aufheulten, war Casey weniger frustriert als sonst, wenn sie mitten auf der Strecke angehalten wurde. Eigentlich kam ihr die Unterbrechung entgegen. Sie verschaffte Storm eine Verschnaufpause, und auch sie selbst konnte sich kurz sammeln, bevor sie mit Storm zusammen das Mehrfachhindernis der *Trout Hatchery* in Angriff nahm.

«Haben Sie eine Ahnung, was los ist?», fragte sie einen Posten am Streckenrand.

«Ein Sturz wahrscheinlich, seltsamerweise nicht bei einem Hindernis, sondern bei der Baumgruppe da vorne. Da ist soeben ein Land Rover reingefahren.»

Casey lief ein Schauder über den Rücken. War es bei der Vorahnung des Sturzes von eben nicht um sie, sondern um einen anderen Reiter gegangen?»

Plötzlich drang ein Tierschrei aus den Bäumen. Storms Kopf schnellte hoch.

«Oh mein Gott! Was war das?», entfuhr es dem Streckenposten.

Casey sagte nichts. Sie war zu sehr damit beschäftigt, Storm zu beruhigen. In diesem Moment kam der Land Rover aus der Baumgruppe geschossen und fuhr mit hoher Geschwindigkeit davon. Seine Insassen blieben hinter den getönten Scheiben verborgen.

Casey verdrängte, was sie gesehen und gehört hatte, und trieb Storm zu einem leichten Trab an. Als die Strecke durch einen erneuten Sirenenton freigegeben wurde, war sie mental wieder bereit. Dies galt auch für Storm, der jetzt wieder Caseys Präsenz spüren konnte. Er preschte problemlos durch die Bäume, tauchte kraftvoll in den Teich, übersprang das Gänsenest, und schon waren sie wieder im Galopp auf der Strecke.

Jetzt mussten sie noch zwei Hindernisse meistern, vor denen Casey besonderen Respekt hatte. Das erste war Nummer 15, ein hoher weißer Oxer, und das zweite der berüchtigte *Cottesmore Leap*, das weltweit höchste Geländehindernis. Beim Abschreiten des Parcours hatte sie an der hinteren Stange des Oxers Maß genommen. Sie reichte ihr bis zu den Schultern.

«Das ist die Sorte von Hindernis, an der sich die weniger vorsichtigen von den wirklich mutigen Reitern scheiden», hatte ihr Mrs Smith gesagt. «Und du kannst mir glauben, es gibt einen Unterschied. Damit ist man in der Vielseitigkeit wieder zu den Ursprüngen zurückgekehrt. Eine Zeitlang war es richtig langweilig geworden, weil das Hauptgewicht auf dem Springen und der Dressur lag. Jetzt sind die Geländeparcours technisch wieder anspruchsvoller geworden, und man sieht wieder mehr große, mächtige Hindernisse, mit denen nicht zu spaßen ist.»

Hindernis Nummer 15 war einfach nur groß und mächtig. Die Strecke führte bei einem weiß-roten Haus vorbei und dann über ein Weidegatter mit anschließendem Tiefsprung. Während Storm auf den Oxer zu galoppierte, der mit abnehmender Entfernung immer imposanter wurde, war Casey bemüht, sich zurückzuhalten. Er vertraute ihr, dass sie ihn nie über ein

Hindernis führen würde, das er nicht bewältigen konnte. Jetzt musste sie ihm vertrauen.

Nachdem er abgehoben hatte und förmlich in der Luft hing, hätte Casey die Szene am liebsten eingefroren. Die Angst war weg. Scheinbar schwerelos und nicht mehr den Gesetzen des Erdendaseins gehorchend, wollte sie nur noch genießen: den Wind im Gesicht, die Kraft und Eleganz ihres unglaublichen Pferds und die zu ihnen aufsehenden Gesichter der begeisterten Zuschauer. Es kam ihr vor, als sei sie durch ein Portal in einen Kindertraum geflogen. Storm war das Feuerpferd, das sie sich stets gewünscht hatte. Ein Pferd mit Flügeln.

Die restlichen fünfeinhalb Minuten der Geländeprüfung erlebte sie wie durch eine rosarote Brille. Nicht dass die Hindernisse dadurch in irgendeiner Weise weniger furchterregend geworden wären. Der *Cottesmore Leap* tauchte wie ein Monster aus einem Albtraum vor ihnen auf. Während Storm über die enorm hohe Reisigbürste flog, sah Casey, wie sich unter ihnen ein Graben auftat, der so breit angelegt war, dass er locker Platz für einen ganzen Land Rover geboten hätte.

Mrs Smith hatte sie darauf hingewiesen, dass dieser Sprung vor allem den Reitern, weniger aber den Pferden selbst Angst einjagte. Und so war es denn auch. Storm ging den *Cottesmore Leap* ohne jedes Zögern an, machte bei der Landung aber eine Wischbewegung mit dem Schweif, als wolle er sagen: *Ich schaffe das problemlos, aber großen Spaß macht es mir nicht.*

Wie immer gefiel Casey der Wassersprung, als er vorbei war, viel besser als beim Eintauchen, waren doch unter den Tausenden von Zuschauern nicht wenige, die insgeheim hofften, sie in den Schlamm stürzen zu sehen. Während sie schließlich mit einer Zeitreserve von zehn Sekunden in Richtung Burghley House weitergaloppierten, kriegte Casey ihr Lächeln nicht mehr aus dem Gesicht. Als sie das Zielgelände erreichten, brandete ihnen der Lärm der Zuschauermassen entgegen. Unter tosendem Applaus setzte Storm auch noch über den Blumentrog und schoss schließlich durch das letzte Hindernis, einen gigantischen Torbogen.

Nach ihnen gingen jedoch noch mehrere namhafte Konkurrenten an den Start. Und erst als Casey Storm schon längst mit Süßigkeiten belohnt, mit kaltem Wasser abgeduscht, massiert, getränkt und in die Magnetdecke gehüllt hatte, wurde bestätigt, dass sie nach der Geländeprüfung sieben Plätze vor Anna Sparks auf dem achten Platz lag.

26

Zu einer Uhrzeit, die selbst hartgesottene Frühaufsteher wie Reitsportler als unvernünftig bezeichnet hätten, saßen Casey und Mrs Smith in Tartandecken gewickelt bei Chai-Tee mit Zimt und Honig. Dicht aneinandergedrängt sahen sie zu, wie die aufgehende Sonne den Himmel pfirsichfarben aufleuchten ließ. Vom anderen Ende des Parkplatzes her war die erste zaghafte Betriebsamkeit zu vernehmen. Aber bis vor Kurzem hatte ihnen nur der Morgenstern Gesellschaft geleistet.

«Ich nehme alles zurück, was ich über den Transporter von Equi-Flow gesagt habe», meinte Mrs Smith. «Für ein bequemes Bett hätte ich diese Woche einen Mord begehen können. Das sogenannte Sofa in diesem Miet-Transporter wäre im Mittelalter als Folterinstrument durchgegangen. Ich habe dich in mein Testament eingeschlossen und werde dir etwas Geld hinterlassen. Ich will unbedingt, dass du es in einen anständigen Transporter steckst. Nein, keine Proteste, keine Widerrede. Ein Gefährt, das dir einen erholsamen Schlaf garantiert, ist das Allermindeste, was du brauchst.»

Sie nippte an ihrem Tee.

«Was ist eigentlich aus Ed Lashley-Jones und Candi und Mandi geworden? Wollte er dich nicht wegen Vertragsbruch verklagen?»

«Das hat er getan, aber das war noch bevor er erfahren hatte, dass Anna Sparks mit Casper Leytons bestem Pferd in Burghley an den Start gehen würde und er für sich sogleich das Geschäft des Jahrzehnts winken sah. Mein schicker Transporter wurde umgespritzt, und jetzt kurvt Anna mit Incendiary damit herum. Die Cappuccino-Maschine und das kuschelweiche Bett fehlen mir natürlich auch. Aber ansonsten gönne ich Anna den Luxus. Und ich wünsche ihr viel Glück. Was mich angeht, kann Anna Sparks gar nicht genug Gutes widerfahren. Laut Peter hat ihre Beschreibung Ihnen, Kriminalinspektor McLeod und Kyle geholfen, uns vor einem fatalen Sturz zu bewahren.

Aber wir müssen auch Ray dankbar sein, denn er hat den Zusammenhang zwischen Hannahs Skizzen und dem Ort hergestellt, an dem sie möglicherweise einen Stolperdraht spannen wollte. Ich kann's immer noch nicht fassen. Ausgerechnet Ray! Und ich hatte gemeint, Hannah sei ein Unschuldsengel. Dafür hatte ich Ray schon als potenziellen Axtmörder gesehen.»

«Ich sage dir ja immer wieder: Urteile nie über einen Menschen, solange du nicht in seinen Schuhen gesteckt hast», sagte Mrs Smith.

«Ja, aber er hat sich auch nicht gerade vorbildlich verhalten. Er war unheimlich und aggressiv.»

«Und jetzt weißt du auch weshalb.»

«Ja, jetzt weiß ich weshalb.»

Sie wusste es, und es war alles ganz anders, als sie es sich vorgestellt hatte. Es war eine lange, traurige Geschichte, die einiges erklärte. Ray war als Waise in einer Gemeinschaft von Fahrenden aufgewachsen, wo er von einer Familie zur anderen gereicht wurde. Über seinen Vater wusste er nur, dass er Pferdezüchter gewesen war, bevor er noch vor seiner Geburt für immer verschwand.

Schon bald stellte sich heraus, dass Ray eine außerordentliche Gabe hatte, mit Pferden umzugehen, doch sein aufbrausendes Temperament und sein entstelltes Gesicht hinderten ihn daran, später eine Laufbahn als Trainer zu ergreifen. Als er, inzwischen verheiratet, versuchte, sich als Hilfsarbeiter durchzuschlagen, geriet er immer mehr auf die schiefe Bahn und wurde zum Alkoholiker. Daraufhin verließ ihn seine Frau. Aber nicht genug. Als sein Sohn Kyle etwa sechs Jahre alt war, verletzte Ray – vollgepumpt mit Whiskey – bei einem Autounfall ein sechsjähriges Mädchen tödlich. Nun schwor er sich, niemals mehr einen Tropfen Alkohol anzurühren. Und weil er nicht wollte, dass Kyle unter seinen Verfehlungen leiden musste, änderte er seinen eigenen Namen und den seines Sohnes und wies Kyle an, zu sagen, sein Vater sei gestorben. Um sie beide über Wasser zu halten, erlernte er den Beruf eines Elektrikers. Aber sein Traum, mit Pferden zu arbeiten, ließ ihn nicht los. Als Kyle Mühe hatte, seinen Pferdetrainerlehrgang erfolgreich abzuschließen, kam er auf eine Idee. Kyle sah gut aus und war charmant, was ihm selbst völlig fehlte, aber dafür konnte er mit Pferden umgehen. Zusammen waren sie ein unschlagbares Paar.

«Alles funktionierte wunderbar, bis Ray unter dem Druck, das ganze Spiel geheim zu halten, wieder zur Flasche griff, nachdem er vierzehn Jahre trocken gewesen war», erzählte Casey. «Zudem wurden sie Opfer ihres eigenen Erfolgs. Die Leute begannen, sich Fragen zu stellen. Kyle ging bei der Verleihung des *Golden Horseshoe* leer aus, weil die Jury mehr darüber erfahren wollte, wie er es über Nacht vom schlechtesten Studenten seines Jahrgangs zum umworbenen Startrainer geschafft hatte.

Unter Alkoholeinfluss wurde Ray aggressiv. Deshalb hat er mich auch bedroht, nachdem ich durch Zufall ihr Geheimnis aufgedeckt hatte. Anscheinend hat er sich am nächsten Tag für ein 12-Schritte-Programm bei den Anonymen Alkoholikern eingeschrieben. Als wir nach der Geländeprüfung miteinander telefonierten, entschuldigte er sich hundert Mal und sagte, er sei froh, dass er sich mir gegenüber mit einem kleinen Beitrag habe erkenntlich zeigen können. Natürlich habe ich ihm für seine Hilfe gedankt. Er hat mich vor dem Genickbruch bewahrt, und das ist doch viel mehr als ein kleiner Beitrag.»

«Und was ist mit Kyle?», fragte Mrs Smith. «Konntest du gestern Abend mit ihm reden?»

«Ja. Seltsamerweise scheint er gerade durch seine Entlarvung als falscher Trainer wieder auf die richtige Bahn gekommen zu sein. Nach unserem Streit rannte er aus Rycliffe Manor davon und stieg in den nächsten Flieger nach Griechenland. Er musste alles irgendwie hinter sich lassen und wieder den Weg zu sich selbst finden. Er mietete sich ein Häuschen auf dem Peloponnes und verbrachte viele Wochen nur mit Wandern und Lesen. Schließlich wurde ihm klar, dass er ein eigenständiges Leben außerhalb des Schattens seines Vaters führen wollte. Er will sich jetzt für ein Architekturstudium einschreiben. Er sagt, er liebe Pferde, aber Häuser seien ihm lieber.»

Was Casey nicht nur Mrs Smith, sondern auch Peter geflissentlich verschwieg, war, dass sie in einer abgelegenen Ecke des Zeltdorfes mit Kyle gesprochen und dabei erkannt hatte, dass es immer so etwas wie ein Knistern zwischen ihnen geben würde. Es war nicht Liebe, und es war auch nicht die elektrisierende Anziehungskraft, die Peter auf sie ausübte. Aber die Chemie zwischen ihnen beiden stimmte einfach. Nachdem sie auseinandergegangen waren, hatte sie sich noch einmal nach ihm umgedreht und ihn dort stehen sehen, den Blick immer noch auf sie gerichtet, mit der sonnengebleichten Haarsträhne im Gesicht und den feinen Fältchen in den Winkeln seiner stahlblauen Augen. In diesem Moment war sie froh, dass er sich entschieden hatte, eine neue berufliche Herausforderung anzunehmen.

«Wo warst du mit deinen Gedanken?», sagte Mrs Smith in bedeutungsschwangerem Ton. Casey war immer noch wie ein offenes Buch für sie.

Casey lief rot an. «Äh … ja, ich wollte gerade sagen, als Kyle von der Bildfläche verschwand, sprang Ray für ihn in die Bresche, weil er die Kunden so kurz vor Burghley nicht im Stich lassen wollte. Zu seiner großen Überraschung waren diese mit seinem Unterricht sehr zufrieden. Wenn er seinen Alkoholentzug erfolgreich über die Runden bringt, will er im Frühling des nächsten Jahres selbst einen kleinen Reiterhof eröffnen. Ich für mein Teil würde bestimmt nicht dort hinfahren, aber ich bin sicher, dass er seine Kundschaft finden wird.»

Sie hielt inne. «Aber jetzt erzählen Sie mir doch noch mal genau, was mit Hannah geschehen ist. Ich war gestern Nachmittag einfach nur erschöpft und geschockt. Ich konnte es gar nicht aufnehmen.»

Mrs Smith nahm den Faden der Geschichte auf. «Ray stellte Hannah als Hilfsreitlehrerin in Rycliffe Manor ein, weil sie sich mit den besten Qualifikationen beworben hatte. Was er nicht wusste, war, dass sie von der Highschool geflogen war, weil sie andere gestalkt hatte. Als sie sich dann Hals über Kopf in Kyle verliebte, unternahm sie alles, um ihn zu erobern. Dazu gehörte, dass sie ihren potenziellen Rivalinnen – also auch Anna Sparks – Dinge klaute und Kyle belauschte.»

«Und deshalb hat sie beschlossen, Roxy und mich den Hunden zum Fraß vorzuwerfen?», sagte Casey schaudernd.

«So kann man es auch sagen, obwohl es sich vielleicht etwas extrem anhört. Einmal kriegte sie mit, wie Ray zu Kyle sagte, du und Roxy würdet kurzfristig nur eine Beziehung aufbauen können, wenn ihr durch ein Schockerlebnis von außen aneinander gebunden würdet, zum Beispiel wenn Roxy – von einem Hund bedroht – bei dir Hilfe suchen müsste. Er war wieder einmal ziemlich blau gewesen und schwafelte so dahin, wie das bei Betrunkenen üblich ist. Doch Hannah nahm alles für bare Münze. Offen ist, ob sie euch mit der Hundeattacke einfach einen Schreck einjagen oder ob sie Rays und Kyles Wunsch erfüllen wollte. Auf jeden Fall hatte sie dich noch vor den Hunden gewarnt, damit du sie nicht verdächtigst. Dann aber blockierte sie das Hauptgatter mit einem Vorhängeschloss, damit du bei den Hunden vorbeireiten musstest. Es war purer Zufall, dass Ray gerade in der Gegend war, um die Hunde zu füttern, als er hörte, wie sie auf dich und Roxy losgingen.

Unglücklicherweise verdächtigte Kyle seinen Vater aufgrund dessen Vorgeschichte, zumindest teilweise für den Hundeangriff verantwortlich zu sein. Für ihn brach eine Welt zusammen. Wenn sein Vater zu einer solchen Tat fähig war, was musste man ihm sonst noch zutrauen? Du musst wissen, dass das Versagen der Bremsen bei Philippa Temples tödlichem Unfall, der Kyle in den Chefposten von Rycliffe Manor katapultiert hatte, nie schlüssig geklärt worden ist.»

«Glaubt McLeod wirklich, dass Hannah etwas mit dem Unfall zu tun haben könnte?»

«Für ihn ist es ziemlich unwahrscheinlich, aber er kann es zum jetzigen Zeitpunkt nicht vollständig ausschließen. Ihr

Vater ist offenbar Automechaniker. Wenn sie damals schon unsterblich in Kyle verschossen war, läge zumindest ein Motiv vor.»

«Etwas kann ich nicht verstehen. Warum wollte sie mir und Storm schaden? Ich bin doch immer nett zu ihr gewesen. Womit habe ich das verdient?»

«Sie hat sich darauf versteift, dass Kyle ein Auge auf dich geworfen hatte, und wurde krankhaft eifersüchtig. Und nach deinem Streit mit Kyle machte sie dich dafür verantwortlich, dass Kyle Rycliffe Manor – und vor allem sie – verlassen hatte. In ihrer Einbildung hatten Kyle und sie eine Beziehung. Und so war sie fest entschlossen, dich fertigzumachen. Aus ihren Aufzeichnungen wird klar, dass sie Storm verschimmeltes Gras verfüttern wollte, damit er Koliken bekommt und so weiter und so fort. Doch zum Schluss entschied sie sich für den Stolperdraht auf der Geländestrecke.»

«Doch da hatte sie die Rechnung ohne den Wirt beziehungsweise ohne Super-Oma Angelica Smith gemacht», warf Casey mit einem Grinsen ein.

«Na ja ... Ich bin, halbtot vor Erschöpfung, zu ihr hingehumpelt und habe ganz ruhig gesagt: ‹Meinen Sie wirklich, das ist eine gute Idee, junge Frau?› Und dann ist sie wie ein Tiger auf mich losgegangen und hätte mich mit dem Draht erdrosselt, wenn nicht Kyle und Kriminalinspektor McLeod mit dem Land Rover angerast gekommen wären. Kyle hatte sie im Nu überwältigt und auf den Boden gepresst, sodass Lenny ihr in aller Ruhe Handschellen anlegen konnte. Als sie sie zum Wagen führten, hatte sie sich schon wieder etwas beruhigt, doch dann stieß sie diesen Schrei aus, der etwas so schrecklich Unmenschliches hatte, dass es mich jetzt noch schaudert, wenn ich daran denke.»

Casey hielt den Atem an und schwieg. «Wie kann ich Ihnen je danken?», sagte sie nach einer Weile. «In den letzten Jahren haben sie mich so oft gerettet, dass ich es gar nicht mehr zählen kann.»

«Nicht halb so oft, wie du mich gerettet hast.»

Am heller werdenden Himmel waren die Umrisse eines Turmfalken zu sehen. Langsam zog er seine Kreise, um sich dann fallen zu lassen. Sie verfolgten seinen Flug, bis er sich völlig unerwartet auf einem Zaunpfahl in ihrer unmittelbaren Nähe niederließ, sodass sie seine stolze weiße Brust, den gebogenen Schnabel und seine goldenen Jägeraugen sehen konnten.

«So war ich auch einmal», sagte Mrs Smith wehmütig. «Ein starker Freigeist.»

Casey drückte sie an sich und versuchte, nicht daran zu denken, dass ihre Trainerin praktisch nur noch Haut und Knochen war. «Das sind Sie immer noch.»

«Leider nicht. Ich bin ein Vogel, gefangen in seinem Körper, dem Gefängnis des Schmerzes.»

Unbändige Wut und ein tiefer Kummer stiegen in Casey hoch. Wie konnte die Sonne noch aufgehen, wenn ihr der beste Mensch, den sie je gekannt hatte, Stunde für Stunde mehr entglitt? «Am Montag, wenn wir hier fertig sind, werde ich das Land – und wenn nötig die ganze Welt – nach dem besten Krebsspezialisten durchkämmen. Wenn es menschenmöglich ist, sie zu heilen, dann werden wir es schaffen. Aber hallo – das sollte doch leichter sein, als eine Teenagerin mit praktisch nicht vorhandenen Reitkenntnissen zu finden, die Badminton auf einem Ein-Dollar-Pferd gewinnen kann.»

Mrs Smith musste lachen. «Wenn es nur so wäre. Nein, Casey, du und ich, wir wissen, dass es eines Tages vorbei sein wird. Wenn es dann so weit ist, möchte ich, dass du mir etwas versprichst.»

«Und das wäre?»

«Dass du nicht traurig bist.»

Heiße Tränen schossen Casey in die Augen. «Wie kann ich Ihnen das versprechen?»

«Hör mal Casey. Dank dir und Storm habe ich gelebt. Dank euch beiden habe ich geträumt. Und das Wichtigste: Dank euch beiden habe ich geliebt. Ich werde diese Welt erfüllter und dankbarer verlassen, als es irgendeinem Menschen zusteht. Und ich werde es in dem Wissen tun, dass ich alles noch mal ganz genauso machen würde, wenn ich könnte.»

Jetzt brachen in Casey alle Dämme. Ihr Körper bebte vor lauter Schluchzen, als sie die Lehrerin, die sie liebte und der sie alles verdankte, innigst umarmte. «Mir geht es genauso, Angelica. Genauso.»

27

«Anna, warte!»

Ein dunstiger Sonntagmorgen in Rosa und Gold war in einen stahlblauen Herbstnachmittag übergegangen, als Anna Sparks auf dem Weg zum Abreiteplatz Casey Blue ihren Namen rufen hörte. Ihr einzigartiges Pferd und das Lob für ihre bisherige Leistung in Burghley hatten ihr Selbstbewusstsein gestärkt, und so war wieder viel von der guten alten Anna Sparks zu sehen, die jetzt schick frisiert, eine modisch geschnittene Jacke über der stolzen Schulterpartie, unterwegs zum Springen war. Sie hielt Incendiary an und sagte: «Hi Casey, wie geht's?»

«Ganz gut, danke.». Casey strich mit der Hand durch ihr wildes dunkles Haar. Sie stand immer noch in ihren zerrissenen Jeans und dem viel zu großen Sweatshirt da. Umziehen konnte sie sich später. «Anna, ich wollte mich bei dir bedanken. Was du gestern getan hast – die Mitteilung an Niall kurz vor deinem Start bei der Geländeprüfung –, das war wirklich super. Du hast bestimmt von Hannahs Verhaftung gehört. Wenn du Peter nicht gewarnt hättest, hätte man sie vielleicht nicht gestoppt. Wer weiß, was Storm und mir zugestoßen wäre.»

Anna lächelte, während ihr muskulöses Pferd auf der Stelle trat. «Das ist nicht der Rede wert. Du hättest genauso gehandelt.» Nach einem Blick auf die Uhr nahm sie die Zügel auf und sagte: «Ich muss los. Um halb drei starte ich. Wann bist du dran?»

«Kurz nach drei, viel Glück.»

«Dir auch», gab Anna zurück. Nach einem Tätscheln setzte sich Incendiary in Bewegung.

«He, Anna!»

Ohne anzuhalten, drehte sich Anna um und fragte: «Ja, was ist?»

Casey war drauf und dran zu sagen: *Wenn das hier vorbei ist, wollen wir uns mal zum Kaffee treffen?* Doch dann holte sie die Realität wieder ein. Sie und Anna konnten niemals Freundinnen werden. Ihre Wertvorstellungen und Lebensverhältnisse klafften zu weit auseinander. Es ist leicht, Demut zu zeigen, wenn es einem schlecht geht. Sobald sich aber der Ruhm mit all seinen Versuchungen zurückmeldete, was ganz bestimmt eintreffen würde, und sie wieder mit ihrem umtriebigen, intriganten Vater und seinen ganzen Millionen vereint war, würde sich weisen, welche Anna die Oberhand gewann.

«Nichts», sagte Casey. «Bis später.»

«Okay, bis später.»

Auf dem Weg zum Parkplatz traf sie auf Niall, der rasch zurückgeeilt war, um etwas zu holen. Der schlaksige Mann, der ein makellos gebügeltes Hemd und eine Reithose trug, wirkte immer etwas besorgt.

«Viel Glück mit Incendiary, heute Nachmittag», sagte Casey aufmunternd. «Und, Niall, ich wollte dir noch danken, dass du Annas Warnung gestern an Peter weitergeleitet hast. Es hat funktioniert. Und wie!»

Nialls Gesicht hellte sich auf. «Gerne. Mir tut nur Anna leid. Casper macht ihr mächtig Druck. Dir gegenüber hat sie bestimmt nichts erwähnt, aber er hat sich eine Aufzeichnung der Geländeprüfung angesehen und bei Annas Start Mängel entdeckt. Da ist er ausgerastet. Er behauptet, der erste Rang wäre noch möglich gewesen, wenn sie keine Zeitstrafpunkte kassiert hätte.»

Casey sah ihn verwirrt an. «Ich dachte, sie hätte Ihnen die Warnbotschaft gegeben, bevor sie in der 10-Minuten-Box war. Heißt das, dass der Startrichter schon mit dem Zählen begonnen hatte?»

Niall wurde ganz aufgeregt. «Ich hätte nichts sagen sollen. Es waren nur ein paar Sekunden. Elf, um genau zu sein. Das ist nichts, über die ganze Strecke betrachtet. Wenn man beim Start der Geländeprüfung Zeit verliert, muss man sie eben wieder aufholen. Und das hat Anna auch getan. Vermutlich hat sie der verpatzte Start sogar zusätzlich angestachelt. Sie war ja unterwegs, als gäbe es kein Morgen. Wenn sie heute Nachmittag sauber springt, spricht niemand mehr über gestern. Casper ist nicht nachtragend. Er ist nur an den Ergebnissen interessiert.»

Um 15:05 Uhr ritt Casey auf Storm in den Parcours. Die Spannung auf den Zuschauerrängen war förmlich mit Händen zu greifen. Einige namhafte Favoriten hatten am frühen Nachmittag schon Haare gelassen. Anna Sparks jedoch, der einige Zuschauer insgeheim wohl ein Maximum an Strafpunkten gewünscht hatten, hatte eine perfekte Leistung hingelegt und lag damit auf dem vierten Zwischenrang. Sam Tide, der Publikumsliebling aus Australien, führte die Tabelle an, gefolgt von David Powell auf dem zweiten und Sarah Evershaw auf dem dritten Platz im Zwischenklassement.

In der Reporterkabine der BBC deckte Hugh McFurlough die Fernsehzuschauer mit Statistiken ein: «Gemäß Reglement des Internationalen Pferdesportverbands FEI muss der Parcours der Springprüfung zwischen vierzehn und sechzehn Hindernisse umfassen, die nicht höher als 1,25 m und nicht breiter als 1,65 m sein dürfen. Liebe Zuschauerinnen und Zuschauer, es ist kaum zu glauben, aber der Parcours darf nicht länger als 600 m sein und muss mit einer Mindestgeschwindigkeit von 375 m pro Minute zurückgelegt werden. Wenn das nicht allein schon eine Goldmedaille wert ist! Schließlich ist ein Pferd nicht mit einem Tachometer ausgerüstet. Ich habe schon Mühe, mich mit meinem BMW an das Tempolimit zu halten. Falls jemand von der Polizei jetzt mithört, möge er bitte genau hinhören: Ich habe Mühe, *aber* ich schaffe es. Doch Pferde sind eigenwillige Geschöpfe. Ich weiß aus fachkundiger Quelle, dass ein Galoppsprung eines Pferdes beim Springen in der Regel 3,65 m misst. Und jetzt holen Sie mal Ihre Taschenrechner hervor, sehr geehrte Zuschauerinnen und Zuschauer …»

Aus seiner Kabine sah er Casey auf Storm einreiten, nachdem Andrew Hoy das Springen beendet hatte.

«Doch lassen wir die Rechnerei, denn jetzt folgt gleich der nächste Höhepunkt, und was für einer: Casey Blue, die jüngste Gewinnerin der Badminton Horse Trials und des Kentucky Three-Day Event auf Storm Warning, den sie vor wenigen Jahren bekanntlich vor dem sicheren Tod im Schlachthof gerettet hatte. Sie ist noch ein Teenager – wenn Sie's genau wissen wollen, nächste Woche feiert sie ihren achtzehnten Geburtstag. Man kann sagen, dass sie die Vielseitigkeitsszene auf *Storm Warning* im *Sturm* erobert hat, wenn Sie mir das Wortspiel erlauben. Etwas jedoch gefällt mir besonders an ihr: dass sie trotz ihrer phänomenalen Erfolge eine bescheidene und sympathische junge Frau geblieben ist, was man nicht von allen Sportlerinnen behaupten kann, die ich in meiner Laufbahn kennenlernen durfte. Aber lassen wir das …

Sie steht ihrem Vater, Roland Blue, sehr nahe – auch ein durchaus positiver Zug, nicht wahr, liebe Zuschauerinnen und Zuschauer? Er hat ihr denn auch das Jackett für das heutige Springen genäht ebenso wie ihren Dressurfrack. Das klassisch geschnittene Teil steht ihr prima. Roland Blue ist in den letzten Jahren durch einige Höhen und Tiefen gegangen, aber er hat sich wieder gefangen und gilt seither als recht renommierter Schneider. Einer Pressemitteilung entnehme ich, dass er beabsichtigt, noch vor Weihnachten unter dem Label *Half Moon Equestrian* seine eigene Kleidungslinie für Pferdesportler auf den Markt zu bringen. Ich jedenfalls wünsche ihm viel Glück. Casey hat allen Grund, mächtig stolz zu sein auf ihren Vater.»

Tief unter der Kommentatorkabine umrundete Storm mit aufgestellten Ohren im leichten Galopp den Parcours. Er nahm alles wahr: die grellbunten Hindernisse, die erwartungsvollen Gesichter der Zuschauer und die knisternde Spannung.

«Nun aber zum aktuellen Geschehen», fuhr McFurlough fort. «Ich muss wohl kaum erwähnen, dass die Tribünen heute proppenvoll sind, weil die Leute, die sich eine Karte ergattern konnten, Casey Blue und ihr Wunderpferd Storm Warning in Aktion sehen wollen. Schaffen sie das Triple, den Grand Slam, indem sie nach Badminton und Kentucky auch noch hier in Burghley triumphieren?

Der Rolex Grand Slam, den bisher erst Pippa Funnell geschafft hat, bringt dem Sieger 350.000 US-Dollar ein. Mit dem achten Zwischenrang liegt Casey Blue eigentlich recht weit zurück. Sie muss wirklich eine fehlerlose Runde hinlegen, zumal nach ihr auch noch ein paar erfahrene Champions am Start sein werden. Aber ich will nicht vorgreifen. Jetzt erklingt die Startglocke. Mein Herz pocht so laut, dass ich mein eigenes Denken kaum noch mitbekomme. Wird Casey Blue das Unmögliche schaffen?»

28

Auf dem Weg zum Abreiteplatz war Casey so nervös gewesen, dass sie sich entschloss, im Schatten einer Linde vom Pferd zu steigen und ihr Gesicht für ein paar Minuten in Storms Schulter zu vergraben. Nachdem sie seinen vertrauten Geruch eingeatmet und sich erinnert hatte, warum sie überhaupt da war und was im Leben zählte, beruhigte sie sich langsam. Doch nach einer Weile stupste er sie mit seinen Nüstern an, wie um zu sagen: «Und – wollen wir diesen Pott nun holen oder nicht?»

Casey musste lachen, als sie ihn bestieg. Storm war zwar nicht mehr das Knochengerüst, das sie damals vor dem Abdecker gerettet hatte, sondern sah eher einem feurigen und kraftstrotzenden Hengst aus einem Bild des Pferdemalers George Stubbs ähnlich. Und dennoch hatte er das große Herz und den einzigartigen Charakter des Pferdes bewahrt, in das sie sich damals auf der Stelle verliebt hatte.

«Was soll ich tun?», hatte sie Mrs Smith gefragt. «Wenn das Unmögliche eintrifft, was soll ich tun?»

«Das, was du immer tust», hatte ihre Trainerin geantwortet. «Auf dein Herz hören.»

Als sie jetzt mit Storm durch das Rund galoppierte, in dem es so ruhig war, dass man eine Stecknadel auf den Boden hätte fallen hören, übertrug sich seine Energie wie durch einen osmotischen Prozess auf sie. Sie war friedlich entspannt und leidenschaftlich entschlossen zugleich. Der Sieg war zum Greifen nah. Sie musste ihn nur noch erkämpfen.

Vom ersten Sprung an spürte sie, dass sich an diesem Nachmittag etwas Besonderes ereignen würde. Früher einmal war das Springen Storms schwächste Disziplin gewesen. Dank der innovativen Methoden von Mrs Smith hatte sie sich zu seiner zweitstärksten – nach dem Geländeritt – entwickelt. Indem sie die ursprüngliche Langform der Vielseitigkeitsprüfung aufgegriffen und zu Trainingszwecken ausgebaut hatten, war es ihnen gelungen, Storms mitunter überschäumende Energie zu zügeln und seine höchste Konzentration für die Schlussprüfung des Turniers, bei der auch schon der kleinste Fehler unbarmherzig bestraft wurde, zu bündeln. In der Vergangenheit waren ganze Vermögen durch die Berührung eines einzigen Mauersteins verspielt worden. Sowohl Andrew Nicholson als auch William Fox-Pitt hatten 2013 in aussichtsreichster Position ihren Traum vom Grand Slam begraben müssen, weil sie beide eine Stange gerissen hatten.

Casey aber konnte es immer noch schaffen. Mit jedem erfolgreichen Sprung stieg die Spannung im Stadion. Ganz zum Schluss stieß wohl jeder einzelne Zuschauer einen stummen Schrei nach dem anderen aus und hoffte damit, eine ins Wackeln geratene Stange in die Halterung zurückzuzwingen oder Storms Hufe um ein paar wenige Millimeter über eine Mauerkante fliegen zu lassen.

«Ich weiß nicht, wie lange meine Nerven das noch mitmachen», flüsterte Hugh McFurlough ins Mikrofon, als könnte seine Stimme das Pferd auf dem Parcours aus der Fassung bringen. «Noch ein letztes Hindernis. Wird Casey Blue heute Geschichte schreiben? Jaaaaa, sie hat es geschafft. Storm

Warning hat die Mauer locker übersprungen. Und schauen Sie, wie er jetzt noch beschleunigt – da meldet sich seine Rennpferd-Vergangenheit zurück.»

Er beugte sich vor, um die Szene besser zu sehen. Am liebsten wäre er gleich aus seiner Sprecherkabine auf den Platz gestürmt.

«Wir müssen noch auf die Bestätigung durch die Wettkampfjury warten, aber es sieht ganz danach aus, dass Casey Blue und Storm Warning sich an die Spitze der Tabelle vorgeschoben haben. Klar, sieben Konkurrenten stehen noch aus, wir dürfen uns also nicht zu früh freuen, aber ich denke, eine kleine Vorfeier sollte schon erlaubt sein. Diese junge Dame hält die Grand-Slam-Trophäe so gut wie in den Händen. Sie ist dabei, in die ewigen Annalen der Reitsportgeschichte einzugehen. Die Hälfte der Zuschauer weint Freudentränen. Wieder einmal ergießt sich eine Sintflut über Burghley, aber diesmal haben sich nicht die Himmelsschleusen geöffnet.»

Er nahm sich zusammen. «Gut, als Nächsten sehen wir den amtierenden Europameister Scott Davis. Oh du meine Güte, wird er sich ärgern, dass er schon beim ersten Hindernis eine Stange gerissen hat …»

Wieder beugte er sich vor, um mit Entsetzen festzustellen, dass Casey von einer Gruppe von Funktionären umgeben war. Einer gestikulierte wild mit den Armen, als dirigiere er ein Sinfonieorchester. McFurlough hoffte, dass es nicht um irgendeine Regelwidrigkeit ging. Er hatte schon manche Wettkampfjury erlebt, die einem Reiter durch kleinliche Auslegung des Reglements einen Strich durch die Rechnung gemacht hatte. Diesen Leuten war durchaus zuzutrauen, dass sie irgendeine Regel eines verschrobenen Junkers aus dem vierzehnten Jahrhunderts ausgruben, um Casey einen Knüppel zwischen die Beine zu werfen. Seine ganze dramaturgisch auf

Casey ausgerichtete Reportage wäre im Eimer. Abgesehen davon wollte er einfach Casey hier gewinnen sehen, denn er war einer ihrer größten Bewunderer und machte auch keinen Hehl daraus.

Doch nun riss ihn sein Produzent abrupt aus seiner Tagträumerei: «Was zum Teufel ist mit Ihnen los, McFurlough? Sind Sie eingeschlafen? Die Zuschauer warten auf Ihren Kommentar zu Scott Davis.»

McFurlough blickte sich im Stadion um und sagte dann: «Scott Davis erlebt gerade sein persönliches Waterloo. Ich möchte nicht in seiner Haut stecken.»

Casey stand im kühlen Schatten der Tribüne und wartete auf die letzten beiden Reiter. Peter und Mrs Smith hatten Storm zum Transporter auf dem Parkplatz gebracht. Plötzlich fühlte sie sich einsam. Im Wettkampf diese Woche waren Storm und sie – mehr als je zuvor – eins gewesen. Es kam ihr vor, als hätten ihre Herzen im Takt geschlagen und wäre dasselbe Blut durch ihre Adern geflossen. Wenn er nicht bei ihr war, fehlte etwas.

Wieder schrien die Zuschauer auf, als eine weitere Stange zu Boden plumpste. Dank ihrer fehlerfreien Runde war ihr ein Spitzenplatz sicher, und dennoch war sie schon den ganzen Nachmittag überzeugt, dass sie letztlich auf dem zweiten oder dritten Platz landen würde. Und insgeheim erhoffte sie es sich auch, weil es alles etwas leichter machen würde.

Nun trat Anna Sparks auf sie zu und sagte: «Ich gratuliere dir, Casey. Du bist bestimmt überglücklich. Jetzt kann dich niemand mehr stoppen. Deine Erfolgsliste wird immer länger.»

Sie lächelte, aber in ihrem Tonfall schwang wieder etwas die Anna Sparks der alten Tage mit.

«Danke, aber ich verkaufe das Fell des Bären nicht, bevor er erlegt ist», sagte Casey vorsichtig. «Es stehen immer noch hervorragende Reiter am Start, und sie wollen alle heute Nachmittag gewinnen. Übrigens: Herzliche Glückwünsche zu deiner Runde. Das war super.»

«Wirklich? Ich war zufrieden mit Incendiarys Sprungleistung, aber sonst war da noch Luft nach oben. Weißt du, im Gegensatz zu dir gebe ich mich immer nur mit dem ersten Platz zufrieden. Gestern habe ich teuer für meine Fehler bezahlt. Heute würde ich die Sache ganz anders angehen.»

Sagte es und schritt davon. Casey stand mit offenem Mund da und dachte: *Ja, die Katze kann das Mausen nicht lassen.*

Als Nächste kam Lucinda Green vorbei. «Das war ein ganz toller Ritt heute, Casey. Wie fühlst du dich?»

«Wenn ich ganz ehrlich bin ... Ich habe mich schon besser gefühlt. Es ist einfach nervenaufreibend!»

Lucinda lächelte. «Ich weiß, wie sich das anfühlt. Alles schon durchgemacht.»

«Und, vermissen Sie es? Den ganzen Betrieb, die Turniere?»

«Jein. Irgendwie ist man so abgehoben. Man lebt wie in einer Blase. Klar, man muss nicht jeden Tag zur Arbeit fahren, aber es ist trotzdem eine Plackerei. Jedes Pferd ist wieder anders, und jeder Tag ist wieder anders, weil auch Pferde jeden Tag anders gelaunt sind. Man fährt die Nacht durch und man arbeitet viele Stunden. Es ist hart verdientes Geld. Du hast schon viel erreicht, Casey, aber es gibt keine Garantie, dass es so weitergeht. Die Karten werden jeden Tag neu gemischt.»

Sie blickte auf die Uhr. «Ich muss weiter. Mach's gut, Casey. Bis zum nächsten Mal.»

Mittlerweile war das Publikum auf Siedetemperatur. Eine Verweigerung hatte den letzten Rivalen aus der Konkurrenz geworfen. Die ersten Rufe wurden laut: «Casey, Casey, Casey ...»

Casey setzte langsam einen Fuß vor den anderen. Eigentlich hätte dies der beste Moment in ihrem Leben sein sollen, aber er stellte sich als der schwierigste heraus. Das Dröhnen des Publikums und die Nachmittagssonne trafen sie wie Schockwellen.

Ein Funktionär des britischen Vielseitigkeitsverbandes legte ihr die Hand auf den Arm. «Casey, Sie müssen das nicht tun. Sie können ihre Meinung noch ändern. Das Reglement enthält keinen entsprechenden Passus. Wir haben die Medien noch nicht informiert. Wir wollten Ihnen Zeit zum Überlegen geben. Der Graveur der Siegerschale ist zwar einem Nervenzusammenbruch nahe, aber ansonsten ...»

«Nein, informieren Sie die Medien und der Graveur soll loslegen», sagte Casey, während sie sich von ihm löste. «Es ist gut so.»

Plötzlich stand ihr Casper Leyton im Weg. «Casey, man hat mir gesagt, was Sie vorhaben, und ich bin gekommen, um Ihnen zu sagen, dass Sie den größten Fehler Ihres Lebens begehen würden. Ich kenne Ihre Beweggründe, und ich kann Ihnen nur sagen, dass es nicht nötig ist. Mehr noch, ich befehle Ihnen, davon abzusehen. Das ist doch der pure Wahnsinn. Sie sind nicht für die Handlungen eines Ihrer Konkurrenten verantwortlich. Sie haben gekämpft wie eine Löwin.»

Casey lächelte. «Danke Casper, aber meine Entscheidung steht fest.»

29

An diesem späten Septembernachmittag war es in Burghley so mild wie im Juli. Ein paar kupferrote Laubblätter und Rauchschwaden mit einer feinen Holznote waren die einzigen zaghaften Vorboten dessen, was bald kommen sollte.

Im Zentrum des Springplatzes wurden die Hindernisse abgebaut, um Platz für die Siegerehrung zu schaffen. Ein Wort von Casey würde genügen, und die Welt gehörte ihr, serviert auf einem Silbertablett.

«Casey, Glückwünsche von der BBC zu diesem phänomenalen Triumph», schwärmte Hugh McFurlough vor dem Mikrofon, während er Casey anstrahlte. «Wie fühlt es sich an, die Burghley Horse Trials und damit auch den Grand Slam gewonnen zu haben? Sie haben eine großartige Leistung vollbracht und damit einen der bedeutendsten Erfolge in der Welt des Sports errungen, vergleichbar mit ... äh ... was haben Sie gesagt?»

Casey schöpfte tief Atem. «Hugh, bitte entschuldigen Sie, dass ich Sie unterbreche, aber es wird gleich eine offizielle Mitteilung geben, wonach ich weder Burghley noch den Grand Slam gewonnen habe. Wenn ich mich nicht täusche, liege ich hinter Sam Tide und David Powell auf dem dritten Platz vor Sarah Evershaw und Anna Sparks auf dem vierten beziehungsweise fünften Rang.»

Der Fernsehkommentator rang nach Worten. Innerlich verfluchte er die Paragraphenreiter, die für diese Katastrophe verantwortlich waren. «Was? Das kann doch nicht sein. Da ist etwas falsch gelaufen.»

«Dem ist nicht so, leider. Gestern startete eine Reiterin mit Verspätung in die Geländeprüfung, weil sie mich warnen wollte. Sie hat mich vor einem schweren Unfall bewahrt. Zwar hätte sie auch ohne diese Verspätung die Burghley Horse Trials nicht gewonnen. Aber ich könnte heute die Siegerschale nicht seelenruhig entgegennehmen, in dem Wissen, dass eine andere Reiterin meinetwegen elf Sekunden eingebüßt und einen Strafpunkt kassiert hat. Das wäre zwar nicht reglementswidrig gewesen, aber es kam für mich aus prinzipiellen Gründen nicht in Frage. Ich habe die Vertreter des britischen Verbandes und der FEI gebeten, mir elf Sekunden und einen Zeitstrafpunkt zu belasten. Aufgrund der neuen Wertung ist deshalb Sam Tide der klare Sieger dieses Turniers, wofür ich ihm aufs Herzlichste gratulieren möchte. Er ist ein fantastischer Reiter und ein hervorragender Botschafter für unseren Sport.»

«Ja, aber Sie hätten mit dem Grand Slam selbst Sportgeschichte schreiben können», protestierte McFurlough. «Und was ist mit den 350.0000 Dollar? Das sind immerhin mehr als 200.00 Pfund.»

«Geld ist nicht alles, Hugh.»

«Klar, aber ...»

Lächelnd fuhr Casey fort: «Wenn Sie mich bitte einen Augenblick entschuldigen wollen, ich muss noch eine andere Ankündigung machen.»

McFurlough bewegte sich aus dem Kamerabild, um die Schweißtropfen von seiner Stirn zu tupfen. «Klar, nehmen Sie sich nur Zeit.»

«Hiermit möchte ich meinen Rücktritt als aktive Vielseitigkeitsreiterin bekanntgeben. Vielleicht wird man mich jetzt auslachen, weil ich immer noch Teenagerin bin, aber das Alter hat mit meinem Rücktritt nichts zu tun. Die letzten drei Jahre waren schöner, schrecklicher und spannender, als ich je erwartet hätte. Ohne meine Trainerin Angelica Smith, meinen Freund Peter und meinen Vater hätte ich das niemals geschafft. Gleichzeitig habe ich mich selbst sehr viel besser kennengelernt. Als ich mit dem Vielseitigkeitsreiten begann, habe ich mir geschworen, mein Pferd Storm und die Menschen, die mir etwas bedeuteten, an erste Stelle zu setzen, also noch vor Ruhm und Erfolg. Mit der Zeit musste ich feststellen, dass das leichter gesagt als getan war. Der Vielseitigkeitssport ist fantastisch, aber er stellt auch hohe Anforderungen und ist voller Versuchungen.»

Sie machte eine Pause, um ihre Gefühle in den Griff zu bekommen. «Aber das ist nicht der Hauptgrund für meine Entscheidung. Diese Woche wäre Storm beinahe Opfer einer Attacke geworden, die eine schwere Verletzung oder Schlimmeres hätte nach sich ziehen können. Und in dieser Situation war er einzig und allein, weil ich meine Ziele verfolgen wollte. Ich bin sicher, dass er die Wettkämpfe ebenso geliebt hat wie ich. Aber jetzt soll er sich erst einmal erholen können. Er hat es mehr als verdient.»

«Aber was wird mit Ihnen», stammelte McFurlough, der selbst noch völlig außer Fassung war. «Sie sind ja noch so jung. Sie haben das ganze Leben vor sich.»

«Ich weiß es nicht. Ich gönne mir erst einmal eine Auszeit und dann sehe ich weiter. Vor ein paar Monaten durfte ich auf meinem ehemaligen Reiterhof, *Hopeless* ... äh ... Entschuldigung *Hope Lane* in East London ein paar Reitstunden geben. Und da kam ich auf den Gedanken, dass es schön wäre, benachteiligten Kindern das Reiten beizubringen. Ich würde auch gerne ein Heim für Pferde wie Storm gründen. Keine Ahnung wo. Nun, Peter stammt aus Wales, also vielleicht in seiner Region. Wer weiß?»

Zu Hause vor ihrem Fernseher warf Jennifer Stewart einen gequälten Blick auf den zerrissenen Scheck, der vor ihr auf dem Kaffeetisch lag. Wieder hatte ein Kunde in letzter Minute den Kauf ihrer widerspenstigen Stute platzen lassen. «Es fällt mir zwar schwer, es zuzugeben, aber es gibt nur einen einzigen Menschen, der für Lady Roxanne wie gemacht ist, und das ist Casey Blue», sagte sie zu ihrem Mann. «Die Pferde lieben sie, und wenn man ihr so zuhört, dann ist das nur normal. Am Montagmorgen packen wir Roxy in den Hänger und fahren mit ihr schnurstracks nach White Oaks.»

Derweil gab ein Funktionär Casey das Zeichen, sich zur Siegerehrung zu begeben.

Für Casey war es ein seltsames Gefühl, neben Sam Tide auf dem Treppchen für den dritten Platz zu stehen, wo sie doch ebenso gut ganz oben auf die Übergabe der Siegerschale hätte warten können. Aber sie bereute ihre Entscheidung keineswegs. Im Gegenteil, sie fühlte sich befreit. Sie war das glücklichste Mädchen auf der Welt. Es war ihr vergönnt gewesen, die Freude und Aufregung des Vielseitigkeitsreitens auszukosten. Doch jetzt war die Zeit gekommen, diese Seite in ihrem Leben umzuschlagen.

Sam Tide stemmte die Schale in die Höhe und strahlte in die Kameras. Das Publikum spendete ihm tosenden Applaus. Viele Zuschauer hätten wohl lieber Casey auf dem Siegerpodest gesehen, aber Sam war ein äußerst beliebter Reiter und wurde entsprechend herzlich gefeiert.

«Schon als kleiner Junge hatte ich davon geträumt, diese Trophäe in den Händen zu halten», sagte er in das Mikrofon, «und deshalb kann ich es jetzt auch nicht ganz fassen, was ich gleich tun werde. Aber zuerst ein paar Worte der Erklärung. Die meisten Profireiter, oder die meisten Profisportler schlechthin, verfolgen das Ziel, sowohl in Sieg als auch in Niederlage Größe zu zeigen. Ich kann Ihnen versichern, das ist leichter gesagt als getan. Casey hat es eben im Interview auf den Punkt gebracht, als sie von den Anforderungen und Versuchungen sprach. Und man kann tatsächlich vieles falsch machen.»

Er fuhr sich mit dem Handrücken über die Augen. «Uff, das ist so peinlich. Ich habe nicht mehr geweint, seit mein Hund gestorben ist. Und damals war ich zwölf.»

Gelächter breitete sich im Stadionrund aus.

«Aber heute wurde ich Zeuge der großartigsten sportlichen Geste, die ich bisher erleben durfte. Casey Blue, die die Möglichkeit gehabt hätte, nicht nur als Siegerin von Burghley, sondern auch als erst zweite Gewinnerin des Grand Slam in der Geschichte des Vielseitigkeitsreitens hier oben zu stehen, ließ sich aus freien Stücken mit einem Zeitstrafpunkt belegen – und dies aus Solidarität mit einer Reiterin, die ihr geholfen haben soll. Dank diesem großzügigen und uneigennützigen Verhalten darf ich heute als Burghley-Champion vor Ihnen stehen. Ich freue mich, diesen Titel entgegenzunehmen. Aber ich möchte diesen bemerkenswerten Akt einer außergewöhnlichen Spitzensportlerin, die heute Größe gezeigt und Mut bewiesen hat, mit einem Geschenk anerkennen.»

Er drehte sich zu dem Mädchen zu seiner Linken und übergab ihr die Siegerschale. «Casey Blue, die gehört dir.»

Großer Erfolg und gefährliche Verwicklungen

Casey hat ihr Pferd gefunden. Aber lassen sich die Turniererfolge mit Storm, dem «One Dollar Horse», fortsetzen? Und was ist mit ihrer Beziehung zu Peter? Wer die aufregende Geschichte der jungen, talentierten Reiterin Casey Blue weiterverfolgen möchte, halte Ausschau nach

Lauren St John

Race the Wind

219 Seiten, gebunden mit Schutzumschlag

Verlag Freies Geistesleben